茶余酒后

话文人

韦尚田——著

哈尔滨出版社
HARBIN PUBLISHING HOUSE

图书在版编目（CIP）数据

茶余酒后话文人 / 韦尚田著 . — 哈尔滨 : 哈尔滨出版社 , 2021.8
ISBN 978-7-5484-6154-8

Ⅰ . ①茶… Ⅱ . ①韦… Ⅲ . ①杂文集 - 中国 - 当代
Ⅳ . ① I267.1

中国版本图书馆 CIP 数据核字（2021）第 135055 号

书　　名：茶余酒后话文人
CHAYU-JIUHOU HUA WENREN

作　　者：韦尚田　著
责任编辑：赵宏佳　孙　迪
责任审校：李　战
特约编辑：李　路　孟祥静
装帧设计：秦　强

出版发行：哈尔滨出版社（Harbin Publishing House）
社　　址：哈尔滨市香坊区泰山路 82-9 号　邮编：150090
经　　销：全国新华书店
印　　刷：三河市元兴印务有限公司
网　　址：www.hrbcbs.com　www.mifengniao.com
E-mail：hrbcbs@yeah.net
编辑版权热线：（0451）87900271　87900272
销售热线：（0451）87900202　87900203

开　　本：880mm × 1230mm　1/32　印张：7.75　字数：180 千字
版　　次：2021 年 8 月第 1 版
印　　次：2021 年 8 月第 1 次印刷
书　　号：ISBN 978-7-5484-6154-8
定　　价：69.80 元

目录 Contents

孔子：圣人的胳膊也拧不过大腿 001

屈原：拿什么昂扬你的歌唱 026

李白：酒鬼也成仙 043

杜甫：饿死的诗圣 067

白居易：长恨歌里长恨情 080

李煜：要命的《虞美人》 089

欧阳修：醉翁之意到底在哪儿 098

苏轼：逆旅独行的潇洒背影 117

李清照：一树花红半枝残 137

陆游：错、错、错，到底谁的错 153

朱熹：往自己脑袋上扣屎盆子 158

解缙：他为啥被埋在雪堆里冻死 167

唐伯虎：混得最惨的风流才子 175

杨慎：是非成败笑谈中 186

徐渭：苦无尽头难言苦 196

董其昌：有艺无德不双馨 207

金圣叹：幽默至死不方休 213
郑板桥：难得糊涂为清醒 220
曹雪芹：永远的遗憾 238

孔子：圣人的胳膊也拧不过大腿

孔子是我国儒家学派的创始人。自汉代董仲舒提出“罢黜百家，独尊儒术”以来，历代统治者都把儒学看作正统学科，将其作为选贤任能的一个标准。

一、家长里短说夫子

孔老二是对孔子的贬称，但的确也是一句实话。

中国古代兄弟排行，老大为伯，老二为仲，老三为叔，老四为季。

孔子的父亲叔梁纥是鲁国贵族，也是有名的将军，曾经在攻打偪阳城时力举千斤闸，威镇敌军。叔梁纥的元配夫人为他生了九个女儿。为了延续香火，叔梁纥又娶了小妾，给他生了一个儿子，取名为孟皮。因孟皮自幼患足疾，走不了路。叔梁纥担心后继无嗣，在64岁那年，与鲁国颜氏生下一个男孩儿。这个孩子的头有点儿像尼山，周高而中低，也就是通常所说的塌脑瓜儿顶。故而起名叫孔丘，单字为尼。因为家里已有老大，孔子只能屈居第二。所以，孔子又被人称为仲尼。

那么，众人都不叫他孔丘或孔仲尼，为何都叫他孔子呢？这是因为春秋战国时，成年男子都希望被别人称为“子”，“子”不但是一种尊称，也是一种身份的象征（周王赏赐宗族和贵族的爵位分为公、侯、伯、子、男五等），能够被称为“子”的人只有两种：一是在社会上有较高的公信力，如老子、孟子、荀子、墨子、韩非子等；二是有较高地位的贵族，如西门子、孙子等。到现在，“子”字也一直被视为一种身份的象征。

孔子还有一个千古传颂的名称，那么，这个名称是什么呢？

在我小时候，爷爷就告诉我，小孩子上学堂，第一件事得先去老夫子庙拜老夫子。学堂里最先学的和必读的课本就是《三字经》《百家姓》《千字文》。《三字经》的头一句话便是“人之初，性本善，性相近，习相远”。这就是老夫子说的。爷爷还经常用孔融让梨的故事教育我们，常说：“孔融那么小，就那么有礼貌，都是因为言传家教好，因为孔融是老夫子的后人。”

夫子是过去对学馆和私塾教师及知识分子的俗称，老夫子则是对其中有名望和地位的人的尊称。

爷爷说的老夫子就是孔子。

爷爷并没有念过书，但从他的话里能感觉到他对孔子有多么尊重。从爷爷身上就可以看出，孔子对普通百姓的影响该有多么深远和重要。

那么，孔子到底是个什么样的人呢？

孔子是春秋时期的鲁国人，出生于公元前551年。他三岁丧父，由于受到父亲叔梁纥的元配夫人的驱逐，母亲颜征在便带着他回到故乡曲阜阙里，过着清贫寒苦的日子。他幼年就勤奋好学，到20岁时，就想进入仕途。但他一直时运不济，在官场始终得不到重用，政治抱负得不到伸展。于是，他把主要精力都用在治教上，大开学门，广招学子，一生中收了3000多名学生，其中有70多名贤人，成为东周各国的贤良重臣。几十年里，孔子带着学生周游各国，曾拜老子为师。晚年又回到鲁国，终年73岁。

孔子一生“述而不作”，编修了《诗经》《尚书》《礼记》《乐经》，曾为《周易》作序。《春秋》是否由其修订，长期以来，一直说法不一，但都倾向于其中有他的参与。他在世时，被喻为“天纵至圣”“天之木铎”“千古圣人”，是当时社会上最博学的人；后人则称他为“至圣”“万世师表”。孔子的弟子编撰的《论语》是儒家学派的经典著作之一，书中集中地体现了孔子的政治主张、伦理思想、道德观念和教育原则。

孔子是我国儒家学派的创始人。自汉代董仲舒提出“罢黜百家，独尊儒术”以来，历代统治者都把儒学看作正统学科，将其作为选贤任能的一个标准。以至于儒家学说在日本、朝鲜半岛，以及东南亚各国都产生了极其深远的影响。秉承“和为贵，和而不同”的儒学宗旨，从2004年在韩国建立起第一所孔子学院起，至今已在近百个国家建立了近千所孔子学院和孔子学堂，成为对外交流中国文化、历史和汉语教学的重要平台。

孔子被列为世界十大文化名人之首。古今中外的著名学者均把孔子和古希腊哲人苏格拉底相提并论。美国诗人、哲学家爱默生认为孔子是全世界各民族的骄傲。当然，我们也为此骄傲。英国历史学家、哲学家汤恩比博士说：“拯救21世纪人类社会的只有中国的儒家学说和大乘佛法。”这话说得虽然有点儿片面和武断，但也确实可以从中看到孔子的儒家思想对整个世界的不可估量的影响。俄国文学家托尔斯泰特别推崇孔子，对孔子的研究已达到入迷的程度，写过多篇评论孔子的文章，并曾以孔子的“子在川上曰：逝者如斯夫”为主题写了一篇名为《川逝》的小说。他通过对孔子中庸和仁爱思想的研究，得出“中国人是最爱和平的人，中国人不干坏事，不跟任何人争斗，他们奉献多，索取少”的结论。法国思想家伏尔泰和魁奈的家中都挂着孔子画像，伏尔泰还曾自诩为孔门弟子，并引以为豪。日本作家井上靖不顾高龄和身患癌症，用了10年时间，写了一部20万字的小说《孔子》，在日本一出版就发行了40多万册，有20多个国家翻译了这本书。

由此不难看出，春秋时期的历史留给我们的最宝贵的财富不是那些传奇的人物和经典的故事，而是出现了一位重要的人物——孔子，以及诞生他的儒家学说。正如我国现代哲学家、哲学史家张岱年所言：“盲目批判孔子的时代过去了，盲目地尊崇孔子的时代也过去了，科学地研究孔子的时代到来了！”

“孔子是中国的，儒学是世界的。”这话说得一点儿都没错。

二、关于孔子的典故

典故，本身也是成语，它们的区别就在于：成语可能出自某人的一句话；而典故则包含着生动的故事。因孔子而流传下来的典故既很有趣，又很有教育意义。

后生可畏

后生可畏这个成语里的故事有两个版本，都挺有意思。

其一：孔子40多岁的时候，领着学生周游列国、四处讲学。有一天，他的车被三个正在玩耍的小孩儿挡住了，其中一个小孩儿正在用沙子堆一座小城。这个孩子就是项橐，当时才七岁。孩子们玩得兴致勃勃，好像没看见车到跟前。孔子下车，态度和蔼地问项橐：“你们看见车来了，怎么不让路？”项橐抬起头，像个小大人儿似的说：“我听说，从古至今都是车绕城而走，哪有城躲避车的道理？”孔子听了不觉一惊，这么小的孩子就懂得那么深的道理，这孩子绝非一般，就不由得夸奖道：“没想到，你小小的年纪，懂得的事情真不少啊！”那小孩儿头一歪，响亮地回答：“我听人说，鱼生下来，三天就会游泳；兔生下来，三天就能在地里跑；马生下来，三天就能跟着母马走。这都是很自然的事，有什么大小可言呢？”孔子看他这么聪明，就想考考他。孔子问他：“你知道什么山上没有石头？什么水中没有鱼？什么门关不上？什么牛没法生牛犊？什么马不能生马驹？什么刀上没有环？什么火没有烟？什么样的男人没有妻子？什么样的女人没有丈夫？什么时候白天短？什么时候白天长？什么树不长杈？什么城没有使者？什么人没有孩子？”孔子一连气儿地提了几十个问题，项橐听完，不慌不忙地回答：“土山，井水，空门，泥牛，木马，砍刀，萤火虫，仙人，仙女，冬天，夏天，枯树，空城，小孩……”孔子一听项橐对答如流，不由得连连点头，表示佩服。项橐不知道眼前这个人就是大名鼎鼎的孔夫子，毫不客气地反问了几个问题。结果，孔子一个也没答上来，很尴尬，对弟子自嘲道：“后生可畏也！”可是，他还是觉得面子上有点儿挂不住，就对项橐说：“我车上有棋，咱俩赌一盘咋样？”谁知，项橐头一歪，很干脆地说：“我不赌博，天子好赌，天下就不能太平；诸侯好赌，就没有心思治理国家；官吏好赌，就会耽误处理公事；农民好赌，就会耽误种地的节气；做学问的好赌，就会忘了诗书礼仪；小孩子好赌，就该挨揍。赌博本是无聊、无用的事情，我学它做什么？”项橐的一席话，说得孔子和他的弟子不由得都对他刮目相看。于是，孔子便放下架子恭恭敬敬地给这个七岁的孩子行了礼，并拜他为师。

其二：孔子50多岁的时候，到各地讲学，名声很大，各国的学子都纷纷投到他的门下。项橐那年七岁，听说孔子很有名望，就前来求教。一见面，项橐就说："听说孔先生很有学问，小子特来请教。"孔子见是一个小孩儿，便没当回事似的说："你有什么事儿不明白就说吧！"项橐一本正经地拱拱手说："请问先生，什么水没有鱼？什么火没有烟？什么树没有叶？什么花没有枝？"孔子听了不觉一笑，说："你这个孩子问得真怪，江、河、湖、海，什么水都有鱼；柴草灯烛，什么火都有烟；没有叶的树不能活，没有枝怎么能开花？"项橐一听，拍着手哈哈地笑着说："你说得不对。井水没有鱼，萤火没有烟，枯树没有叶，雪花没有枝。"孔子听罢，不由得站了起来，拉住项橐的手，连声赞道："后生可畏也！后生可畏也！"于是，孔子当即拜项橐为师。

招摇过市

卫国的国君卫灵公是个昏庸愚蠢的家伙，他的妻子南子长得漂亮，他不但骄宠南子，还把朝政大权也交给南子掌管。南子除了吃、喝、玩、乐，骄纵奢侈外，还很轻浮。孔子带着弟子周游列国时路过卫国，刚开始，卫灵公对孔子态度很好，孔子以为在这里他能够得到重用，便停留了下来。南子听说孔子来了，知道他很有学问，就多次要约见孔子。孔子知道南子的名声不好，但也知道她在卫国说话很有分量，便不得不去赴约。结果引起他的学生们众多非议，弄得他只好起誓发愿，表示自己无辜。

卫灵公这个人不但好色，还总带着南子出去显摆。有一天，他和南子同乘一辆非常奢华的车在城里巡游，让孔子坐在第二辆车上跟着。

卫灵公洋洋得意地在城里转了好几圈，以显示他的威风。而南子更是爱出风头，故意当着众人的面摆出搔首弄姿之态。卫灵公更是忘乎所以，不管不顾地搂抱着南子，做出让人看不下眼的亲昵动作。孔子跟在后面，不由得生气地说："我从未见过这样好色之人！"于是，孔子放弃了留在卫国的念头，很快就领着弟子走了。后来，司马迁在《史记·孔子世家》中写道："灵公与夫人同车，宦者雍渠参乘，出，使孔子为次乘，招摇市过之。"

文武之道

有一年快过年的时候，孔子的学生子贡去看祭神活动。回来后，对孔子说："参加祭神的老百姓可多了，他们又是唱，又是跳，又是叫，都像喝醉了酒一样发狂。"孔子说："他们那是因为高兴。"子贡说："我就不明白。他们为啥那么高兴？"孔子说："老百姓春、夏、秋、冬都要劳动，难得有这么个节日可以娱乐一天，这其中的道理你还不明白？天下没有比周文王和周武王再英明的吧，他们不会叫老百姓只休息不干活，也不会叫老百姓只干活不休息。让老百姓劳逸结合才是他们治理国家最好的办法！"子贡听后，拍手称道："难怪都言周文王和周武王英明，这一张一弛的办法真好！"

后人根据《礼记》中的"张而不弛，文武弗能也。弛而不张，文武弗为也。一张一弛，文武之道也。"引申出文武之道一张一弛，张弛也比喻拉弓射箭。

不耻下问

孔圉，即孔文子，是卫国的大夫，辅佐卫灵公，掌管外交。孔文子为人非常谦逊，又聪慧好学，很有贤名。当时，同为大夫的太叔疾娶了子朝的女儿为妻。太叔疾妻子的妹妹也陪嫁过来，很得太叔疾宠爱。子朝原是宋国人，也在卫国做官，因为他长得很漂亮，深得卫灵公的宠幸。但是，子朝却和卫灵公的嫡母宣姜和夫人南子私通。这还不算，他怕事情败露，就联络了齐豹、北宫喜、诸师圃等几个朝官一起作乱，把卫灵公赶跑了。没过多久，卫灵公又复国登位，子朝逃亡到晋国。孔文子就要太叔疾休掉子朝的女儿，把自己的女儿许给他。谁知，太叔疾花心，在娶了孔文子的女儿后，又把前妻的妹妹安置在犁地，还偷偷给她盖了一栋房子。前妻的妹妹成了他的第二个妻子。孔文子听到这个消息后大怒，就要兴兵去打太叔疾。这时，孔子正领着弟子周游到卫国，卫灵公很看重孔子，想要他留在卫国做官。孔文子要发兵前，去征询孔子的意见，孔子说："胡簋之事，则尝学之矣。甲兵之事，未之闻也。"意思是说：有关礼仪的事情，我曾经学习过。关于打仗的事情，我从来没有听说过。正当孔文子犹豫不决的时候，太叔疾在外地和一个女子通奸的事被人发现，他坐的车也被人夺去。太叔疾觉得很没脸面，就偷偷跑到宋国去了。孔子觉得卫国很乱，就有了放弃在那儿做官的想法。正好这时鲁国派人来接他回去，于是，他就领着学生走了。路上，他跟弟子们说："鸟则择木，木岂能择鸟？"

过了不久，孔文子死了。卫国君赐了他谥号为"文"。孔子的学生听到后，都很不解。子贡就问孔子："孔文子怎么可以被称为文呢？"孔子回答说："敏而好学，不耻下问，是以谓之文也。"也就是说，凡是聪明而又好学的人，能够向地位或学问比自己低的人请教，又不以为耻的人，就可以称之为"文"。这就是不耻下问的来历。

登堂入室

孔子有一个弟子叫子路，很勇猛正直，深得他的喜欢，出门总是带在身边。子路也觉得自己很受老师器重，就不把自己当作外人，进出老师的家很随便。有一天，子路到孔子家，孔子不在，子路等了一会儿后，便觉得无聊，就弹起了案上放着的瑟。他弹得正投入时，孔子回来了。孔子在院里就听见了瑟声，那声音里透出一股杀气。孔子听了很不高兴，紧皱眉头。他一贯不主张兴兵打仗，不喜欢杀杀打打，更讨厌那种凶恶的声音。他虽然对子路很不满，可是，当着身边几个学生的面儿不好发作，就换了一个话题说："子路弹瑟的本领已经登堂，但尚未入室，怎么可以在我家显示呢？"

原来，孔子招收的学生是分等级的，小学程度的叫入门，中学程度的叫登堂，大学程度的叫入室。后来，登堂入室就成了一句成语，意思是有了一定的学问后，还要继续努力再提升一个高度。

发愤忘食

孔子带着弟子周游到楚国的一个县城。县令趁孔子不在，就偷偷地问他的学生："你能告诉我，你们的老师是一个什么样的人吗？"孔子的学生觉得不好私下评论老师，就支支吾吾半天也没说出什么来。县令听说过孔子的大名，原本想好好招待一番，见他的学生说不出老师的好坏，就很不高兴，一边走一边说："连他的学生都不知道怎样评价的人，看来也是徒有虚名啊！"孔子回来，听学生说刚才县令来打听他是个什么人，就问他的学生："你是怎么说我的？"学生说："我什么也没说。"孔子马上就急了，说："你为什么不说：'我的老师是一个发愤忘食、乐而忘忧的好学者呢？'"

呜呼，一贯标榜自己谦虚好学的孔老夫子也有不太谦虚的时候！

一匡天下

公元前686年，齐国发生内乱，齐襄公遇害。齐襄公的两个兄弟公子小白和公子纠都想回国继承君位。公子小白的师父叫鲍叔牙，公子纠的师父叫管仲。管仲为了能让公子纠当上国君，就领着人在半路上截杀公子小白。他见到公子小白后，劝其退回去，公子小白不从，他便一箭射过去。公子小白随之倒地。

管仲以为公子小白已死，就不慌不忙地护送公子纠回国。哪知公子小白只是装死，等公子纠进入齐国国境的时候，公子小白早已抢先当上了国君。公子小白就是齐桓公，他继位后，杀死了公子纠，抓住了管仲。在鲍叔牙的力荐下，公子小白不计前嫌，委以管仲国相的重任。

管仲因为得到齐桓公的信任和赏识，尽职尽责地治理国家，终于使齐国成了中原诸侯国的霸主。

有一次，孔子和他的几个学生说起了管仲，师生因看法不一，互相争论起来。

子路说："齐桓公杀死了他的哥哥公子纠，公子纠的师父管仲却活下来，还给齐桓公出谋划策，管仲这样能算有仁德吗？"

孔子说："怎么不算有仁德呢？因为管仲，齐国才强大起来了，所以他是有仁德的。"

子贡提出了反对意见："管仲怎么能说是有仁德呢？他是公子纠的师父，公子纠死了，他应当去殉葬。他不但没死，反倒帮仇人做事，还挺忠心的，这能说是仁？"

孔子耐心地解释道："看一个人，不能以偏概全，要看大节。你们想想，假如没有管仲，齐国能够富强起来吗？管仲辅佐齐桓公称霸于诸侯、一匡天下，老百姓不是都得到了益处吗？”

孔子的几个学生听后连连点头，认为老师说得很对，很高明。

圣人之勇

阳虎是鲁国人，做过鲁国贵族季氏的家臣，曾经侵犯过卫国匡城的百姓，那里的人都非常痛恨他。

阳虎的长相和孔子相似。孔子带着几个弟子周游到卫国匡城的时候，不知道什么原因，竟被城里的百姓围住了不让走，而且围了好几圈，有人还给官府报了信儿，让官府来人把孔子抓去。孔子不知道怎么回事，想问问吧，人群乱哄哄地嚷成一片，只听见不断地有人喊：“把他抓起来！把他杀了！”孔子的弟子一个个地都吓得面色苍白，不知所措，一个个地都大眼瞪小眼地瞅着孔子。这会儿，孔子倒像个没事儿人似的，拿出琴一边弹一边唱起来：“南有嘉鱼，烝然罩罩。君子有酒，嘉宾式燕以乐。南有嘉鱼，烝然汕汕。君子有酒，嘉宾式燕以衎……”孔子的弟子看着周围的百姓越聚越多，一个个愤怒的样子像是要吃了他们似的，而孔子却仍旧不慌不忙地弹唱着，弟子们既害怕又不解。子路（字仲由）忍不住对孔子说：“老师，都什么时候了，你还有心情弹唱这种歌？”孔子微微叹了一口气，对他说：“仲由，我也不想被困在这儿呀！我告诉你吧，这是天命！我想寻求通达已经很久了，结果还是不行，这是时运不济呀！在尧、舜那个时代，天下没有失意的人，并不是那时的人多么聪明高明；赶上商纣那个时代，天下没有得意的人，也不是那时候的人智慧低下。这都是时事造成的。在水中行走不怕蛟龙的，是渔夫的勇气；在陆地行走不怕虎豹的，是猎人的勇气；

面临屠刀，把死亡看作和生存一样的，是壮士的勇气；知道贫穷是命运，知道通达需要时机，临危而不惧，那是圣人的勇气。仲由，安下心来等着吧，我们的命运上天早已安排好了！”话刚说完，来了一队士兵，领头的军官来到孔子面前，抱拳对孔子施礼说：“他们是把你当成阳虎了，所以才把你围起来，造成了一场误会，真对不起！”孔子做出一副很宽宏大量的样子，说：“哈哈，想不到还有人和我孔子长得一模一样，但人不可貌相，我和阳虎怎么能是一路人呢？”

士兵走了，百姓散了。匡城官府听说是孔子来了，忙把他们师徒接去，好一顿热情款待。酒宴之中，孔子的弟子不由得连连夸赞师父真有圣人之勇。

道听途说

孔子和弟子周游列国，走了很多年，吃了很多苦。经常风餐露宿、忍饥挨饿，有时候靠挖野菜、捡剩饭，或者乞讨来填饱肚子。

有一天，他们走到一个荒僻的地方，饿得快走不动了，他的一个弟子找到一户人家，借用人家的锅，用讨来的一点儿米熬成粥。熬粥时，这个弟子发现从屋上掉下来一个脏东西，正好落进锅里。他连忙用勺子把脏东西捞起来，准备扔掉。可是，他发现捞起来的汤里有几个饭粒儿，觉得扔了很可惜，就端到嘴边想把它吃了。正巧，这时，孔子领着几个弟子从外面走进来，看见了这个场面，以为这个弟子在偷食，弟子们就纷纷责备他，孔子也毫不客气地批评了他。这个弟子凭空受了一顿不白冤屈，赶紧向老师说明了情况。孔子听后长出了一口气，感慨地对其他弟子说：“就连我亲眼看到的事情都不一定是真实的，何况是道听途说呢？！”

汗牛充栋

孔子很有学问，教了那么多弟子，但他述而不作，编修《春秋》时，对弟子们说："春秋以义。"也就是要弟子们用《春秋》来明白义；他整理《诗经》时，又对弟子们说："诗三百，一言以蔽之，思无邪。"也就是说，《诗经》里的东西都是美好、无邪的。

有一次，孔子的弟子子贡问他："天道是怎么回事？"孔子说："我不想说这个问题。"子贡说："老师不给我们讲清楚，我们怎么能懂它的意思，又如何照着它去做呢？"孔子说："这个问题我说不清楚。四季因它而运行，万物因它而生长，这个天道不是用语言能说明白的。"孔子一生述而不作，原因恐怕就在这儿吧。

《春秋》问世以后，当时就有很多人给它做传，如《左传》《公羊传》《穀梁传》《邹氏传》《夹氏传》等。后来的各朝各代，为其做注、讲疏的人越来越多，观点不一，看法不同，有褒奖夸赞的，也有贬损诬斥的，写出来的书有成千上万，以至于在屋子里都堆到了棚顶，若想运出去，累得拉车的牛马都满身大汗。唐代柳宗元在其《柳先生集》中写道："其为书，处则充栋宇，出则汗牛马。"

这就是汗牛充栋的来历。

韦编三绝

孔子老了，回到鲁国后仍孜孜不倦地学习。有一次，他好不容易弄到一部《易经》，这部书很稀少难得，又很不容易读懂。孔子很费劲地把这部几十斤重的书弄回家，决心要把它看明白。那时候还没有纸，字都是写在竹简上。把竹子劈成片、烘干，选取一定的长度和宽度，这种竹片就成为竹简，一块儿竹简上只能写上几个字，顶多十几个字。

可想而知，一部书要用很多片竹简才能写成。写好的竹简，按照先后顺序，几块儿几块儿地用牛皮做的绳子穿起来。古代韦字的意思就是牛皮。孔子把这部书当成宝，手不释卷，白天看，晚上也看，一天不知要翻多少遍，以至于翻过来翻过去的，把穿竹简的牛皮绳子都磨断了三次。可见，孔子的求知欲多么强。以后，人们就用韦编三绝来称颂这种不懈的学习精神。

丧家之犬

孔子周游列国，不遗余力地到处推广儒家礼仪。他花了 10 多年时间，去过无数国家，吃了很多苦，费了很多力，却到处碰壁，很少有人会买他的账。有一天，孔子带着弟子来到郑国，进了城门，里出外进的人很多，不知什么原因就把孔子挤丢了。孔子的得意弟子子贡很着急，领着一帮人四处找，见人就问。有一个郑国人就对他说："我在城门口看见一个老头子，站在那儿东张西望，好像在等什么人。"子贡说："那个人长什么样？"那人说："那个老头的额头像上古时的尧，脖子像皋陶，肩膀又像子产，从腰往下很短，还不及大禹腰的三寸，像个丧家之犬，会不会是他？"子贡一听，知道那个人肯定就是孔子，赶忙奔过去，一看孔子又累又饿，满身风尘的样子，真有点儿像一条被人抛弃的无家可归的流浪狗，忍不住把那个人的话对孔子说了一遍。孔子拍打着身上的尘土，自我解嘲地说："相貌是小节，说我是丧家之犬，又能怎样呢？"

名正言顺

孔子当了鲁国代理宰相不久，鲁国的风气就有了很大的变化，这让邻近的齐国很不安。齐景公为此挑选了 80 个美女，叫她们学会跳舞、唱歌，穿上漂亮华丽的衣服，再加上 120 匹好马，一起送给鲁定公。鲁定公自此沉湎于酒色歌舞之中，荒于管理朝政。孔子再提什么建议，他也没兴趣听了。孔子要见他，也都被拒绝。

孔子感到很失望，但心里还存有希望。他的弟子子路说："老师，咱们离开这里吧？"

孔子说："鲁国马上就要在郊外举行祭祀，如果能够按照礼法，在典礼后，把烤肉分给咱们一份，咱们就不走。"

结果是，鲁定公玩乐昏了头，把祖宗礼制全抛到了脑后，不但没给孔子烤肉，哪个大夫也没捞着。于是，孔子带着弟子离开了鲁国，来到卫国。卫灵公很热情地接待了他，让他留下来做官，还参照在鲁国的俸禄待遇给他。

孔子一行有了安身之处，他的弟子都很高兴。子路问孔子："老师，卫君这样待你，你打算先为卫国公做些什么事？"

孔子说："我得首先纠正名分，在鲁国时让我当代理宰相，那么，在这儿就要弄清是代理呢还是正式的。"

子路说："老师，这么较真儿名分，有这个必要吗？"

孔子很严肃地说："怎么没有必要呢？名分不正，道理就讲不通，事情也就办不成，礼乐教化也就无从兴起；礼乐教化兴不起来，刑罚就不会得当，老百姓就无所适从，连手脚都不知往哪儿放了。所以，君子用的名分要正，说话、办事才有分量。"

孔子在卫国待了不长时间，还没来得及把他那些主张实行出来，就有人不断说他的坏话，卫灵公就派人监视他的行动。孔子一来觉得在这里已经没有什么意思了，二来也怕出什么事，就匆匆忙忙地离开了卫国。

徒劳无功

孔子领着他的弟子准备从鲁国到卫国。临行前，孔子的得意弟子颜回对一个叫师金的鲁国官员说："我的老师学问那么高深，被人称为学圣，可是，他领着我们到各国去游说，劝人们接受他的主张，总是处处碰壁。你说，这次去卫国，情况会是怎样呢？"师金摇摇头说："还能怎样？以前啥样，照旧是啥样！"颜回说："听说卫国的国君很是看重我们老师，这次是主动邀请我们去的。"师金又摇了摇头说："那又怎样呢？我给你打个比方说吧，船是水上最好的交通工具，车是陆地上最好的交通工具。但是，把船放到陆地上来走，把车放到水上去行，它们就都变成没用的交通工具了。今天和过去，就好比水上和陆地，是不一样的。孔子想把过去的周公之礼拿到现在来实行，就好比水陆不分，车、船用错了地方，该在水中行的偏要放到陆地上，最终只能是徒劳无功，白费力气。"

从这个故事中，我们可以明显地看出孔子的儒家学说的局限性。时代在不断前进，事物在不断变化，用发展的眼光，科学地批判地接受继承前人遗产，去其糟粕、取其精华，才能使儒家经典更好地古为今用。

三、孔子的故事

孔子的故事很多都出现在他的成语里，以下只说三件典型的事儿。

幼年好学

据说孔子三岁丧父，母亲和他被赶出家门，过着贫苦的生活。

在那样衣食不保的情况下，他的母亲还坚持让他读书。有一天，母亲教给他几十个生字，说第二天要考他。孔子用心背诵了一天，到晚上睡觉时还怕记不住，躺在被窝里跟哥哥说：“你再考考我吧。”哥哥说：“你都背了一天了，已经很熟了，不用再背了。”孔子说：“我怕万一记不准，该让母亲生气了。”哥哥说：“天黑了，没有灯，你写出来也看不清，你就在我肚皮上写吧，我能感觉出来你写的是啥。”于是，孔子就把白天母亲教的字一个一个地写在哥哥的肚皮上。就这样，孔子每写一个、念一个，哥哥就答一句“对！”写着、念着，孔子不出声了。哥哥一看，原来是孔子睡着了。第二天，母亲叫孔子背诵一遍前一天学的字，孔子一字不差地念了出来。母亲很吃惊：这么小的孩子，一天怎么就能记住那么多的字？！哥哥便把昨晚孔子练了多半宿的事儿说了一遍，母亲忍不住地夸奖道：“这孩子，长大了一定会有出息的！”

孔子从小就勤奋用功，这点应该肯定。若孔子不那么认真读书，是不可能成为“文圣”的。但是，不得不说，这个故事有明显的漏洞，孔子是有一个哥哥，但不是一个妈生的，孔子三岁就被赶出家门，跟他的哥哥没再见过面，所以，他们兄弟俩根本不可能睡在一个被窝里。

孔子招婿

公冶长，复姓公冶，名叫长。家中母子二人，度日很是艰难，全靠母亲打柴为生。

有一天，母亲病了，不能上山砍柴，家中又断了粮。公冶长只好偷偷拿着砍刀和绳子，上山去砍柴，好回来卖了换点儿米和钱。

公冶长还是个小孩子，第一次单独上山，心里很害怕，到了山上就伤心地哭起来。他的哭声引来了一群鸟，唧唧喳喳地叫着落在他的身边。有一只黑色羽毛的鸟儿竟说话了，问他："你哭啥？你哭啥？"公冶长感到很奇怪，就说："你是什么鸟儿？怎么也会说人话？"黑鸟儿说："我叫八哥，天生就会说话。"公冶长好奇地问八哥："鸟儿能说人话，我也能说鸟语吗？"黑鸟儿说："能，能！"又问他："你叫啥？为啥哭？"公冶长就把家中的事儿说了一遍，鸟儿们听了，叽叽喳喳了好一阵儿，黑鸟儿说："我们商量好了，我们大家来帮你！"

于是，鸟儿们四散飞去，叼来一根根树枝堆在他身旁，一会儿就成了一座小山。公冶长用绳子把树枝捆好，这时，黑鸟儿又叼来几根草药，让他拿回去给母亲治病。

从那以后，公冶长就每天都上山砍柴，有这帮鸟儿和他做伴，帮他拾柴，他不再感到孤单害怕了，还变得很快乐，常和鸟儿玩耍，学鸟儿的叫声，不知不觉地就听懂了鸟语。

几年后，公冶长长成了一个大小伙子。他每天还是上山砍柴，和鸟儿玩耍。有一天，他突然听到一只乌鸦叫道："公冶长，公冶长，南山顶上有只獐，你吃肉来我吃肠！"他跑到南山，果然看见一只死獐，就高高兴兴拖回家，煮肉吃了。可他忘了把肠子带给乌鸦，而是埋了。乌鸦很生气，就想报复他。过了几天，乌鸦又对他说："公冶长，公冶长，北山有只死绵羊，你吃肉来我吃肠！"

公冶长听了，急忙向北山跑去，远远地看见一群人围在一起看什么，他以为那里一定是只死绵羊，就怕别人给抢去，一边跑一边喊："你们别动，那是我打死的！是我打死的！"等他跑到跟前一看，是一个死人。人们听他说是他打死的，手里还提着砍刀，就把他捆了起来，当成凶手送到了县衙。县官审问他："你为什么打死人？"公冶长急忙分辨说：“不是我打死的。”县官说：“你不都当众承认了是你打死的吗？”公冶长就把事情的经过讲了一遍。县官听了不信，说他撒谎，就把他押了起来。

孔子听说了这件事，挺气不公地说：“公冶长虽在缧绁之中，非其罪也！”

过了几天，县官把公冶长提出来过堂定罪，这时候，房檐上飞来一帮麻雀，唧唧喳喳的叫个不停。县官就问公冶长：“你不是说你能听懂鸟语吗？你要知道这帮麻雀说的是啥，说准了，我即刻就放了你！”公冶长就说：“这帮麻雀说的是北门外的道沟翻了一车米，让别的鸟儿都赶快去吃。”县官打发人去一看，真有那么回事儿，就把公冶长放了。

孔子听说公冶长无罪释放了，不知出于什么动机，马上去找他，把自己的女儿许给了他，就连他的弟子都感到莫名其妙。

孔子之死

孔子的晚年过得很凄凉。孔子周游列国，一事无成，63岁时又回到鲁国。他还有心从政，可是仍然没人用他。在他的弟子当中，子贡、冉有在鲁国做官，子路、子羔留在卫国做官。孔子除了继续教书外，把全部精力都放在编修一些史书上。

孔子69岁时，他的独生子孔鲤去世，这让他感到很孤独悲伤。70岁时，他最得意的弟子颜回又年轻早死，这给他的打击很大，让他一下子变得苍老不堪。71岁时，有人打猎，捕到麒麟。他认为是不祥之兆，说：“吾道穷矣。”于是，不再编修《春秋》。72岁时，卫国发生政变，他预感到子路生命有危险。果然，卫国的新君蒯聩派人来见孔子，说是特意给他送来一份礼物。打开一看是一罐肉酱。他不等来人开口，就说：“大概是我的弟子子路吧？卫君哪能给我送别的东西呢？”他叫人把子路的肉酱埋了，很伤心地哭着说：“我就怕子路不得好死，哪知道他死得这么惨？！”自此孔子生病，日渐加重。73岁，孔子病殁。

四、关于孔子的诟病

孔子千百年来一直被国人尊称为圣人、先哲，他所宣扬的儒家思想不仅在国内影响深远，也传播到世界各国。但是，孔子受到的质疑、诘难，甚至是抵制、批判也一直不断。在他的言行中也的确有很多糟粕，比如，重君权、轻女子、鄙视劳动者、不注重农业，等等，都可以看出他思想的偏颇和不当，而他所做的一些事情更能说明问题。

周游列国

孔子起初在鲁国干过管理仓库和牲畜的差使，到50岁时，才当上中都县令。后来，当过代理宰相，但时间很短。那时鲁国掌权的新兴贵族季桓子和孔子不睦，看不起孔子那套保守的东西。孔子看到自己的学问在鲁国不受欢迎，就想到外地去“找市场”。于是，决定带着弟子到诸侯各国去游说，希望能有一个国家采纳他的政治主张，希望能得到重用。

孔子开始出行时，已经50多岁。孔子先到卫国，卫灵公先对他挺好，后产生了怀疑。于是，孔子带着弟子离开了卫国，前往陈国。途中被困，挨饿五天，还受到惊吓，差点儿丢了性命。后又返回卫国，经过曹国，到了宋国。宋国司马扬言要杀他，吓得他们急忙逃走，到了郑国后，又返回陈国，再到蔡国。因为当时吴国、楚国等大国经常侵略周边的小国，陈国、蔡国局势不稳，又回到卫国。怎料，在卫国还是待不下去，便往西北去晋国，半路又改变主意，回到陈国、蔡国。后去探访南方的楚国，没想到楚昭王也不欢迎他们。经历了到处碰壁、不受欢迎后，孔子很无奈地又回到了鲁国。这时，孔子已经60多岁了。

孔子用了10多年的时间，走了14个国家，目的不是出去旅游，而是想要寻找一个市场，最后，却连一个买家也没找到。所以，把孔子的这一趟既不轻松又不浪漫的出行说成“周游列国”，是对他顽固地推销“克己复礼”主张的莫大嘲讽。历史要不断变革、不断前进，孔子即使是圣人，他的胳膊也拧不过大腿。

恃强凌弱

齐、鲁两国交界处有一个柳下村。这里山高林密，当地人大都以砍伐、打猎为生。村里有个青年叫展跖，长得虎背熊腰，很有力气。

当时，诸侯征战，各国都抓丁当兵。展跖为了躲避抓丁，逃到山里一个多月，等风声过后，回到村里一看，房子都被烧了，他的父母也没了下落。

“官府这样逼迫我们，实在不能活了！”展跖就召集逃回来的青年，拿着斧头、砍刀、竹箭，杀到县城，打开牢房，放出被囚的穷苦百姓。他听说很多被抓的人都被押到鄁城去了，自己的父母也可能在那里，就带人攻到鄁城。占领了鄁城之后，他看到这里山高地险，就把这里当作和官府对抗的据点，常常出去打杀欺压百姓的贪官恶吏，劫富济贫。官府多次派兵前来围剿，都被他打败。

孔子周游到楚国，拜见老子时，老子告诉他，楚国朝政腐败没落，遍地盗贼，起义造反的奴隶也很多。老子想要西去隐居了。孔子告别老子后，走在路上，听说附近的鄫城就有一伙起义的奴隶占山为王，领头的人叫展跖，官府诬称起义的人为盗寇，就把展跖叫盗跖。孔子就想凭着自己的名望去劝说展跖改邪归正，壮着胆子上山去见展跖。哪承想，一见面，就被那些起义的奴隶围住，被七嘴八舌地乱骂羞辱一顿。这时候的孔子可真是有了"秀才遇到兵，有理说不清"的感觉，便转身想走，却被展跖拦住了。展跖说的话，简直像扒光了孔子的衣服，叫他真想找个地缝钻进去。

展跖是这样骂的："你个死夫子，不劳动却吃得香，不纺织却穿得好，靠着你那三寸不烂之舌，假仁假义，颠倒黑白，招惹是非，谄媚君王，假孝父母兄弟，沽名钓誉，以求封侯得贵，你才是天下最大的盗！尧、舜设立百官，周武王杀死商纣，从此天下是恃强凌弱。你说的那一套，都不能保全人的本性，都是虚伪钻营狡诈的东西，都是我唾弃的、看不起的！这是什么世道？你们把我叫作盗跖，天下人应该把你叫作盗丘才是！像你这样满嘴的仁义道德、一肚子的男盗女娼、罪大恶极的人，还不赶快给我滚开，小心我把你的心肝挖出来，下酒吃了！"

孔子本想在这露一手，没想到叫人臭骂一顿，闹了个灰头土脸，很没面子，趔不答地走了。

说起来，人吃五谷杂粮哪有不得病的？不管圣人、凡人，哪有不犯错的？孔子虽说从小也受过苦，也做过低下的活计，但他不是出身在普通百姓家，从小接受的教育就是学而优则仕，一心为了当官、做人上人。他一生的主张都是愚忠，说话处事都是从维护朝廷的立场出发，所以他认为穷苦百姓的反抗和叛逆是大逆不道。孔子自以为挺有名声，想用劝降盗贼的事儿来讨好朝廷，但也恰好暴露了他的人性弱点。

孔子好色

孔子说过："食、色，性也。"还曾说过："饮食男女，人之大欲存焉。"意为男欢女爱和天天吃饭一样重要，是每个人都离不了的，这是天性使然。所以，他在编修《诗经》时，堂而皇之地把"窈窕淑女，君子好逑"放在了开篇首位。尽管书中保留了许多开放的性爱诗篇，他还是特意强调："诗三百，一言以蔽之，思无邪。"可见，孔子并不是一个不懂性爱为何物的愚夫子。

孔子东游至卫国，卫灵公的宠妃南子看重孔子的才学，请求卫灵公把孔子留用。这还不算，南子还把孔子单独请去相见。《史记》中这样记载："夫人在絺帷中，孔子入门，北面稽首。夫人自帷中再拜，环佩玉声璆然。"这段描写很简单，到底是什么意思，并没有说清楚，给人留下了很多猜想的空间。不过，有一点倒是说得很清楚，对于孔子和南子的私下约会，孔子的弟子子路看不下眼，发了几句责备的牢骚话，孔子赶忙起誓发愿地说："予所否者，天厌之，天厌之！"真是此地无银三百两！没发生啥事儿，起什么誓、发什么愿呢？没过几天，卫灵公带着南子同乘一车在城里出巡，让孔子坐在后面的一辆车上跟着。看着卫灵公对南子亲密的样子，孔子忍不住发出了议论："吾未见好德如好色者也！"看来，孔子是吃醋了！

还有一个民间传说：孔子东游，路上遇到一个美艳少妇，孔子动了心思，想和少妇求欢。少妇拒绝了他，他便强行把少妇虏入树林里，做了那事。事毕，少妇怒斥他："汝非禽兽哉！"孔子回答："夫人之见也，无风不起浪！"

这个故事很荒唐，把孔子糟蹋成了没有人性的强奸犯。其实，孔子东游各国，一直都有众多弟子陪同，从来没有单独行动过，作为一个老师，处处为人师表，他无论如何也不会在弟子面前做这种丑事的。

杀少正卯

孔子和少正卯都是鲁国人，还是同乡，少正卯比孔子小几岁。孔子办学堂收弟子，少正卯也开馆讲学。但是两人讲学的观点和内容都不一样。少正卯的口才好，讲得也生动，一来二去，孔子的弟子也都跑到少正卯那儿听课去了，最严重的时候，孔子那儿只剩下了子路一个弟子了。过了几年，孔子当上了鲁国的大司寇，也就是司法部长，少正卯也当上了大夫。但是，孔子上任刚七天，就下令把少正卯杀了，这还不算，还在街头暴尸三天。

孔子杀少正卯的理由有五个：一是心达而险（有知识，但心怀险恶）；二是行辟而坚（行为独特而又坚持不改）；三是言伪而辩（说假话而又能狡辩）；四是记丑而博（竟挑别人毛病还到处传播）；五是顺非而泽（不光顺从不同政见的人，还在经济上给予帮助）。

说起这件事，很容易让人联想到，孔子是在利用权力报复、打击对自己产生过威胁的人。孔子真若是以那几条罪名把少正卯杀了，还真给人留下了说不清、道不明的话把儿。但是，这件事本身的最大疑点就是存不存在。翻开历史，最早记载此事的是《荀子·宥坐》。此后的版本均源于此。这就让人感到疑惑：荀子比孔子晚出生 100 多年，其前，成书早于《荀子》的《左传》《国语》《论语》《孟子》等书从无文字记载，而且，《左传》和《国语》多有对孔子诬枉不敬之词，但对此事只字不提，那么，荀子又是从哪里知道此事的呢？再者，《荀子》《史记》等书，虚构妄言甚多，查无实据，只是一家之言，怎可轻信呢？还有很重要的一点是：春秋时，各国的刑律都有明文规定，那就是刑不上大夫。而且，执法的过程也很严格烦琐。同是大夫，一个大夫怎么可能轻易杀另一个大夫呢？

所以，孔子杀少正卯一事证据不足。按照现在法律疑罪从无的原则，应该判定不成立！

狂删《诗经》

孔子一生，还做过一件值得后人称颂的事，那就是他经手编整了《诗经》，给我国的文化宝库留下了一笔巨大的财富，同时也留下了不可弥补的缺憾。

我国的历史文化在各个时期都有着明显的时代烙印，汉赋、唐诗、宋词、元曲、清小说等都明显地代表着各自朝代的特点，而《诗经》则是春秋时期的辉煌标志。

《诗经》是我国第一部现实主义和浪漫主义色彩丰厚的诗歌总集，据说为东周的军事家、政治家尹吉甫所采集。现存的《诗经》有305篇，据说是孔子由3000多篇中删减而成。《诗经》原叫“诗”，也叫“诗三百”。孔子按照自己的价值理念把前人宝贵的诗篇，轻易地删去十分之九，还自己评价：“诗三百，一言以蔽之，思无邪。”而恰恰是现在所存的《诗经》里，描写情爱的诗篇占了很大比重，读过之后不能不思绪蹁跹。孔子此举造成许多著作的遗失，不能不说是一种不可饶恕的“罪过”。

屈原：拿什么昂扬你的歌唱

他用一颗火热的心来歌唱，当国破家亡的时候，他抱着“宁肯玉碎，不为瓦全”的忠贞，纵身一跃，激荡成汨罗江不息的浪涛，谱写出他生命的最强音！

1953 年，在赫尔辛基召开的世界和平理事会上，颁布了世界四大文化名人，分别是波兰的天文学家、日心说创始人哥白尼，欧洲文艺复兴时期重要的人文主义作家弗朗索瓦·拉伯雷，英国文艺复兴时期伟大的剧作家、诗人莎士比亚，以及我国的爱国主义诗人屈原。

那么，为什么我国入选的是屈原而不是孔子呢？那是因为孔子的儒家思想虽然在后世也得到了广泛的传承，但《论语》是孔子的学生根据他的言论整理而成，并非他的著作；《诗经》尽管是我国的第一部诗歌总集，也是中华文学宝库中的一颗璀璨的明珠，但孔子述而不著，他只是编辑者，而不是创作者。在西方以价值观为核心的世界，他们在看重知名度影响力的同时，是把成果放在首位的。

屈原的成就在于，他开拓了诗歌的现实主义和爱国主义道路。他的诗歌影响深远，《离骚》成为千古绝唱，因他而诞生的端午节成为中华民族传统的盛大节日，就便是一个最好的说明。他被选为世界四大文化名人之一，可以说当之无愧！

我们还应看到，孔子和屈原都生活在一个战乱的时代，两个人的价值观却相差甚远。孔子周游列国，是为了推销他的儒家学说。屈原热爱祖国、热爱人民，尽管被流放那么多年，走过那么多地方，但他的心却始终没离开祖国。他用一颗火热的心来“歌唱”，当国破家亡的时候，他抱着“宁肯玉碎，不为瓦全”的忠贞，纵身一跃，激荡成汨罗江不息的浪涛，谱写出他生命的最强音！

一、屈原的一生

屈原（约前 340 －前 278），战国时期楚国人，芈姓，屈氏，名平，字原，是楚武王熊通之子屈瑕的后裔。当时，秦、楚、齐、燕、赵、韩、魏七国争城夺地、互相杀伐，连年不断地混战。当年的屈原为楚怀王的左徒官，他劝怀王任用贤能、爱护百姓，到各国去联络，成功地劝说楚、齐、燕、赵、韩、魏六国君王齐集楚国的京城郢都，结成联盟，楚怀王成了联盟的领袖。联盟的力量，制止了强秦的扩张。

由于屈原得到了楚怀王的信任，引发了以公子子兰为首的一些贵族对他非常嫉妒和忌恨，便在楚怀王面前不断地说屈原的坏话，挑拨二人的关系，使屈原渐渐楚被怀王疏远。

秦王早想进攻齐国，碍于六国联盟，不敢动手。秦相张仪认为六国中间，齐楚两国最有力量，只要离间这两国，联盟也就起不到作用了。他愿意趁楚国内部不和的机会，亲自去拆散六国联盟。秦王大喜，准备了金银财宝，交给张仪。张仪假装辞去秦国相位，到了楚国后，先去拜访屈原，游说秦楚联合的好处。屈原表示：“楚国不能改变六国联盟的主张。”张仪又去对子兰说：“有了六国联盟，怀王才信任屈原，拆散了联盟，屈原就没有什么可怕了。”子兰听了十分高兴，引他拜见了怀王最宠爱的王后郑袖。张仪献给郑袖一双价值万金的白璧，郑袖便帮他会见了楚怀王。张仪凭着一副伶牙俐齿，对怀王说了很多弃齐联秦的好处，最后说道：“只要大王愿意，秦王已经准备了商于地方的六百里土地献给楚国。”

楚怀王很贪心，听说平白无故就能得到六百里土地，高兴得合不拢嘴，回到后宫告诉了郑袖。郑袖一边向他道喜，一边又皱起眉头，说道：“我听说屈原向张仪索要一对白璧未成，恐怕要反对这事！”怀王听了，半晌未语。 第二天，怀王摆下酒席招待张仪，和大臣们讨论起秦楚友好，屈原果然猛烈反对，他痛斥张仪、子兰等主张和秦结盟的人。他对怀王说：“大王，张仪是秦国派来拆散联盟、孤立楚国的，万万相信不得……”怀王想起郑袖所说，不禁怒道：“难道楚国的六百里土地抵不上你的一双白璧？”

楚怀王命武士把屈原赶出宫门。屈原站在宫门外面，看见张仪、子兰、靳尚等人兴高采烈地走出宫门，不禁顿脚长叹。

屈原为楚国的命运担忧，夜不能眠，一口气写下了长达 2400 字、372 行的诗篇——《离骚》，充分地表达了自己的忧愁和怨愤。

楚怀王受了张仪的蛊惑，封张仪为楚相。他因贪图六百里的商于之地，真和齐国断绝了合纵之盟，派人跟张仪去秦国接受赠地。张仪回到秦国后装病，三个月不见楚使。愚蠢的怀王还以为是张仪怪他和齐断交的态度不够坚决，又派人去辱骂齐王一通。齐王大怒，断绝了和楚的合纵，反而和秦国联合起来了。这时，张仪才出面对楚使说：“秦国赠给楚国的土地是长宽六里。楚怀王听说六百里变成了六里，气得两次兴师伐秦，结果都被秦军打败。丧失了八万军队，还丢掉了汉中大片土地。这时，怀王才觉得屈原说得对，于是重新起用他，让他出使齐国，重修楚齐之盟。秦国害怕齐国、楚国复交，主动提出退还占据汉中之地的一半，求得和解。楚王提出不要汉中地，只要张仪头颅。秦惠王当然不同意，张仪却胸有成竹地说：“以我张仪一个人就能抵得上汉中的土地，臣愿意到楚国去！”

张仪到了楚国后，又用重金贿赂了郑袖、子兰等人，在楚怀王面前花言巧语一番，许诺把秦国公主嫁给他。楚怀王一时被美事儿冲昏了头脑，居然把张仪放回去了。等到屈原从齐国回来，张仪已回到了秦国。

公元前 305 年，楚怀王又一次背齐合秦，去秦迎亲；第二年，还要接受秦王邀请，去黄棘（今河南新野县东北）相会、接受秦退还的上庸之地（今湖北竹山县）。屈原竭力反对，遭到了第一次流放，被流放到了汉北地区（今安康一带及汉水上游地区）。

公元前 303 年，齐国、韩国、魏国攻打楚国，声讨楚国违背纵约。楚国向秦国求救，还把太子送到秦国做人质。第二年，楚太子杀了秦大夫逃回楚国。秦王以此为借口，联合齐国、韩国、魏国攻楚国，占领了重丘（今河南泌阳县东北），消灭了几万楚军。昏庸的怀王这才又想起齐楚联盟的重要，让太子横去齐国做人质，以求和齐联盟反秦。

公元前 299 年，秦又攻楚，夺取楚地八城，胁迫怀王在武关（今陕西商洛市商州区东）相会。屈原此时已从汉北的流放地返回，力劝怀王不要赴会。可是，子兰等人为讨秦王欢心，竭力怂恿怀王前去。结果怀王一入武关，就被秦军扣留，劫往咸阳，要挟他割让巫郡和黔中郡。楚国从齐国迎归太子横立为顷襄王，不肯向秦割让土地。秦又发兵攻楚，夺取 16 城。公元前 296 年，楚怀王死于秦国。于是，楚国和秦国断绝交往。

公元前 293 年，秦国攻打韩国，大败韩军。秦国趁势给楚王送信，表明要和楚军决一死战。楚顷襄王害怕，准备再与秦国讲和。屈原上书反对，指出怀王最后落到客死他国的下场，就是因为“其所谓忠者不忠，而所谓贤者不贤也。”矛头直指子兰等亲秦派。于是，子兰等人又在楚顷襄王面前进谗，致使屈原第二次被流放到南方的荒僻地区。

屈原从郢都（今湖北江陵县）出发，顺江而下，经夏首（今湖北荆州市沙市区东南）、龙门（郢都的东门），由洞庭湖进入长江，而后又离开了夏浦（湖北汉口），最后到了陵阳（今安徽青阳县南），前后 18 年间，写下了大量的诗篇。

公元前 278 年，秦国再次攻楚，占领郢都，楚顷襄王被迫迁都于陈（今河南淮阳）。消息传来，屈原重返郢都的希望彻底破灭，他来到汨罗江边，披头散发，形容憔悴。江边有一个渔翁见他这样很是吃惊，问道：“您不是三闾大夫吗，怎么来到了这里？”屈原说：“世上全都肮脏，只有我干净；个个都醉了，唯独我清醒。因此，被放逐。”渔翁说：“通达事理的人对客观时势不拘泥执着，而能随着世道变化推移；既然世上的人都肮脏龌龊，您为什么不也使那泥水弄得更浑浊而推波助澜？既然个个都沉醉不醒，您为什么不也跟着吃那酒糟喝那薄酒？为什么您偏要忧国忧民行为超出一般与众不同，使自己遭到被放逐的下场呢？”屈原说：“我听说刚洗头的人一定要弹去帽子上的尘土，刚洗澡的人一定要抖净衣服上的泥灰，一个人哪里能让洁白的身体去接触污浊的外物？我宁愿投身湘水，葬身在江中鱼鳖的肚子里，哪里能让玉一般的东西去蒙受世俗尘埃的沾染呢？”渔翁微微一笑，划船而去，口中唱道："沧浪水清啊，可用来洗我的帽缨；沧浪水浊啊，可用来洗我的双足。"

屈原绝望至极，在江边愤然写下《怀沙》一诗后抱着一块儿石头，纵身跳入滔滔的江水中。逝年 62 岁。

没过几十年，楚国被秦国灭亡。

二、屈原的故事

石洞读书

屈原故里位于巫峡与西陵峡之间的长江北岸，那里山清水秀，树绿花香。当地的居民都穿着奇异漂亮的楚服。在这样的环境熏陶下，屈原从小就养成了高洁、美好的性格。

屈原的祖辈虽然是王公贵族，但他父亲却一生不得志，身居乡野，靠世袭的食邑生活，也算衣食无忧。

屈原从小就很聪明，过目能诵、提笔成文，且非常好学，就连乡间传唱的歌谣他也学。他的父亲伯庸是个传统的儒家弟子，不赞成他接触那些民间的东西，只让他读塾师规定的那些书，让他学习孔子的儒家说教，却不让他看孔子编的《诗经》。

屈原的性格很倔强。他不顾父亲的反对，偷偷地跑到离家十几里路的一个山洞里去读《诗经》，刮风下雨、酷暑严寒，从不间断，经过三年的时间，他已经能把《诗经》的 305 篇背诵如流了。

解带系袋

屈原从小就善良、乐于助人。有一天在读书回来的路上，他一边走一边欣赏自己的新鞋子。这双新鞋是姐姐刚刚给他做的，布料好，颜色也好，鞋带是姐姐特意用彩色的丝线编制而成的。他从小就没了母亲，比他大 10 岁的姐姐女须待他特别好。他知道这双鞋是姐姐熬了很多个夜晚才做成的，所以，走在路上，他特别小心，尽量避免碰着石子、避免踩着脏东西。

走着走着，他忽然看见地上有一溜儿米粒，心里不由得一阵惋惜：这么好的粮食白白地撒在地上多可惜呀！他顺着米粒朝前一看，前边走着一个老太太，脚步很沉重，背着一袋米，米粒正从袋上的一个小窟窿不断地往外漏着。他急忙喊道："老奶奶，请您停一下，您的米袋漏了！"

老奶奶停下脚，回头一看，才知道米袋漏了，不由得焦急地喊起来："哎呀，真糟糕，这可怎么办哪？"

屈原走过去，四下看了看，找不到扎米袋漏口的东西。一低头，看见了自己的鞋带，高兴地对老奶奶说："我有办法了！"说着就蹲下身子解鞋带。

老奶奶一看是新鞋带，忙说："那怎么行？你那是新鞋带呀！"

屈原说："没关系，相比之下，还是不漏米重要。"说着，他解下了鞋带，把米袋的漏口扎住，又说道："老奶奶，您累了，我帮您背回去吧！"

屈原把米给老奶奶背到家，老奶奶连声道谢。屈原听说她的儿子在外地从军，就对老人说："您的儿子为国效力，我帮您是应该的，往后，您就当我是您的干孙子，有什么事儿您就告诉我！"

流沙变米

屈原家不远的地方有块儿大石头。石头上有个小洞，就像山上的泉眼一样，常年往外流沙子。附近的人都去那里接沙子，用来修路、砌墙、盖房子。还有些穷人去那里接了沙子，运到城里换钱、换食物。

有一天，一位老伯到那里去接沙子，忽然发觉从石洞里流出的不是沙子，而是大米。老人回去，把这个消息告诉了其他穷人。大伙儿纷纷来石洞接大米，兴高采烈地说："这是上天可怜穷人！"

屈原的父亲伯庸发现家里粮仓里的大米减少得很快，就感到很奇怪。因为家里人每天吃米都是有数的，不能下去那么多呀！担心被贼偷了，于是他就决定晚上藏在粮仓旁，弄清楚是不是有贼来偷米。快到天亮的时候，果然有人进了仓房，把粮囤里的米装了一袋，背上往外走。伯庸正要出去抓这个偷米的人，忽然发现这个人是他的儿子——屈原。可是，他偷米干什么用呢？

伯庸悄悄地跟在儿子的身后，看他到底往哪儿去！

天蒙蒙亮了，屈原背着米袋，快步朝那块儿大石头走去。到了跟前，他把一袋子米都倒进石洞眼儿里，转身往回走，跟父亲正好打了个照面。这时候，那些接着大米的穷人也守在旁边要弄清楚石洞里流出大米的原因，大家都走了过来。连声对屈原表示感谢。屈原以为父亲会责怪他，正要跟父亲解释，父亲高兴地拍着他的肩膀说："孩子，你做得对，我不会怪你。可是，你这样做，就是把咱家的米都拿来，又能救济得了几个穷人呢？你还是要好好读书，增长知识和本领，长大了成为有用的人，国家好了、富强了，全国的老百姓才会不再受穷，才能过上好日子！"

屈原迎着父亲充满期望的目光，不由得攥紧了拳头，暗暗在心里说：“将来，我一定做一个这样的人！”

照面井

屈原小时候，每天起床都是姐姐给他梳头、洗脸、整理服装。姐姐总是一边给他梳洗，一边给他讲那些有关高尚美德的故事。时间长了，屈原就懂得了：作为一个人，不仅要讲究外表的整洁，还要永远保持心灵的纯正。

屈原渐渐长大了，他不再麻烦姐姐了，每天早起后就来到离家不远的香炉坪坎下的响鼓溪畔，对着清清的溪水照面、洗脸、梳头。

有一天，屈原在溪边梳洗完毕，突然想到：要是能有一口井，像姐姐说的那样，既能照出脸上的污垢，又能照出心上的灰尘，那该多好啊！想到这里，他回家扛来一把小镢头，爬到前面的三星岩边挖起井来。他年纪小，力气也小，挖着挖着，就累得呼呼直喘了，汗水也不断地流了下来。挖了两天，才只挖了脸盆大的一个坑。

屈原的行动被三星岩上的山神爷爷看到了，山神就变成一个白眉、白须的老樵夫，挑着柴走下岩边，问道：“孩子，你是在挖水井吗？”

“是的，老爷爷，我想挖一口既能解渴，又能浇田，还能照面、洗心的水井。”

“有志气呀，孩子！可挖这井，你没选准位置啊。你听着：三星岩，三星岩，对准三星引泉来。折断龙骨泉眼开，照面照心涤尘埃。”说完，老樵夫捋了捋胡须，挑着柴担子走了。屈原眨巴眨巴眼睛，一下子就明白了老樵夫的意思。

当天夜里，屈原站在香炉坪，对准三星，选好了井位，第二天一早，就挖起来。他挖了两天，手都磨起泡了，胳膊也肿了，只是挖了脸盆那么大个坑，没有一尺深。姐姐本来以为弟弟每天是上三星岩去玩儿，看他回来累得饭都不想吃，一问才知他是在挖井，第二天就帮他来挖。姐弟俩又挖了两天，井坑还没簸箕大，不到两尺深。三星岩上的山神爷爷又变成老樵夫下山来了。

“孩子，镬头磨钝了吧？我借给你一把小镐！”屈原接过一看，嗨！明晃晃、金闪闪的，原来是一把金镐。老樵夫笑着说道：“金镐一点石岩开，碰到龙骨我再来；心诚感得天地动，定有明镜镶山崖！”说罢，打着哈哈，飘然而去。

屈原姐弟俩高高兴兴地挖起来。屈原在井里挖土，姐姐在井边提土，姐姐在井下刨石，屈原在井上拉绳。那金镐真怪，举起来，四两轻，落下地，千钧重。他俩只挖了七天，那水井就有九尺九寸深，周围就有三丈三尺长。谁知就在这时，屈原用力一镐刨下去，只听得“叮当”一声响，顿时火星直冒，再一刨，石头“蹦蹦”直响，但纹丝不动。屈原急了，姐姐也急了。这时，那位鹤发童颜的老樵夫又来了，说道：“哈哈，遇上龙骨石了吧？孩子！这山里伏着一条千年老龙化成的青石，压住了地脉，把泉眼封死了，来，让老爷爷给你砸开吧！”说罢接过镐，举起来，“轰”地一镐下去，坑里的石头都飞出了井口。老樵夫再叫屈原用锄头轻轻一点，泉眼开了，泉水汩汩地直往上翻花儿，那水又清又凉、又甜又香，真跟琼浆玉液一般。屈原和姐姐正要向老爷爷道谢，可老樵夫一甩袖子，驾着青云飞走了。

乡亲们闻讯赶来，纷纷向屈原姐弟俩祝贺。石匠把龙骨石凿成半月扇面，镶作井沿。孩子们从山上采来芝兰，小伙子们从垭口移来常青柞树，栽在井边。

从第二天起，屈原每天清早就来到井边，用清清的泉水冲洗散开的长发，濯洗鲜红的帽缨。长发、帽缨浸在水里，泉水就打起漩涡，跳起来为他洗脸。每次梳洗完毕，他就对着明亮的井水，察看自己心里有没有私心邪念，行为上有没有不检点的地方，在乡里做得有没有不对的地方。这井水也怪，好人喝它，清爽津甜，不生疔疮；坏人喝它，五内俱焚，腹如刀绞。好人越照越美，坏人越照越丑。有一回，从郢都（当时楚国的京城，在今湖北省江陵县一带）来了一帮贪官，游山逛景，逛到香炉坪，听说三星岩有一眼宝井，一个个地跑来盗宝。他们趴到井边朝水里一望，井底立刻现出一群牛头马面、白粉骷髅，纷纷吓得半死，于是，民间留下了“照面井寒奸佞胆”的诗句。千百年来，屈原家乡的人们出坡下田，收工路过，都要绕到井边照一照，以洗净眼里的灰尘，涤去脸上的脏污。在明月当空之夜，姑娘们常常相约，来到井边对月绣花。有时失手，花针落地，不用费神，借着井里的月光，很快就可以拣起来再绣。据说在这里绣出来的花卉，格外鲜、格外美，蝴蝶飞来也不愿离开。老人们还曾说：“当三星高照的时候，你伏在井台边赶巧了，兴许还能从井底看到屈大夫那忧国忧民的容颜哩！”

拟《宪令》

屈原在楚国担任左徒，怀王让他主持宫廷事务。他对内主张举贤授能、章明法度、富国强兵；对外主张联齐抗秦，阻止秦国向东扩张。楚国渐渐成了强国，屈原也成了怀王的得力重臣。当时，楚国的令尹是子椒，老而无能，上官大夫靳尚缺德少才却工于心计，早就想当上令尹，他和怀王的宠妃郑袖、令尹子椒都是亲秦派。屈原受到怀王的重视，让他心生嫉妒，担心自己做不成令尹，就千方百计地想要陷害、除掉屈原。

屈原为了使楚国强大起来，经常给怀王讲魏文侯用李悝、楚悼王用吴起、韩昭侯用申不害、秦孝公用商鞅改革取得成效的事实鼓励怀王走革新政治、富国强兵的道路。怀王接受了他的建议，密授他起草一部革新楚国政治的根本大法——《宪令》。

屈原一连几天没进宫议事，引起了靳尚的怀疑，他让郑袖从怀王嘴里探出一点儿口风，便和子椒商议，由子椒派人在郢都城内散布谣言，让郑袖在怀王面前挑唆，说屈原起草《宪令》的目的是要架空怀王，以篡夺熊氏江山；还说屈原把这几年楚国变好的功劳都归功于他自己，怀王只不过是摆设。怀王本来就没有主见，听了这些，立刻对屈原产生了反感。

屈原起草好《宪令》，高兴地去见怀王。在宫门口被靳尚拦住，要屈原把《宪令》交给他，屈原不从，二人就争抢起来。就在这时，郑袖陪着怀王和一帮宫廷老爷从内宫走出来，她命宫廷卫士夺过《宪令》，专挑那些敏感的文字念给怀王听。她指责屈原说："照你这么改，大王不是成了孤家寡人了吗？大王早就发觉了你的叵测居心！"靳尚谄媚地把《宪令》呈给怀王，怀王连看也没看，就叫卫士烧掉了。一个强国富民的改革方案，没出摇篮就被扼杀了。屈原随后被流放。

端午节的由来

说起端午节的来历，传说很多，版本大同小异，都跟屈原之死有关。

屈原被流放了十多年，到了很多地方，始终没离开楚国。他一直都怀着希望，希望楚王能够醒悟过来，招他回朝，继续为国效力。

一个风和日丽的正午，屈原走在汨罗江边，一边漫无目的地走着，一边愤懑地吟咏着：

举世皆浊啊，唯我独清；
众人皆醉啊，唯我独醒。

一个渔船刚刚靠岸，渔夫是屈原的老相识。渔夫栓好纤绳学着屈原的腔调唱道：

举世都变得浑浊肮脏，
你为什么不随波逐流？
大家都喝得大醉不醒，
你为什么滴酒不沾？

屈原很惊讶，他认识渔夫很多年，却不知道渔夫也会吟诗唱歌。渔夫告诉他，自己不但会唱，还会看相。

渔夫端详了屈原一会儿，说："我看相一向直言，三闾大夫，你相貌端正，心也端正，这并不好。"

屈原感到很奇怪："你这话是怎么说的？难道心正还有毛病吗？"

渔夫说："心固然要正，可太正了就不好。国有君、家有主、人有心，若没君、没主、没心，人就没法活了。可是，心太正了，也就等于没心了。你一贯主张按规矩办事，可是你能说得清楚什么是方，什么是圆吗？"

屈原不由得笑了一下，说："你拿我当个小孩子了？"

渔夫对他也是一笑，扛起船桨扬头走去，一边走一边唱：

小小渔船长又长，
悠悠飘荡汨罗江。
要是有人说它方，
我就说它像张床；
要是有人说它圆，
我就说它像月亮；
要是有人说它像架车，
我就说它轱辘轱辘
跑得尘土扬。

五月初五那天，屈原听说秦军攻破了楚都，楚军不死即降，楚王早已跑没了影。屈原彻底绝望了，在汨罗江踉踉跄跄地奔跑呼号，最后，抱着一块石头跳进江中。

江上的渔夫和岸上的百姓听说屈原投江自尽，纷纷来到江上打捞他的尸体。人们拿来鸡蛋、粽子投入江中，不让鱼儿咬坏屈原的身体；还把雄黄酒倒入江中，以便药昏蛟龙水兽，使屈原的尸体免受伤害。从那以后，每年的五月初五，楚国人都会到江上划龙舟、投粽子、喝雄黄酒，以此来纪念屈原。

端午节就这样流传了下来。

三、屈原的艺术成就

在我国的历史上，春秋时期因为有了孔子而生辉，战国时期因为有了屈原而添彩。帝王将相抑或叱咤风云，抑或权势盖天，都不过是过眼云烟。而屈原的诗歌，却成了中华宝库的典藏，千古不朽，万世留吟。

屈原的诗歌为什么会有如此巨大的艺术魅力呢？因为他创作的《楚辞》是我国第一部充满浪漫主义色彩的诗歌总集。

屈原以前，《诗经》是对中原文化的一个高度概括和总结，也是当时诗歌创作的最好典范和样本。它为我们展现了一幅春秋时期以前丰富、多彩、生动的历史画卷。但是，缺少浪漫的幻想、自由的精神和飞扬的个性，表现形式也很呆板。而屈原所创作的诗歌则突破了《诗经》的那些局限，吸收了楚地的乡土文学和民间音乐的营养，感情奔放，想象丰富，文采华丽，充满了浪漫主义色彩和爱国主义精神。毛泽东在《咏雪》一词中说“一代风骚，成吉思汗”，其中，“风骚”所指应为《诗经》和《楚辞》，“风”指的是《国风》中的“十五风”；“骚”指的是《楚辞》中的《离骚》。屈原的主要作品有《离骚》《九歌》《天问》《九章》《远游》《卜居》《渔父》。他的作品大致可分为三类：一是《离骚》，作者以自己的一生为原型所写出的宏伟诗篇，从中可以看出作者的理想、热情、遭遇和痛苦，是作者全部作品中的经典；二是根据神话和传说创作的《天问》，展示出作者的艺术造诣，表达了作者的人文观点；三是《九歌》，基本都是楚国的祀神乐曲，经过加工、润色而成，充满浓厚的生活气息，明显地流露出楚国民间文学的传统创作手法。著名诗人、评论家何其芳高度评价屈原的作品，称赞其作品异常鲜明地打着他的整个生命的个性烙印。

四、不靠谱的传闻

传闻，顾名思义就是道听途说，不是亲眼所见。传闻的弊病就是真假难辨。俗话说：谎言说过三遍也就成了“真理”。所以说，传言可以害死人。屈原这样一位受人尊敬的爱国男儿，在他身上能发生什么传闻呢？

同性恋的传闻

早在中华人民共和国成立前，有一位教授在《中央日报》上发表了一篇名为《屈原是文学弄臣的发疑》的文章，说他跳江自杀是殉情而不是殉国！因为他和楚王是同性恋，后来，楚王得了一位名叫湘夫人的美人，自从有了这位宠妃，楚王就疏远了屈原。屈原非常失落，故而有了殉情跳江一说。事实是屈原在第二次流放的途中，还抱着被招回国的幻想。在他 62 岁那年，他听到秦国攻破郢都，楚顷襄王逃跑，屈原的幻想彻底破灭，在汨罗江边写下人生中的最后一首诗《怀沙》，表达了自己强烈的思乡之情，悲愤投江而死。用这种脏水“泼”一个这样高尚的人，显然是卑鄙的。

端午节的另外一种说法

屈原被流放以后，成了一个无职无权的老百姓，对他的政敌已经构不成任何威胁，杀害他已没有任何意义。从屈原创作的诗歌中，可以看出他的爱情生活充满了浪漫色彩。他写了大量的情诗，其中《湘夫人》一诗中，表现出屈原对这个女人的爱恋和渴慕达到了忘我的地步。不用说，这个女人有着惊人的美貌，也有着比屈原更高的地位。

他们二人因为障碍太多，只能在荒郊野外秘密约会。不难看出，这个女人就是楚怀王的宠妃郑袖。《湘夫人》的湘就是楚的代称，而夫人只能是帝王的妻妾。屈原与郑袖的恋情被怀王知道后，奈于名声，只好用放逐屈原的办法，使他们分开。怀王死后，楚王室尊照怀王的遗命，防止屈原和郑袖的关系死灰重燃，派人对屈原捕杀，兵士在汨罗江边抓住了屈原，杀死之后，装入袋中，压上石块儿投入江中。当地百姓亲眼看到了这一幕，又不能公开说出真相，就在纪念另一个楚国英雄伍子胥的日子（五月初五）里，举行哀悼屈原的祭礼，用赛龙舟隐喻当时追杀屈原的激烈场面；用包粽子来隐喻屈原被投入江中的悲惨事实：糯米饭象征着屈原的肉体，粽叶象征着装他的袋子，粽丝象征着捆扎他的绳索；而把粽子投入水里，则象征着屈原被人淹死的真相。当然，这些只是传闻。

屈原，我们该用怎样真诚的敬仰，在岁月的长河里昂扬他的歌唱！

李白：酒鬼也成仙

李白是我国继屈原之后最为杰出的浪漫主义诗人，他的诗雄浑豪放、具有丰富的想象力和感染力。在唐代众多的享有盛名的诗人当中，李白居首，被尊称为“谪仙人”。

一、李白的身世

李白的身世带有很多谜团。

传说他母亲在生他的时候，梦见天上的一颗长庚星落入怀中，随即他便“呱呱”落地。那时候，都流行“抓百天”，就是孩子百天的时候，在桌上摆放很多样东西，让抱在母亲怀里的孩子伸手去抓，抓到自己感兴趣的东西，就预示着孩子长大后干什么。李白伸手抓到的是一本《诗经》，他的父亲很高兴，认为他长大以后能够成为有名的诗人。

李白的父亲叫李客，是个有头脑、有文化的商人。在他的 12 个儿子当中，他最喜欢的就是李白。

李白七岁那年的春天，正是风和日丽、满院梨花盛开的时候。李白的父亲诗兴大发，随口吟道：“春风送暖百花开，迎春绽放它先来。”李白的母亲接了一句：“火烧杏林红霞落”，这时候，李白指着一棵李树，脱口而出：“李花怒放一树白。”他父亲兴奋地说道：“我儿有名字了，就叫李白！”

李白的出生地说法不一。一种说法是他出生在中亚的碎叶城（在现在吉尔吉斯斯坦境内，唐时属中国管辖），五岁时随全家迁居到绵州昌隆县青莲乡（现在的四川省江油）。这个观点是史学家郭沫若根据李白的诗文和碑文推测出来的。李白曾在《与韩荆州书》中留下“白陇西布衣，流落楚汉”的文字；而李白的墓碑中也记载先祖就生活在碎叶一带。另一种说法是他老家在四川绵州昌隆县。这种说法主要来源于李白族人的文字记载和后来的出土文物。除此之外，还有一种推测：李白是条支人，条支在现在阿富汗境内，据说李白的先人因犯罪被流放到条支，后来才回到原住地。

其实，靠谱的说法应该来自李白的自述：“白本家金陵，世为右姓，遭沮渠蒙逊难，奔流咸秦。”“金陵”在兰州一带，“咸秦”就是当时长安的称谓。由此可见，李白的先人是由金陵迁到长安的，所以，李白应该是长安人。

关于李白的出身也有不同的说法。

其一，李白是唐代皇室后裔。唐高祖武德九年（626），当时的秦王李世民在长安城宫城北门玄武门杀死太子李建成和齐王李元吉。随后，李渊诏立世民为皇太子，下令军国庶事无论大小悉听皇太子处置。不久之后李世民即位，年号贞观。李白就是李建成或李元吉的后代。家族被连累问罪发配流放到条支。后来，唐玄宗诏准他们回京，使他们“录入宗正寺，编入属籍”。奇怪的是，李白一家并没登记，也没向人提起。按说，作为皇室的亲属，本是一种高贵和荣耀的象征，李白为什么不愿公开呢？

其二，李白是西汉飞将军李广的后裔。有人从李白“家本陇西人，先为汉边将”的诗句中分析，李白应该是李广的第二十五代世孙，属西汉李陵、北周李贤隋代李穆这一支的后裔。但是，李白只承认远祖李广，却绝口不提和李陵等人的关系。可能是因为李陵投降了匈奴，背叛了朝廷，他觉得蒙羞，才不愿意公布自己的血缘吧。

二、李白的婚姻

李白一生娶了三个老婆，另外还有一个情人。

第一个老婆：唐开元十五年（727）在湖北安陆，李白经胡紫阳和马正公这两个朋友的撮合，娶了前宰相许圉师的孙女。其实，细说起来也谈不上娶，就是当了个倒插门女婿。由于在婚后长达十年的时间里，李白都生活在老丈人家里，寄人篱下的滋味本来就使他非常不顺心了，哪儿还有心思去琢磨其他的事情。这是李白的第一次婚姻，可能他还是抱着很负责的心态去对待的，并且婚后育得一男一女两个孩子。开元二十七年（739），也就是在距第一任老婆去世一年之后，李白又找了一个刘姓女人，但并未明媒正娶，只是情人关系。李白为她在安徽买了一套房子，但不久两人就分开了。

第二个老婆：唐天宝四年（745），李白在山东任城与当地一妇人结婚。那时候的李白刚从京都长安出来，背着一大布袋金银财宝，和杜甫、高适一路取道河南商丘，并在此逗留很久。与他二人分手之后，李白自己前往泰山考取道箓，路过任城，结识了这位妇人，两人情投意合，当下便结了婚。因为这个老婆为他生了一个儿子，李白便在山东兖州置下了大批田产，此后他云游在外，这些田产就交给了妻子。

可见，李白对这个妻子十分信任，可惜的是，这个妻子在他们结婚五年后，不幸亡故。

第三个老婆：唐天宝九年（750），李白在河南开封结识武则天时任宰相宗楚客的孙女宗氏，要说起两人的结识还颇有点儿浪漫主义色彩。说是李白酒醉梁园，诗兴大起，便挥笔在墙上写下了那首著名的《梁园吟》。走后不久，宗氏就和仆人来到了这儿，看见这首诗，久久不能释怀。正好梁园的仆人看见了，马上就要擦掉，宗氏不让擦。但仆人干活儿乃分内事，不敢不做。无奈，宗氏便花重金买下了这面墙壁。于是也就留下了这段“千金买壁”的佳话。在很多史料的记载中，都描述这个宗氏是一才貌俱全的大家闺秀。

唐上元二年（761），宗氏到邝山学道。于是，李白便又成了孤零零的一人了，此后便不复再娶。

三、李白的故事

铁杵磨成针

这是一个流传很广的故事。李白小时候曾经在昌隆县的象耳山中读书，但他并不用心。有一天，他在读一本很厚的书的时候，读到一半就不耐烦了：“这么厚的书，又这么难懂，什么时候能读完啊？”看到窗外很多孩子在游戏，他也就扔下书本溜了出去。正是春暖花开、蜂飞蝶舞的艳阳天，他快乐地一路奔跑着，采花捉蝶，不知不觉来到一条小溪边，看见一位满头白发的老奶奶正在一块石头上专心致志地磨一根铁棒。他很好奇地问：“您磨这个做什么呀？”老奶奶头也不抬地回答说：“磨针啊。”他很惊讶道：“这么粗的铁棒怎么能磨成针呢？”老奶奶抬头对他说：“这铁棒再粗，我天天磨，一直磨下去，总有一天能磨成针的。”他听了这话，幡然醒悟，明白了一个道理：只要持之以恒，再难的事情也会做成。读书不也是这个道理吗？！于是，他跑回教室，捧起书本，用心地读了起来。

三烧两赋

李白五岁时，父亲就指导他诵读汉代著名文学家司马相如的辞赋，寄望他成为司马相如那样有成就的人，为李门争气。他把父亲的殷切期望铭记在心，十岁那年，就开始动笔学写辞赋，创作非常认真，字斟句酌，一丝不苟。因为他时刻都用老奶奶铁杵磨成针的精神督促自己，相信自己刻苦地学习辞赋，一定能够超过司马相如。这天，他兴冲冲地把几经修改后的一篇辞赋送给父亲看，他自认为写得不错，一定会得到父亲的夸奖。不料，父亲读了以后，很不满意，对他说：“你这篇赋写得太差了，既无气势，又乏文采。不过你也不要灰心，应当继续努力。”

李白点了点头说：“一定按照父亲的要求办。”回到书房，他把那篇辞赋投到火炉中烧了。然后重新构思，重新创作，连续拟作了三次，没有一次感到满意，只得都付之一炬，直到第四次，才写成比较满意的两篇，即《拟别赋》《拟恨赋》。《拟别赋》后来散佚了，《拟恨赋》还保留着，收在宋人宋敏求所编的《李太白集》中。

痛骂乡绅

李白 14 岁时就已名声在外。南浦有位姓胡的乡绅喜欢附庸风雅，常爱编几句顺口溜，自诩有才。在胡姓乡绅 50 岁寿辰的那天，设宴款待全乡的士绅名流，李白也在被邀请之列。酒过三巡，胡姓乡绅乘兴在李白面前显摆，对他说：“久闻神童才华横溢，老夫有一上联，苦于没有下联，特请玉成。”胡姓乡绅说的上联是：“梁山栽大竹，无须淋水。”联中指的是三个县名。胡乡绅自认为是绝对，会难住李白，让他当众出丑。哪料到李白脱口应道：“南浦人长寿，何惧丰都。”在座人听罢，无不叫好。胡姓乡绅心有不甘，还想难为李白，便指着墙上的一个神仙醉抱酒坛睡在岩上、坛口向下流酒的一幅画说：“酉加卒是个醉，目加垂是个睡，老神仙环抱酒坛枕上，不知是醉还是睡。”众人听后，不由暗暗替李白担心。李白却不慌不忙地指着肥胖如猪的胡姓乡绅道：“月加半是个胖，月加长是个胀，胡姓乡绅挺起大肚当中站，不知是胖还是胀。”众人一见胡姓乡绅那副模样，不禁捧腹大笑起来。胡姓乡绅非常尴尬，可又不便发作，只好强装笑脸，暗暗打着鬼主意。这时，酒席已散，胡姓乡绅陪众人到花园散步，只见荷花池中有几只小鹅在戏水，便借题发挥，指着小鹅讥讽李白少年恃才：“白鹅黄尚未脱尽，竟不知天高地厚。”这时恰好有一只乌龟从水里伸出头来，东张西望，李白便脱口答道：“乌龟壳早已磨光，可算是老奸巨猾。”众人又哄地大笑起来，气得胡姓乡绅干瞪眼，无话可说。

离家远游

李白 25 岁的时候，已经成为一个多才多艺的人，能诗善文，他不仅喜欢弹琴唱歌，还会击剑骑马。他决心为国家干一番轰轰烈烈的事业，就对父亲说：“孩儿打算离家到外面去长长见识。”“还是在家读读书，有机会找个事儿做吧，何必远离家乡呢？”父亲说。李白满怀豪情地说：“大丈夫活在世上，应该志在四方、胸怀天下。待在家乡，怕是没法儿施展我的才能。出去以后，一来可以游历各地，结交名士；二来也可以寻找机会，辅助皇上。”父亲听了，乐呵呵地笑着说：“好，你既然有这样的抱负，那就出去闯闯吧！”

过了几天，李白告别父母，身佩宝剑，上路了。乘船沿着长江东下，过三峡的时候，江水湍急，船行如箭，李白站立船头，望着两岸的青山，心中非常激动。后来他写过好几首描写三峡风光的诗。其中一首名为《早发白帝城》的诗广为流传：

朝辞白帝彩云间，千里江陵一日还。
两岸猿声啼不住，轻舟已过万重山。

另外，在漫游途中，李白还登上庐山，观望瀑布，写下了《望庐山瀑布》二首。其中一首是：

日照香炉生紫烟，遥看瀑布挂前川。
飞流直下三千尺，疑是银河落九天。

在李白的诗里，他把祖国山河描绘得格外壮美！

王李一家

一年夏天，烈日炎炎，李白口渴难忍，心想要是有个酒店就好了，就可以痛快地畅饮一番了。忽然，前面有户人家门前挑出一面小旗，李白驱赶着小毛驴直奔那家小店。到了跟前一看，才看清小旗上写的不是“酒”字，而是“醋”！原来是醋店，李白兴致顿时消去大半。

他转念一想，倒也罢了，喝上几口茶水，也比干渴着强。于是走进店里，只见屋内桌旁坐着一个县官模样的人正在歇息。李白对店主说：“一人一口又一丁，竹林有寺没有僧，女人怀中抱一子，二十一日酉时生。”店主是个很聪明的人，他听出李白是用诗谜在问他，心中十分佩服，就答道：“跟您说吧，这是有名的山西老陈醋，味道极佳，先生尽可品尝。”李白说：“醋我可以买一坛，不过我口渴极了，烦店主给沏壶茶。”说罢，掏出银两递给店主。店主高高兴兴地给李白沏好了茶，又挑了一坛醋。李白端起茶碗一饮而尽，然后对店主说道：“鹅山一鸟鸟不在，西下一女人人爱，大口一张吞小口，法去三点水不来。”店主点头应道：“多谢光顾小店，先生走好。”李白手提醋坛，刚要迈出门坎儿，只见醋店里那个县官模样的人站起来大声呵斥道：“你是何等浅薄之人，竟敢在本官面前咬文嚼字，好不自量！”李白瞥了他一眼，一板一眼地说道：“豆在山根下，月亮半空挂，打柴不见木，王里是一家！”说罢，走出门，骑上毛驴，一甩鞭子，扬长而去。蠢县令却不知道李白话中的含义，听后，反而暗自发笑。心想：“可不是嘛，我好比那一轮明月，他就是那山下的豆；我姓王，我老婆姓李，本来就是一家嘛！”实际上，李白说得却是“岂有此理”。

天上谪仙人

李白先后游历了长江中下游的一些地方，结识了不少知名人物，写下很多动人的诗篇。30 岁的时候，他到了长安。

长安是当时的政治和文化中心，十分繁华。李白在长安拜访了一些大官和名人，希望通过他们的推荐，得到朝廷的重用。但是他受到了冷遇，没有得到任用。李白的才能无处施展，心里很苦闷。

有一天，李白同一位朋友到紫极宫去游玩。刚进门，迎面碰到一位白胡子老人。朋友连忙给李白介绍说，这就是著名的诗人和书法家贺知章，当今太子的老师。

“后生李白，久闻大名，景仰得很！”李白兴奋地说。

贺知章也听说过李白的诗名，现在见这位年轻人仪表不凡，也十分欢喜，忙把李白带到一座酒楼上，打算和他饮酒畅谈，可当掏钱买酒的时候，才发现身上一文钱也没带。

于是，贺知章把衣带上的金龟解下来，交给侍者说：“就用它换酒吧。”

“贺老，这是皇家按官级大小给的装饰品，怎么好去换酒呢？”李白劝阻说。

贺知章爽朗地大笑起来，说：“这有何妨！老夫今天忘了带钱，没酒喝，哪能谈个痛快呢？”

李白一摸身上，也没带钱，只好听从。酒过三巡后，贺知章问：“太白君，近来不知有何诗作，可以让我看看吗？”

李白从怀里掏出一卷诗稿，说：“这是我最近写的诗，请多指教。”

贺知章打开诗稿，见是一首《蜀道难》。他边念边不住地点头称好，等到念完全篇，激动地竖起大拇指，夸奖说：“这诗气魄雄伟，真能惊天动地了。”

这时候，李白的朋友对他说：“把你的那一首《乌栖曲》也念给贺老听听吧。”

“快念给我听听。”贺知章忙催促说。

李白站起身，从容地吟诵起来。等到李白念完了全诗，贺知章老泪纵横道：“这诗太凄惨了，鬼神听了也会哭啊！”

他仔细端详着李白，突然说道：“你莫不是天上下凡的谪仙人吧，不然怎么能写出这么感人的诗呢？”

“谪仙人”的意思是受到责罚降到人间来的仙人，这是贺知章对李白的极高评价。人们读了李白的诗篇以后，都觉得这个称谓非常确切。从那以后，“李谪仙”这个名字就传开了。

有景道不得

李白没有受到朝廷的重用，便离开了长安，继续到各地漫游。一天，他和几个朋友来到武昌郊外的黄鹤楼。这座楼耸立在长江边的黄鹄矶上，结构精巧，气势雄伟，是有名的古迹。传说过去有位仙人曾经骑黄鹤从这儿经过，因此这座楼就被人们称为黄鹤楼。

李白一众登上黄鹤楼远眺，只见万里长江，滚滚东去；晴空下面，对岸的汉阳城尽收眼底；江中的鹦鹉洲，绿草如茵。面对江山胜景，不觉心旷神怡。那时有股风气，文人到名胜古迹游览，总喜欢在墙上题诗；有的地方就因为诗写得好而出名。于是，有人就请李白也写首诗留个纪念。

李白面对无限风光，诗兴大发，毫不推辞地拿起毛笔，走到墙壁前面。忽然，墙上有一首诗吸引了他：

> 昔人已乘黄鹤去，此地空余黄鹤楼。
> 黄鹤一去不复返，白云千载空悠悠。
> ……

诗下面的署名是崔颢。李白看完了这首诗，就放下了手中的笔。

“咦，李谪仙平时作诗，总是一挥而就，今天是怎么了？”大家都奇怪地问。

李白沉吟片刻后，对朋友们说：“眼前有景道不得，崔颢题诗在上头。”

这事儿一传开，大伙儿都称赞说：“想不到李谪仙还是那么谦虚呢！”

语惊县令

李白游历四方，曾喝醉酒骑驴经过华阴县衙门。县令不认识李白，见这么一个人在自己的衙门前放浪形骸，很是生气，就叫衙役把李白抓进来，审问他：“你是什么人，竟敢在我面前这样无理？”李白写下供词，却没写自己的名字。供词写道：“我曾用天子的手巾擦嘴，天子亲手喂我羹汤，贵妃为我捧砚，高力士为我脱靴，我在天子门前都能骑马奔走，难道我在小小的华阴县里就不能骑驴经过吗？”县令一看供词，虽然没有姓名，已经知道是谁了，赶紧下座道歉：“下官不知是李翰林来了，有失远迎，多有得罪！”

李白笑而不语，扬鞭离去。

踏歌送行

汪伦，黟县人，曾任泾县县令，卸任后由于留恋桃花潭，特将家由黟县迁往泾县。唐天宝年间，汪伦听说大诗人李白旅居南陵叔父李冰阳家，便写信邀请李白到家中做客。信上说：“先生好游乎？此处有十里桃花。先生好饮乎？此处有万家酒店。”李白素好饮酒，又闻有如此美景，欣然应邀而至，却未见信中所言盛景。汪伦盛情款待，搬出用桃花潭水酿成的美酒与李白同饮，并笑着告诉李白：“桃花者，十里外潭水名也，并无十里桃花。万家者，开酒店的主人姓万，并非有万家酒店。”李白听后大笑不止，并不以为被愚弄，反而被汪伦的盛情所感动。

适逢春风桃李花开日，群山无处不飞红，加之潭水深碧，清澈晶莹，翠峦倒映，汪伦留李白连住数日，每日以美酒相待，别时送名马八匹、官锦十端。李白在东园古渡乘舟欲往万村，登旱路去庐山，汪伦在古岸阁上设宴为李白饯行，并拍手踏脚，歌唱民间的《踏歌》相送。李白深深感激汪伦的盛意，作《赠汪伦》诗一首：

李白乘舟将欲行，忽闻岸上踏歌声。
桃花潭水深千尺，不及汪伦送我情。

起草《答藩书》

李白的名声越来越大，终于连唐玄宗李隆基也知道了。在他 42 岁那年，朝廷连下三道诏书，叫他到长安来。李白到了长安，在贺知章的陪同下，去觐见唐玄宗。

李隆基叫李白坐在身边，问他诗文写作，又问他朝廷大事，李白都对答如流。李隆基见李白学识渊博，连声称赞。

忽然，一直在旁边的宦官高力士开了腔：“陛下，李太白的确才学超群。前日吐蕃使者送来的国书，不如就请他辨认一下吧。”

贺知章听了，暗暗替李白捏了一把汗，心想，这吐蕃国书上的文字像鸟走虫爬，朝廷上下没人认得。为了这件事，李隆基一直生气。高力士这不是明显想刁难李白吗？

李隆基马上问李白懂不懂吐蕃文，李白不慌不忙地回答说：“臣在西域的时候，父亲经商，同西域商人有些来往，因此懂得一点儿。”

李隆基听了，脸上露出笑容，立刻叫高力士拿来吐蕃国书。李白接过来，很快看了一遍，接着就用汉语流利地翻译出来。原来，吐蕃要唐王朝割让大片土地，不从的话，就要派兵来攻打。

李隆基听完，板起了面孔。文武大臣议论纷纷，一时都没了主意。李隆基就问李白怎么办才好。李白很自信地说：“臣愿起草《答藩书》，明天召吐蕃使者前来，臣当面答复，定可平息此事。”

李隆基说：“那你就马上起草吧！”

李白拿起笔，想了一下就写了起来。不大一会儿，就把《答藩书》送到李隆基面前。李隆基看后，很是满意。接着，李白又用吐蕃文写了一份。大家见李白这样博学多才，都很佩服。

第二天，李隆基召见了吐蕃使者。李白先用汉语后用吐蕃语把《答蕃书》宣读了一遍。吐蕃使者连忙答应把《答蕃书》带给吐蕃首领。后来，吐蕃也没有来找麻烦。

蔑视权贵

李隆基叫李白当翰林供奉，其实这是个没什么实权的官。所以，李白辅助皇上治理国家的理想仍然不能实现。

当时，朝廷大权把持在宰相李林甫和宦官高力士等人手里。一些想升官发财的人，都变着法儿地巴结他们，李白却打心眼儿里蔑视他们。

这天，李白心中烦闷，来到酒楼喝酒，喝得七八分醉了，忽然，宫中的梨园长（歌舞班子的负责人）李龟年跑进来说：“李学士，皇上召你立刻进宫！”

原来，李隆基同杨贵妃在宫中的沉香亭里观赏牡丹花，叫李龟年率领一班梨园子弟唱歌助兴。他们唱的是老词，唐玄宗听腻了，想起李白会作诗，就派人来叫他去写新歌词。李白听了，满不在乎地说："几首歌词算什么！来，喝几杯再去！"

"不行不行！皇上和贵妃娘娘已经等候半天了！"李龟年急得满脸通红。

"皇上？我……我李白可是酒中仙人哪，我……我酒还没喝够哩！哈哈哈……"李白大笑着说。

李龟年看李白醉了，不由分说，命人架起李白就往外走。来到沉香亭，李白酒还没醒。李隆基见李白这个样子，倒也没怪罪他，让人给李白喝了醒酒汤，扶他躺在了床上。

李白这时候已经清醒了，见高力士正在身边，想起他平时作威作福的样子，有意杀杀他的威风，便借着醉话向皇上乞请高力士为他脱靴。李隆基笑诺。高力士一直是李隆基身边最亲近之人，官封冠军大将军、右监门卫大将军，渤海郡公，权势熏天，怎肯受此窘辱，正要发火，看见李隆基朝自己连连递眼色，只得忍气吞声地替李白脱下了靴子。

过了一会儿，李白爬起身来，向李隆基行礼请罪。李隆基并没有生气，只是叫李白马上写出三章《清平调》的新歌词来。

李白想了一会儿，很快就写好了。李龟年谱上曲，演唱起来。李隆基亲自在一旁吹笛子伴奏。杨贵妃陶醉在悠扬动听的乐曲声中。从此，李隆基就更加器重李白了。

可是，一帮权贵却恨死了李白，他们造谣诽谤，故意中伤李白。高力士还挑唆杨贵妃在李隆基跟前说李白的坏话。李隆基听信了他们的话，渐渐疏远了李白。

李白目睹朝廷如此腐败，也不愿在这儿再待下去，就上了一份奏章，请求辞去翰林供奉的职务，李隆基立刻批准了。李白身穿锦袍，骑着五花马，连唱带笑地出了长安城。

后来，李白在很多诗里都表达了他宁愿过穷困生活，也不愿去巴结权贵的志气，如“安能摧眉折腰事权贵，使我不得开心颜！”

背尸还乡

李白重情好义、爱交朋友。崔成甫是李白的好友，曾在京城做官，官至监察御史，后因受一个案子牵连，被贬至湖南。不久，李白离开东鲁，从任城乘船，沿运河到了扬州，在会稽和友人流连名胜多日忘返。崔成甫闻讯急急赶去，在金陵和李白相见。两人都是政治上的失意者，情意更加相投。每次游玩时，都尽情畅游，不计早晚。他们泛舟秦淮河，通宵达旦地唱歌，引得两岸人家拍手为他们助兴。两人由于性格相投、遭遇相似，所以比一般的朋友更为默契，友情更为深厚。崔成甫去世后，李白把他的诗随身带着，每当想念他了，就拿出来吟诵一番。

李白在蜀中还结识了一个好朋友，叫吴指南。两人游到洞庭时，吴指南去世了。李白痛哭，如失双亲。

正是炎热的夏天，没法儿把吴指南的尸体运回家，李白将他埋在洞庭湖畔。过了几年，李白再来吴指南墓前，挖出了他的尸骨，一路上，李白就背着吴指南的尸骨赶路，即使睡觉也不放手。最后，他出资将吴指南的尸骨埋在故乡鄂城。

共被醉眠

杜甫也是李白同期著名的诗人，被誉为“诗圣”。他比李白小 11 岁，是李白最虔诚的崇拜者和追随者。

唐天宝三年（744）三月，李白得罪了高力士，离开翰林院之后，曾到过洛阳一次。当时杜甫也在洛阳，于是两人相会。从此他们结下了“兄弟”般的友谊。次年，唐天宝四年（745），李白丧妻之后，从首都长安出来，带了不少钱财游玩到山东任城，一路上就由杜甫相陪。

杜甫在齐州所作的一首诗中说：“醉眠秋共被，携手日同行”。这时正是李白人生失意之时，知己亡故，仕途受挫，杜甫陪着李白跋山涉水一路上千辛万苦，寄情于山水，抒情于诗文。

黄山留踪

一天清晨，李白像往日一样，在歙县县城街头的一家酒店买酒，忽听隔壁的柴草行里有人在问话：“老人家，您这么一大把年纪，怎么能挑这么多柴草，您家住哪？”得到的是一阵爽朗的大笑声。接着，便听见有人在高声吟诗：“负薪朝出卖，沽酒日西归。借问家何处？穿云入翠微！”

李白听了，不觉一惊。这是谁？竟随口吟出这样动人的诗句！他问酒保，酒保告诉他说：“这是一位叫许宣平的老翁，他恨透了官府，看透了世俗，隐居深山，但谁也不知道他住在哪座山里。最近，他常到这一带来游历，每天天一亮，就见他挑柴进镇，柴担上挂着花瓢和曲竹杖。卖掉柴就打酒喝，喝醉了就吟诗，一路走、一路吟，过路的人还以为他是疯子哩。”

李白暗自思忖：这不是和自己一样的“诗狂”吗？！他马上转身出门，只见那老翁上了街头的小桥，虽然步履艰难，但李白无论怎么追也赶不上。过了小桥，穿过竹林，绕过江汉，李白累得气喘吁吁，腰酸腿痛，定神一看，老翁早已无影无踪了。李白顿足长叹：莫不是我真的遇上了仙人！他撩起袍子又赶了一程，还是不见老翁，只好失望而归。

那天夜里，李白怎么也睡不着，回想起自己大半辈子除了杜甫之外，还没结识到几个真正的诗友。没想到今天竟遇上这样一个诗仙，无论如何也不能错过机会，一定要找到他！

第二天，李白在柴草行门口一直等到日落西山，也不见老翁的踪迹。

一连白等了四天，第五天一早，李白背起酒壶，带着干粮上路了。他下了最大的决心，找不到老翁，就是死也要死在这儿的山林里。

翻过座座开满野花的山冈，趟过道道湍急的溪流，拨开丛丛荆棘，整整一个多月，还是没见老翁的影子。

这天黄昏，晚霞把天空染得通红通红，清泉与翠竹互为衬托，显得分外秀丽。李白一心惦念着老翁，没有心思欣赏景色。他拖着疲惫的身子，一瘸一拐地来到黄山附近的紫阳山下。转过山口，只见前面立着一块巨石，上面似乎还刻着字。李白仔细一看，原来是一首诗：

隐居三十载，筑室南山巅。
静夜玩明月，闲朝饮碧泉。
樵夫歌垄上，谷鸟戏岩前。
乐矣不知老，都忘甲子年。

李白连读三遍，失声叫道："妙哉！妙哉！真是仙人之声哪！"他暗下决心，见到老翁，一定得拜他为师，好好向他请教。他回转身，看见崖石边的平地上摊着一堆稻谷，看来，一定是这个老翁晒的。李白索性往边儿上一蹲，一边欣赏山中的景致，一边等老翁来收稻谷。

天黑了，李白忽听到山下传来阵阵击水声，循声望去，只见小河里划来一只小船，一位须发飘飘的老人立在船头弄桨。李白上前询问道：“老人家，请问，许宣平老翁家在何处？”

原来这位老人正是许宣平，上次他见李白身穿御赐锦袍，以为又是官家派来找他去做官的，所以再也不愿去歙县县城了。没料到，此人竟跟踪而来。这时，老人瞟了李白一眼，随手指指船篙，漫不经心地答道：“门口一杆竹，便是许翁家！”

李白抬眼望了望郁郁葱葱的山峦，又问：“处处皆青竹，何处去找寻？”

老人重新打量着这位风尘仆仆、满脸汗水的客人，反问道：“你是……”

“我是李白。”说着，他深深地一揖。

老人愣住了：“你是李白？李白就是你？”

李白连忙说明了自己的来意。

老人一听，双手一拱：“哎呀，你是当今的诗仙！我算什么，不过是诗海里的一滴水罢了。你这大海怎么来向一滴水求教，实在不敢当，不敢当啊！”说完，撑起船就要往回走。

李白一把拉住老翁的衣袖，苦苦哀求道：“老人家，三个月来，我风风雨雨地到处找您，好不容易见到了老师，难道就这样打发我回去不成？！”

李白真挚的话语打动了老人的心。两人对视了好久，老人猛地拉住李白，跳上了小船。

从此，无论在漫天的朝霞里，还是在落日的余辉中，人们经常看到李白和这位老人坐在溪水边的大青石上饮酒吟诗。那朗朗的笑声和飞瀑的喧哗声汇成一片，随溪水一起送到百里、千里之外。

至今，许多游人一到黄山，总爱顺着淙淙的溪水追寻李白的游踪。

投宿五松山下

到了晚年，李白的生活更加穷困，不得不靠朋友帮助度日。这样，他同劳动人民有了较多的接触，对他们产生了深厚的感情，写下了一些反映劳动人民生活的诗篇。

有一天傍晚，李白赶路来到五松山（现在安徽省）下，既累又饿，再也走不动了。他想找个地方住下来，问了几个大户人家，谁都不肯收留他。

李白无可奈何地往前走去，在一座茅屋前面，他看见一位头发花白的老妇人正在洗野菜，就问道：

“大嫂，能在您家借住一宿吗？”

老妇人见李白是个穷苦的读书人，又看天已经快黑了，就点了点头，表示应允。

茅屋不大，只有两个房间。老妇人腾出一间，铺好床，又给李白打来洗脸水，就忙着做饭去了。

过了一会儿，老妇人端来一盘饭，说：“先生，山里人家本来就苦，今年大旱，又颗粒无收，东家还来催租。实在没什么好东西招待，就请尝尝这菰（一种水生植物，果实可以吃）米饭，先压压饥吧！”

李白刚才看见老妇人在洗野菜，知道这就是她家最好的吃食了。他心里非常感动，接过盘子，再三道谢。

夜深了，李白躺在床上，久久不能入睡。他看到农家劳苦的生活，受到他们热情真诚的招待，回想起官场的钩心斗角、人情淡薄，不由得感慨万分。

后来，李白写了《宿五松山下荀媪（意为年老的妇女）家》这首诗。他在诗中记述了这次借宿的情况，倾注了对这位老妇人的一片感激之情。

千秋万岁名

因为长期的漂泊生活，以及过量饮酒，李白日渐成了体弱多病的老人，只好去投靠在当涂（现在安徽省）的亲友李阳冰。

秋天的一个早晨，李白起床以后，无意中瞧了一眼镜子，不禁大吃一惊，拿起镜子细照，只见镜中人非常憔悴衰老。他不由得叹了一口气，有些悲伤地吟起诗来："自笑镜中人，白发如霜草。扣心空叹息，问影何枯槁？"

九月九日重阳节，是个登高的节日。李白带病登上高坡，采来菊花饮酒。第二天，他又去采摘菊花，准备饮酒。只见菊花枝叶零落，不由见景生情，联想到自己一生所受的挫折和打击，又作了一首感伤的诗：

可叹东篱菊，茎疏叶且微。
虽言异兰蕙，亦自有芳菲。
未泛盈樽酒，徒沾清露辉。
当荣君不采，飘落欲何依？

李白病倒了，不能外出。他让人扶他坐起来，拿过纸笔，用颤抖的手写下了《临终歌》三个字，又歇息了一会儿，才慢慢写起来：

大鹏飞兮振八裔，中天摧兮力不济。

余风激兮万世，游扶桑兮挂石袂。

后人得之传此，仲尼亡兮谁为出涕？

四、李白的仕途

李白一生最大的悲哀就是进入仕途。

从古至今，文人从政，有很多失败的事例。因为文人的性格决定了他们在污浊的宦海中不会游弋。

有句“诗酒不分家”的老话，用在李白的身上再恰当不过了。李白是著名的诗仙，更是典型的酒鬼。“李白一斗诗百篇，长安市上酒家眠，天子呼来不上船，自称臣是酒中仙。”这种平生傲然、叛逆不羁的性格注定了他与钩心斗角的官场水火不容、格格不入。他进入仕途，是错误的选择。

从青年时代起，李白就遍访四川地方要员，拿着名帖投刺京城来蜀的官僚，得到过以礼部尚书衔出任益州长史的苏廷页的赏识。

开元十三年(725)，25岁的李白走出三峡漫游东南，开始了广泛的干谒活动，他不仅娶了唐高宗李治时宰相许圉师的孙女为妻，还先后向各地官员上书拜见，希望自己能得到推荐和重用，但却大失所望而归，用他自己的话说就是“酒隐安陆，蹉跎十年”。

10年后，李白来到京都长安，寓居在玉真公主别馆，谒见了宰相张说的儿子——驸马都尉张垍，以及一批朝臣大官，期望“攀龙见明主”，结果却处处碰壁，出京漫游途中，写下了著名的《蜀道难》《行路难》等诗歌，以此隐喻自己的失落和愤懑。从那以后，他改换行装趋向山林，隐居蒿庐，交结与皇室有密切关系的道士，试图走出一条“终南捷径”。

天宝元年(742)初夏，经玉真公主和道士吴筠推荐，隐居的李白被征召入京。他洋洋得意道：“仰天大笑出门去，我辈岂是蓬蒿人”。他认为自己将被重用，可以代草君言、建立功业，甚至把唐玄宗李隆基比作汉武帝刘彻，把自己比作司马相如。入京被召见于金銮殿后，李白果然受到皇帝重视，命供奉翰林，在一年多受宠遇的日子里，演绎了七宝床赐食、高力士脱靴、杨贵妃磨砚、饮酒眠闹市、狂笔蛮字草书等广为传诵的奇闻逸事。许多曾讥笑过李白“落魄微贱”的势利小人，这时纷纷请谒与他称兄道弟、酒宴交欢，这更使李白满面春风、十分自得。为了展现自己的不凡才学，他开始出入宫掖献赋作词，侍从皇帝，讨好贵妃，结交王公大官，赠诗宴酬，写了许多摧眉折腰事权贵的诗歌。尽管他竭力讨好，但最终还是被皇上“赐金还山”，驱逐出朝了。在李隆基的眼里他只不过是一个和当时的梨园弟子、侍奉乐师同等的艺伎，召他入朝只不过是装点门面，并非为了让他治国参政。

李白对自己忠君报国之心不被理解感到委曲不平，把自己比喻为被阿谀谄媚之流妒害的精卫鸟。他是含着热泪离开长安的。

这时的李白已经44岁了，但他仍旧幻想着能够重回官场，所以，他走在路上，每到一处，就给当地的太守、长史、司马、县令等官场人物上书赠诗，应酬宴请。哪怕是一些无名的小人物竟也被他美誉为雄才豪杰，希望能得到对方赏识。天宝十四年(755)，李白竟执笔代替宣城太守向权倾朝野的右相杨国忠上书，言辞卑下，语多阿谀，严重损害了他的形象。

天宝十四年（755），唐朝发生了安史之乱。叛军占领了洛阳以后，又西进长安。唐军抵挡不住叛军，李隆基只好逃出了京城。

叛军一路烧杀抢掠，害得百姓四处逃难。李白也避难到了南方。逃难途中，他见到处都是荒凉凄惨的景象，心中十分难过，挥笔写下了这样的诗句：

抚剑夜吟啸，雄心日千里。
誓欲斩鲸鲵，澄清洛阳水。

在诗里，李白表示出自己为国平叛的愿望。

不久，永王李璘奉李隆基的命令，率领军队东下，保卫长江。经过浔阳（现在江西省）的时候，听说大诗人李白正在庐山，特地三次派人请他出山。李白便来到李璘军中，做了一名谋士。他看到将士们个个斗志昂扬，深受鼓舞。在一次宴会上，李白激动地对众人说："40年来，我一直没有机会报效国家，如今是实现我平生抱负的时候了。我要手执宝剑，亲斩叛贼。"

谁知没过多久，李璘的哥哥李亨做了皇帝，就是唐肃宗。他传令，要李璘带兵回蜀地去。李璘不从，兄弟俩闹翻了，李亨就调军队来攻打。

李白见平叛变成了兄弟相争，急忙离开了李璘的军队。紧接着，李璘战败而死。所有在李璘军中做过事的人，都被以谋反的罪名抓起来，李白也被关进了监狱，后来又被定为死罪。幸亏大将郭子仪向李亨求情，才免他一死，改判流放夜郎。

这时，已经50多岁的李白又开始了流放的生活。一路上，他心情悲伤，很少写诗。还没到达夜郎，又传来皇帝大赦的消息，他虽然获得了自由，可是须发已经变白了。

李白晚年，政治上很不得志。他一生追求仕途，想要做官，实现自己的理想，却从未真正步入仕途。他怀着愁闷的心情往返于宣城、南陵、歙县（在安徽省）、采石等地，写诗饮酒，漫游名山大川。不久，就辞别了人世。

李白一生渴求入仕做官，强烈追求功名，愤激起伏不平。在他留下的1000多首诗歌中，充满了浪漫主义气息的夸张之词，表现出“平交王侯”的幻想。对现实的不满、从政愿望的落空，和他文学创作上追求的个性解放、纵情超脱，始终矛盾地交织在一起，主导着他的思想，体现着他的人格。诗人的崇高和清高，文人的世俗和偏颇，在李白身上得以集中显现。

五、李白之死

关于李白的死，民间流传着好几种说法。

一是醉死。《旧唐书》说李白“以饮酒过度，醉死于宣城”。

二是病死。这种说法亦见诸其他正史或专家学者的考证之说。李光弼东镇临淮时，李白不顾61岁的高龄，闻讯前往请缨杀敌，希望在垂暮之年，为挽救国家危亡尽力，后因病中途返回，次年病死于当涂县令、唐代有名的篆书家李阳冰处。

三是溺死。这种说法多见诸民间传说，极富浪漫主义色彩，说李白在当涂的江上饮酒，因醉跳入水中捉月而溺死，与其性格非常吻合。

不管李白是哪种死法，都与参与永王李璘谋反作乱有着直接的关系。李白流放夜郎，遇赦得还后不久，就结束了他传奇而坎坷的一生。这是一个不争的事实。

杜甫：饿死的诗圣

杜甫的诗无论在思想上还是艺术成就上，都达到了无人企及的高度。但是，也正因为他的真情，才致使他在当朝并不出名，更不能用诗来改变自己的命运。

杜甫（712—770），字子美，自号少陵野老。李白被称为“诗仙”，杜甫被称为“诗圣”，二人合称为“李杜”。

杜甫是唐代伟大的现实主义诗人，一生却很不幸，穷困潦倒，最后竟被饿死。

一、杜甫的人生经历

杜甫出生于仕宦家庭，青少年时过着较为安定富足的生活。他自小好学，“七龄思即壮，开口咏凤凰”，有志于“致君尧舜上，再使风俗淳”。他少年时也很顽皮，“忆年十五心尚孩，健如黄犊走复来。庭前八月梨枣熟，一日上树能千回”。

杜甫少年时期有机会受到各种文化艺术的熏陶，这对他日后的诗歌创作有很大的影响。例如，他五六岁时在河南郾城看过舞蹈家公孙大娘的剑器浑脱舞；后在洛阳尚善坊的岐王李范宅里，在遵化里唐玄宗李隆基宠臣崔涤堂前，听过李龟年的歌声；在洛阳北邙山顶玄元皇帝老子的庙里欣赏过画圣吴道子画的五圣尊容、千官行列，等等。这些在他以后的诗歌创作中都有所反映。当时社会名流崔尚、魏启心看到他习作的词赋，都夸奖他有班固、扬雄之风；同时，还有李邕、王翰这样的长辈屈尊来访问他。

开元十九年（731），19岁的杜甫出游郇瑕（今山东临沂）。20岁时，杜甫漫游吴越，历时数年。开元二十三年（735），杜甫回故乡参加乡贡。开元二十四年（736），杜甫在洛阳参加进士考试，结果落第。杜甫的父亲时任兖州司马一职，杜甫于是赴兖州省亲，与苏源明等一起，到齐赵平原，进行第二次漫游。因为他父亲正在兖州做司马，才使他在齐赵一带过了四五年“裘马轻狂”的“快意”生活，也留下了现存最早的几首诗。《登兖州城楼》是省侍父亲于兖州时的作品；《画鹰》《房兵曹胡马》以青年人的热情歌颂了雄鹰和骏马；《望岳》更是其中的杰作，结尾的“会当凌绝顶，一览众山小”成了流传千古的名句，流露出诗人少年时代不平凡的抱负。

天宝三年（744）四月，杜甫在洛阳与被李隆基赐金放还的李白相遇，两人相约同游梁、宋（今河南开封、商丘一带），会见了诗人高适，这是其第三次漫游。之后，杜甫又到齐州（今山东济南）。天宝四年（745），他在齐鲁又与李白相见，在饮酒赋诗之外，又讨论了炼丹求仙，还互赠了诗篇。杜甫赠李白的诗说：

余亦东蒙客，怜君如弟兄。
醉眠秋共被，携手日同行。

李白赠给他的诗说：

秋波落泗水，海色明徂徕。
飞蓬各自远，且尽手中杯！

两人从此以后就再也没有见面了。

杜甫35岁以后，先在长安经历了应试、落第，始终没有得到进入官场的机会。

天宝十四年（755），安史之乱爆发，潼关失守，杜甫先后辗转多地。乾元二年（759）杜甫入川，虽然躲避了战乱，生活相对安定，但仍然心系苍生，胸怀国事，创作了《春望》《北征》“三吏”“三别”等名作。虽然杜甫是个现实主义诗人，但他也有狂放不羁的一面，从其名作《饮中八仙歌》不难看出其豪气干云。期间，杜甫在洛阳一门心思谋取功名，他向皇帝献赋，向贵人投赠，过着“朝扣富儿门，暮随肥马尘，残杯与冷炙，到处潜悲辛”的生活，最后才得到一个看管武器装备的右卫率府胄曹参军的小官。这期间他写了《兵车行》《丽人行》多篇批评时政、讽刺权贵的诗作，其中《自京赴奉先县咏怀五百字》尤为著名，标志着他经历十年长安困苦生活后对朝廷政治、社会现实的认识达到了新的高度。李隆基在天宝十年（751）正月初八至初十接连举行了三个盛典。杜甫借此机会写成了三篇《大礼赋》，得到李隆基的赏识。安史之乱爆发，潼关失守，杜甫把家安置在陕西黄陵县西南的鄜州，独自去投唐肃宗李亨，中途为安史叛军俘获，押到长安。他面对混乱的长安，听到官军一再败退的消息，写成《月夜》《春望》《哀江头》等诗。后来他潜逃到凤翔，官拜左拾遗。由于忠言直谏，上疏为宰相房琯申辩，被贬为华州司功参军。其后，杜甫用诗的形式把他的见闻真实地记录下来，诞生了不朽的作品“三吏”“三别”，即《石壕吏》《新安吏》《潼关吏》《新婚别》《无家别》《垂老别》。

杜甫 48 岁以后，随着九路官军在河北省临漳县西的相州大败和陕西地区的饥荒，杜甫弃官，携家逃难，经甘肃等地，到了成都，过了一段比较安定的生活。严武入朝，蜀中军阀作乱，他漂流到梓州、阆州。后严武为剑南节度使主政成都，杜甫便去投靠他。严武死后，杜甫再度飘泊，在夔州住两年，继又漂流到湖北一带。大历五年（770），58 岁的杜甫离开四川后客居湖南耒阳，由于被突发的洪水所围困，连续饿了九天。当地县令用小船把杜甫救了回来，以牛肉白酒招待他，难得饕餮一回的杜甫因许久未进食，肠胃难以承受，最终因消化不良而死。结束了令人唏嘘感慨、不堪回首的悲惨一生。

这段时期，杜甫的作品有《春夜喜雨》《茅屋为秋风所破歌》《蜀相》《闻官军收河南河北》《登高》《登岳阳楼》等大量名作。其中最为著名的诗句为：“安得广厦千万间，大庇天下寒士俱欢颜。”而《登高》中的“无边落木萧萧下，不尽长江滚滚来”更是千古绝唱。

二、杜甫的忙

“李白很闲，杜甫很忙”这话说的有点儿贴谱。不过，杜甫的忙可以用穷忙来概括。

忙于入仕

杜甫出身于官宦世家，自然也要继承家族的传统。杜甫年少时就熟读诗书，还能出口吟诗，家里对他寄予很大的希望，他自己也很自信。在他 24 岁时，就去参加了一次进士考试，结果落榜。但他既没再考，也没急着成家，而是忙于游山玩水，在登上泰山之时，他用“会当凌绝顶，一览众山小”的诗句抒发了自己的远大志向和满腔豪情。

杜甫到 29 岁才娶妻安家。婚后第三年与李白在洛阳相遇，李白当时因被贬，带着钱出来游玩散心。杜甫崇拜李白，便陪着他在开封、商丘一带从夏玩到秋，其间又有当地既是官员又是诗人的高适加入，三人玩得很开心。杜甫余兴未尽，第二年又特意跑到山东济宁与李白再次相会。酒醉之时，李白发出“长安虽大，却容不下李白”的感慨。杜甫备受刺激，决定去京城寻找机会。杜甫长安熟人多。一到长安，就带着自己的诗稿去找汝阳王喝酒，约驸马郑浅喝茶。他也认识王维，没事儿就去听王维弹琴。第二年，根据唐玄宗李隆基的指示，朝廷搞了个“大唐好人才”的选秀活动。谁知，这却是权相李林甫编导的一场“野无遗贤”的闹剧，参加考试的士子全部落选。科举之路既然行不通，杜甫为实现自己的政治理想，不得不转走权贵之门，投赠干谒等，但都无结果。他客居长安十年之久，奔走献赋，郁郁不得志，仕途失意，过着贫困的生活。

天宝十年（751）正月，李隆基将举行祭祀太清宫、太庙和天地的三大盛典，杜甫于天宝九年（750）冬预献三篇《大礼赋》，得到李隆基的赏识，命待制在集贤院，然而仅得“参列选序”资格，等候分配，因主试者仍为李林甫，所以并没有得到官职。

天宝十四年（755），杜甫被授予一个河西尉这种小官，但杜甫不愿意任此“不作河西尉，凄凉为折腰”的官职，朝廷就将之改任右卫率府兵曹参军（低阶官职，负责看守兵甲器杖、管理门禁锁钥）。杜甫因已 44 岁，至长安也十年有余，因生计而接受了这所学无用之职。十一月，杜甫往奉先（今陕西省蒲城县）省家，杜甫刚刚进到家门就听到哭泣声，原来小儿子饿死了。就长安十年的感受和沿途见闻，他写成著名的《自京赴奉先县咏怀五百字》。

不久，安史之乱爆发。次年六月，潼关失守，玄宗仓皇西逃。七月，太子李亨即位于灵武（今宁夏回族自治区灵武市），是为肃宗。这时的杜甫已将家搬到鄜州（今陕西富县）羌村避难，他听说了李亨即位，就在八月只身北上至灵武，途中不幸为叛军俘虏，押至长安。

至德二年（757）四月，郭子仪大军来到长安北方，杜甫冒险从城西金光门逃出长安投奔李亨。五月十六，被李亨授为左拾遗，故其世称“杜拾遗”。是年九月，长安收复。十一月，杜甫回到长安，仍任左拾遗，虽忠于职守，但终因受房琯案牵连，于乾元元年（758）六月被贬为华州司功参军。

是年年底，杜甫暂离华州，到洛阳、偃师（均在今河南省）探亲。次年夏天，华州及关中大旱，他因对污浊的时政痛心疾首，而放弃了华州司功参军的职务，西去秦州（今甘肃省天水一带）。

杜甫在华州司功任内，共作诗 30 余首。杜甫几经辗转，最后到了成都，在严武等人的帮助下，于城西浣花溪畔建成了一座草堂，世称“杜甫草堂”，也称“浣花草堂”。后被严武荐为检校工部员外郎，做了严武的参谋，后人又称杜甫为杜工部。不久杜甫又辞了职。这五六年间，杜甫过着寄人篱下的生活，苦且艰辛。广德三年（765）四月，严武去世，杜甫离开成都，经嘉州（乐山）、戎州（宜宾）、渝州（重庆）、忠州（忠县）、云安（云阳），于唐大历元年（766）到达夔州（奉节）。杜甫得夔州都督柏茂林的照顾，在此暂住，为公家代管东屯公田 100 顷，自己也租了一些公田，买了40亩果园，用了几个雇工，自己和家人也参加一些劳动。不久，在听到郭子仪大军收复长安的消息后，杜甫的心又“活”了，不知是思乡之心还是求仕之心，他迫不及待地乘舟出峡，先到江陵，又转公安，又漂泊到岳阳，他没有想到这一段水路竟然走走停停，人生最后的几年光阴全在这船上了。

杜甫这一生始终挣扎于贫困中，以至于落到小儿子被饿死、自己摆地摊、靠亲友救济施舍，最后也被饿死的凄惨地步，真是令人落泪、令人惋惜。

忙于作诗

杜甫一生写了3000余首诗，流传下来的有1500首，在诸多诗句中，却没有一个“闲”字，说明他的确很忙。他在35岁以前，虽然仕途受挫，但还不为生计发愁，寄情于游山玩水，在和李白等人同游中互相唱和，作为李白的追随者，他写下吹捧李白的名句：“天子呼来不上船，自称臣是酒中仙。”杜甫在《与李十二白同寻范十隐居》中写道：

> 李侯有佳句，往往似阴铿。
> 余亦东蒙客，怜君如弟兄。
> 醉眠秋共被，携手日同行。
> 更想幽期处，还寻北郭生。

杜甫在长安应试、落第，后来向皇帝献赋，向贵人投赠，用“朝扣富儿门，暮随肥马尘，残杯与冷炙，到处潜悲辛”的诗句描绘了当时的生活。在他得到右卫率府胄曹参军的小官以后的一段时间内，他感同身受地写出了《兵车行》《丽人行》等批评时政、讽刺权贵的诗篇。其中，《自京赴奉先县咏怀五百字》标志着他经历十年长安困苦生活后对朝廷政治、社会现实的认知达到了新的高度。

安史之乱爆发后，潼关失守，杜甫把家安置在鄜州，独自投奔李亨，中途为安史叛军俘获，夜押到长安，他面对混乱的长安，听到官军一再败退的消息，写成《月夜》《春望》《哀江头》《悲陈陶》等诗篇。后来他潜逃到凤翔行在，做左拾遗，由于忠言直谏，上疏为宰相房琯事被贬华州司功参军。其后，他用诗的形式把他的见闻真实地记录下来，成为他不朽的作品，即“三吏”“三别”。随后关中大旱，饥荒成灾，杜甫写下了《夏日叹》《夏夜叹》，而后弃官，携家人逃难，经秦州、同谷等地，到了成都，过了一段比较安定的生活。其间，他在《狂夫》等诗中这样写道：“厚禄故人书断绝，恒饥稚子色凄凉”“痴儿不知父子礼，叫怒索饭啼东门。”这一时期，杜甫的创作达到了高潮，不到两年，作诗 430 余首，占现存作品的 30%，包括《春夜喜雨》《茅屋为秋风所破歌》《蜀相》《闻官军收河南河北》《登高》等大量名作。其中，最为著名的诗句为：“安得广厦千万间，大庇天下寒士俱欢颜。”而《登高》中的“无边落木萧萧下，不尽长江滚滚来”更是千古绝唱。继又漂流到湖北、湖南一带，病死在湘江上。

在这个时期杜甫的诗作都是由真情实感而发。

比如，在他穷得连酒都喝不起时这样形容自己：“朝回日日典春衣”“酒债寻常行处有”，心情很悲催。

比如，在他挨饿时向好友求救：“百年已过半，秋至转饥寒。为问彭州牧，何时救急难？”当高适从百里之外送来米面，他又写道：“故人供禄米，邻舍与园蔬”“但有故人供禄米，微躯此外更何求。”

心情很苦涩。

比如，他得到夔州都督柏茂林的照顾，生活得以暂住安定，他出门到江边散步，看到“黄四娘家花满蹊，千朵万朵压枝低”，心情很舒畅。

比如，他在窗前坐看风景，“两个黄鹂鸣翠柳，一行白鹭上青天”心里很诗意。

比如，邻居来喝酒，他表达了“肯与邻翁相对饮，隔篱呼取尽余杯”。他到一个朋友家吃小米饭、炒韭菜，写下了“夜雨剪春韭，新炊间黄粱。”在另一个朋友家吃白米饭加生鱼片，便有了“无声细下飞碎雪，有骨已剁觜春葱。偏劝腹腴愧年少，软炊香饭缘老翁。”心情很美好。

大历五年（770），臧玠在潭州作乱，杜甫又逃往衡州，原打算再往郴州投靠舅父崔沣，但行到耒阳，遇江水暴涨，只得停泊方田驿，五天没吃到东西，幸得县令聂某派人送来酒肉而得救。后来杜甫由耒阳到郴州，需逆流而上200多里，这时洪水又未退，杜甫原一心北归，这时只能改变计划，顺流而下，折回潭州。同年冬，杜甫在由潭州往岳阳的一条小船上去世。在船上的日子里，他也用“飘飘何所似，天地一沙鸥”的诗意，把自己喻为广阔天空里一只无处落脚的沙鸥。

可以说，杜甫走过的路，留下的每个脚印都堪称一首诗。

三、杜甫的情

有人说：杜甫不光是个诗圣，也是个情圣。他的诗为情所困，也因情扬名。

他的亲情

杜甫本就是个凡人，也有七情六欲。尽管他为了“浪荡”而拒绝家庭逼婚，但是他 29 岁的时候还是娶了弘农县（天宝年间改灵宝县）司农少卿杨怡之女为妻。妻子小他十多岁。婚后育有两儿一女。杜甫一生只结过一次婚，只爱过一个女人，也就是他的妻子杨氏。

杜甫常年奔波在外，夫妻聚少离多，但杜甫始终将妻子牵挂于心。自杨氏和杜甫结婚之后，生活日益穷苦，经常受着饥饿的煎熬。出身官宦人家的杨氏从未跟着杜甫享受过荣华富贵、锦衣玉食，就连安定的生活也成了一种奢望。可以说贫穷、饥饿、疾病，以及频繁的分别与担惊受怕成了他们婚后生活的主要内容。多年来，她没有锦衣玉食的日子，没有丈夫的随时陪伴，没有安定的生活，甚至连儿子在自己面前饿死也无能为力。

杜甫是个家庭责任感极强的人。身为人父、人夫，却无法解决全家的温饱安宁问题，反而常常让妻子用柔弱的双肩独自支撑全家的生活重担，这使他心存感激并生出深深的自责，例如，其被授右卫率府胄曹参军后，探望妻儿时写下了“所愧为人父，无食致夭折”（《自京赴奉先县咏怀五百字》）。而杨氏怎么说也是一个出身名门的千金小姐，但她没有一点儿娇弱之气，她用小小的肩膀，扛着锄头，日出而作，日落之后，在微弱的灯光下缝着补了又补的衣裳。

杜甫一生颠沛流离，只是在入住成都之后才享受了一段较为安定、平和的日子。杨氏在这里才找回了一丝她作为书香世家小姐的感觉，与丈夫下棋、泛舟、弄文弄墨，平淡却不失幸福。杜甫在一夫多妻盛行的时代，一生中只娶了杨氏，并且 30 年来恩爱有加，可见他对爱情是专一的，他的专一还可以从他对妓女的态度中表现出来。

杜甫为仕途也曾与许多官员、贵人应酬，与歌妓接触不可避免，但可贵的是，他并不对这种生活感兴趣，而且还对乐于此道、流连忘返的人进行善意规劝。杜甫一生为妻子写了 20 多首诗词，安史之乱爆发后，杜甫因为在长安谋职，被困十年。当时妻儿寄居在鄜州（今天陕西富县）妻舅那儿。一个月夜，杜甫在围城中想念家人，写下了著名的《月夜》一诗。诗中后四句专门倾诉对妻子的思念之情："香雾云鬟湿，清辉玉臂寒。何时倚虚幌，双照泪痕干？"对一个饱经苦难的 45 岁的人来说，还能用这样细腻感性的词句来表达对妻子的思念，只能说是爱得深情且执着。

杜甫生逢残唐末世，国家飘摇动荡，人才得不到重用。杜甫自命清高，虽然家里很穷，却不愿接受别人的施舍，以致他的儿子常常饿肚子，他在《茅屋为秋风所破歌》中全面地揭示了家庭的贫寒程度。安史之乱时，他在长安街上看到冻死的老人、听到华清宫里笙歌声声，心被深深刺痛。想不到一进家门，他心爱的小儿子已经饿死在床上。杜甫满腔悲愤地写下了"朱门酒肉臭，路有冻死骨"（《自京赴奉先县咏怀五百字》）这样的千古名句。

他的民情

杜甫不仅对家人有着深厚的感情，对平民百姓也寄予了深厚的感情。也许是因为自己的生活清贫，对民间的苦难感同身受，在颠沛流离中写出了许多反映社会现状的诗歌作品。"三吏"（《石壕吏》《新安吏》《潼关吏》）与"三别"（《新婚别》《无家别 》《垂老别》）等一系列的诗中反映了他亲眼所见底层人民在乱世漂泊和酷吏压迫之下水深火热的生活，他既同情又无奈，他唯一能做的只有用他的诗来真实记录这些惨无人道的场景。例如，“暮投石壕村，有吏夜捉人。”“眼枯即见骨，天地终无情。”“士卒何草草，筑城潼关道。”“四邻何所有，一二老寡妻。”“子孙阵亡尽，焉用身独完。”“嫁女与征夫，不如弃路旁。”等等。这些朴质无华的诗句，字字带血地刻画出那个艰难、残酷、无情的世道。所以，他的诗被后人称为“诗史”。

正因为杜甫用自己的真情实感写诗，他的诗无论在思想上还是艺术成就上都达到了无人企及的高度。但是，也正因为他的真情，才致使他在当朝并不出名，更不能用诗来改变自己的命运。

四、杜甫之死的传闻

大历五年(770)冬，杜甫在由潭州开往岳阳的一条小船上去世。时年59岁。

对于杜甫的死因，文学界、史学界存在五种观点：

一是病死。莫砺锋、童强在《杜甫传》一书中写道：“冬天到了，诗人病倒了。病倒在行往衡阳的舟中。……一颗巨星就在这无限的孤独、寂寞中陨落了。”

二是赐死。此说最早出自于托名唐代李观的《杜拾遗补遗》。这种说法自提出后，后来历朝历代的学者对此说进行批驳，并明确指出此段文字中最大的问题，即文中提到唐玄宗李隆基在大历五年（770）赐死杜甫，而唐玄宗死于宝应元年（762）。

三是自沉于水而死。此说源于伪托唐代韩愈名义撰的《题杜子美坟》提出“三贤（指屈原、李白、杜甫）同归一水”的说法。三人怀沙自沉，这显然是一种没有丝毫根据的想象。

四是食物中毒而死。提出此说的是现代著名学者郭沫若，这种说法具有文学创作的随意猜测性，几乎没有文献作为依据。

五是消化不良而死。杜甫的死和饥饿有关，离开四川后的杜甫客居湖南，由于被突然的洪水所围困，连续饿了九天（一说是连续饿了五天）。当地县令用小船把杜甫救了回来，以牛炙（炙：烤肉）白酒招待他，难得饱餐一回的杜甫因许久未进食，肠胃难以承受，最终因消化不良而死。

这五种说法中只有最后一种说法比较可信。

不管怎么说，杜甫的人生终以悲剧落下帷幕。

白居易：长恨歌里长恨情

白居易一生混迹于仕途，官至四品。虽然起起落落、磕磕绊绊，到死还官位在身，可为什么还会“此恨绵绵无绝期”？

白居易（772—846），字乐天，号香山居士，出生在河南新郑的一个“世敦儒业”的中小官僚家庭。他是唐代继李白、杜甫之后最著名的诗人。他的诗歌题材广泛，语言通俗流畅，深受大众喜爱。据说他少年时刻苦读书，到了“出口成疮”的地步，后来写诗入魔，常常是“狂醉又引诗魔发，日午悲吟到日西”。故而，世人把李白称为“诗仙”，把杜甫称为“诗圣”，把他称为“诗魔”。

白居易成名较早，16 岁进京去求取功名，寻求门路去拜见顾况。顾况是当时最有名的文学家，被誉为李杜的衣钵传人，是天下学子争相拜谒的文坛巨擘，很有傲气。他看见白居易的名帖，轻蔑地调侃道：“近来长安米很贵，只怕白居可不容易呀！”可是当他看到白居易的“离离原上草，一岁一枯荣，野火烧不尽，春风吹又生”时，立刻兴奋地脱口而出：“有才如此，居天下不难！”得顾况这样的大家肯定，白居易轻而易举地名扬长安了。当时，唐宣宗李忱都是他的“追随者”，写诗夸奖他的诗是“童子解吟长恨歌，胡儿能唱琵琶篇。”另外，他还有一个更疯狂的“追随者”叫葛清，对白居易的崇拜已经到了五体投地的程度。他不光把白居易的诗熟记在心，且对答如流，还把30多首白居易的名诗纹满全身，经常坦胸露腹于人前。更为惊诧的是有人曾因为白居易的诗送了命。这些事儿说起来令人唏嘘不已。

有一个淑女名叫关盼盼，出身于书香门第，精通诗文，后来家道中落，沦落风尘。因她长相俊美，还有动人的歌喉和优美的舞技，受到很多富家子弟的追捧。几年之后，她被徐州守帅张愔看上，被赎身，并风风光光地举办了婚礼。张愔虽是一介武官，却颇通文墨，对关盼盼的才情十分欣赏，而关盼盼的轻歌曼舞，更令他如痴如醉。

白居易当时官居校书郎，有一次远游来到徐州，素来敬慕白居易文采的张愔邀他到府中，酒席宴上关盼盼作陪。酒过三巡，菜过五味，张愔有点儿喝高了，想向白居易展示一下他爱妾的才艺，就命关盼盼表演歌舞。关盼盼欣然领命，十分卖力地表演了自己拿手的“长恨歌”和“霓裳羽衣舞”，借着几分酒力，她超常发挥，歌和舞到了出神入化的地步。白居易见了大为赞叹，当即写下一首赞美关盼盼的诗，其中两句“醉娇胜不得，风袅牡丹花”，更是把关盼盼的曼妙舞姿展现得淋漓尽致。

两年之后，张愔病逝于徐州。关盼盼只身移居到徐州城郊云龙山麓的燕子楼，放弃歌舞，也不梳妆打扮，整日以泪洗面，周围的人都非常同情和赞赏她。

到了元和十四年（819），曾在张愔手下任职多年的张仲素受关盼盼之托，前去拜访白居易，并带来了关盼盼最近的诗作《燕子楼新咏》。白居易打开一看，上面写道：

其一

楼上残灯伴晓霜，独眠人起合欢床，
相思一夜情多少，地角天涯不是长。

其二

北邙松柏锁愁烟，燕子楼中思悄然。
自埋剑履歌尘散，红袖香销一十年。

其三

适看鸿雁岳阳回，又睹玄禽逼社来。
瑶琴玉箫无意绪，任从蛛网任从灰。

诗中详细描绘地了关盼盼在燕子楼中孤苦无依、万念俱灰的情境。白居易读后，不禁回忆起他在徐州时受到关盼盼与张愔热情相待的情景。想到当初夫妻何等恩爱，如今天意弄人，只留下佳人独守空房，岂不是人生一大憾事？可转念一想，这两人既然如此情深义重，那她为何不追随张愔到九泉之下呢？于是白居易十分肃穆地依韵和诗三首：

其一

满窗明月满帘霜，被冷灯残拂卧床。
燕子楼中霜月夜，秋来只为一人长。

其二

钿晕罗衫色似烟，几回欲起即潸然。
自从不舞《霓裳曲》，叠在空箱十一年。

其三

今春有客洛阳回，曾到尚书墓上来。
见说白杨堪作柱，争教红粉不成灰。

前两首表达了对关盼盼境遇的同情之心，而最后一首却直接流露出让她随夫而去的意思。为了更明朗地表达他的意思，他又十分露骨地补上一首七言绝句：

黄金不惜买娥眉，拣得如花四五枝。
歌舞教成心力尽，一朝身去不相随。

张仲素回到徐州，把白居易为关盼盼所写的四首诗带给了她。关盼盼接到诗笺很是失望，想想要不是怕别人诋毁张愔好色到要姬妾陪葬的地步，自己早就殉节了，哪儿还轮得到白居易这般羞辱自己。想到这儿，她不可遏制地放声大哭，一旁的张仲素见状，也不禁落下泪来。过了许久，关盼盼强忍悲痛，依白居易诗韵奉上七言绝句一首：

自守空楼敛恨眉，形同春后牡丹枝。

舍人不会人深意，讶道泉台不去随。

张仲素离开燕子楼以后，关盼盼就开始绝食，身边的老仆含泪苦苦相劝，徐州一带知情的文人也纷纷以诗劝解，终不能挽回关盼盼已定的决心。十天之后，这位如花似玉、能歌善舞的一代丽人，终于香消玉殒于燕子楼上。弥留之际，她勉强支撑着虚弱的身体，提笔写下："儿童不识冲天物，漫把青泥汗雪毫"，对白居易的失望和讽刺之情溢于言表。

关盼盼之死真的很悲哀。白居易尊崇的殉葬的封建礼教，让他把诗当成了杀人不见血的刀子。其实，他本人也是这种伦理道德的受害者，他的《长恨歌》就是一种无声的血泪控诉。

《长恨歌》很长，是一首震撼人心的叙事诗。很多人都以为他是为唐玄宗李隆基和杨玉环的绝世恋情而作。但是，没有人知道"在天愿作比翼鸟，在地愿为连理枝"这句话是说给他相思一生的一个恋人听的。

白居易的这个刻骨恋人就是一个清贫的农家姑娘湘灵。

白居易的母亲陈氏，15 岁嫁给了自己 41 岁的舅舅，老夫少妻本来就有隔膜，白父又常年在外做官，聚少离多，压抑的婚姻让陈氏扭曲变形，她把所有希望都寄托在早慧的白居易身上，严厉监控着儿子的一举一动。白居易的童年过得很不快乐。

白居易 12 岁那年，白家为了躲避政敌报复，搬到了符离。路程遥远颠簸，白居易的一个弟弟染疾去世，举家陷入悲痛。而就是在那个时候，邻家姑娘湘灵走进了白居易的世界。两人在中秋灯会上一见倾心，"娉婷十五胜天仙，白日姮娥旱地莲"。她虽是农家之女，但身材姣好，清新如莲。因为贫贱，她侥幸逃过名教的束缚，保存了一派天真烂漫。白居易善谱曲，而她的歌喉又让人着迷。一个谱曲，一个唱和，一对才子佳人很快就坠入了爱河。白居易连梦里都是湘灵，“还有少年春气味，时时暂到梦中来。”不见湘灵，就害上相思病。“抱枕无言语，空房独悄然。谁知尽日卧，非病亦非眠。”儿子的变化，母亲肯定会察觉到。她认为只有大家闺秀下嫁风流才子，哪有名门之后娶民女为妻的道理！为了扼杀这段不被接受的感情，陈氏把白居易送到南方的叔叔家去，再后来，白居易就去了京城游历。

白居易因为顾况的器重，很快名扬京城，开了一个求职入仕的好头，但他却毫不留恋地放弃了这个机会，毅然地回到了故乡符离。阔别故乡三年，他家门没进，直接去了湘灵家。没想到湘灵家柴门紧闭，满院荒草。他急忙回家问弟弟，弟弟告诉他，湘灵家搬走了，不会再回来了。他追问：“搬到哪里去了？”弟弟摇头。

这年，他已经 19 岁了，到了结婚成家的年龄。可是，他的第一次恋爱就尝到了苦果。他失望、苦闷，无心读书，不知怎么打发空虚的日子。就这样，他和家乡的所谓名士“符离五子”混迹在一起，整天游玩、饮酒、唱和，看似很热闹。

母亲陈氏看不下去了，她认为和这帮乡野小混混在一起怎么能有好结果呢，于是，陈氏准备再次搬家。白居易为了等待湘灵有朝一日回来，向母亲保证以后再也不胡混，表示一心读书。

一转眼几年过去了。白居易几乎每天都借着去湖边读书的机会，特意经过湘灵家，幻想着她会回来。想不到有一天，他突然看到湘灵家的院门打开了，院子里出现了他日夜盼望的身影。

湘灵真的回来了。不管湘灵家为什么搬走，又为什么搬回来，几年的思念之情在见面的瞬间就如烈火燃烧，让两个年轻人不顾一切地走到了一起。白居易借和符离五子切磋学问之由，连续几晚溜到湘灵家中幽会。“花非花，雾非雾，夜半来，天明去，来如春梦几多时，去如朝云无觅处。”

一个想不到的意外打破了白居易的美梦。有一天，符离五子去白家找白居易，引起陈氏怀疑：“他不是每天晚上都和你们在一起吗？”

陈氏终于从白居易的弟弟口中知道了真相。她二话不说，决定立即搬家。白居易向母亲苦求：“深笼夜锁独栖鸟，利剑春断连理枝。”母亲不为所动，甚至连告别的机会都不给，全家搬去了襄阳父亲那里。路上，白居易悲痛难忍：“不得哭，潜别离；不得语，暗相思。”但他还盼望着：“河水虽浊有清日，乌头虽黑有白时。”有一天终能和心上的人团聚。

到襄阳不满半年，白居易的父亲去世，全家的靠山倒了，生活也就没了来源，白居易只好去京城参加科考。幸运的是，当年的科考虽然很难，3000 人之中只录取 17 名，他名在其中。载誉归乡，得知湘灵也在襄阳等他，两人拉手跪在陈氏面前恳求成全他们。这一次，母亲的拒绝更加无情：“当初就是门不当户不对，如今更是天壤之别。她给你提鞋都不配！”

湘灵不堪羞辱，哭泣而去。

没过多久，白居易赴京上任吏部。湘灵偷偷去渡口送行，送给他一双亲手缝纳的千层底布鞋。白居易肝肠寸断：

南浦凄凄别，西风袅袅秋。

一看肠一断，好去莫回头。

白居易在京城遇到了前辈元稹，他正在写《莺莺传》。这个故事后来被改编为《西厢记》。故事写得令人愤恨，是以元稹和表妹的初恋为原型。他抛弃表妹，攀上了丞相之女韦丛，借此青云直上。

元稹得意地把他的作品拿给白居易看，白居易万分感慨、遗恨满怀：

> 为君一日恩，误妾百年身。
>
> 寄言痴小人家女，慎勿将身轻许人！

失去了心上人的白居易心态大变，开始疯狂狎妓。在唐代，以他的官制，只能蓄养三个家伎。但白居易则一人占了三十多个青楼女子，他把所有女人都当玩物，三年一换，老了就遣散，所谓“十载春啼变莺舌，三嫌老丑换蛾眉”。

看到儿子这样糟蹋自己，母亲陈氏相当难过。她动用一切手段，逼迫白居易娶了杨氏。这一年，白居易已经 37 岁。

白居易无法真心爱妻子，他总是把她和湘灵相比。湘灵是农家女，但她“娉婷十五胜天仙”，杨氏是名门之后，但还“不如农妇识时节”。他因功授封，杨氏沾光，他觉得她不配：“吾转官阶常有愧，君加邑号有何功？”“倚得身名便慵堕，日高犹睡绿窗中！”

白居易在 44 岁那年被贬江州后，人生的种种失意让他更加思念湘灵。有一次，他在晾晒衣物时，翻到了那双藏在箱底的湘灵送的“千层底”，心中犹如翻江倒海，“欲忘忘未得，欲去去无由。”

更为戏剧的是，白居易想不到在这里竟意外地遇见了逃难的湘灵。白居易不顾在人群前、当着妻子的面儿，竟抱住心上人涕泪长流。物是人非，容颜虽变，但爱意依然。这一晚白居易和湘灵互诉衷肠，白居易告诉湘灵要娶她为妻，让杨氏当妾。

令白居易没想到的是，湘灵断然拒绝，起身离去。白居易 53 岁的时候，又一次回到故乡去找湘灵。她依旧未嫁，却已舍身佛门。白居易还想和她在一起，她却连面儿都不见，只让弟子转交给他一封信，说她诵经念佛已经习惯了。红尘之事，也已不记得了，请白居易不要再来找她了。白居易不死心，给她回复一首诗：

别来老大苦修道，炼得离心成死灰。
平生忆念消磨尽，昨夜因何入梦来？

湘灵又让弟子传过最后一句话："既然在梦里见过了，那就当我们已经话别了，天上再见吧。"

白居易失去了心中最宝贵的东西，也失去了精神支柱，从此把人生看淡：

窗前有竹玩，门外有酒沽。
何以把君子，数竿对一壶。

白居易一辈子忘不了湘灵，他把心中的最爱写进《长恨歌》，在他心里她的美丝毫不逊于杨玉环，"回眸一笑百媚生，六宫粉黛无颜色。"但是面对爱情，他和李隆基一样无力，"天长地久有时尽，此恨绵绵无绝期。""但教心似金钿坚，天上人间会相见。"

这是白居易一生幽幽的《长恨歌》，也是他一生绵绵的不了情。

李煜：要命的《虞美人》

也许《虞美人》的流传就是一个悲剧的开始，在南唐后主李煜的身上得到了显现，让他也因《虞美人》而送命。

秦朝灭亡后，楚汉相争，刘邦的大军把项羽困在垓下，内无粮草，外无救兵。项羽自知大势已去，几杯酒下肚，面对爱妻，慷慨悲歌："力拔山兮气盖世，时不利兮骓不逝，骓不逝兮可奈何，虞兮虞兮奈若何。"虞姬跟随项羽多年，从没听过他如此深切悲凉的歌声，自知与他团聚的时日无多，穿戴起华贵漂亮的衣饰，手持宝剑，边舞边歌："劝君王饮酒听虞歌，解君忧闷舞婆娑，嬴秦无道把江山破，英雄四路起干戈。自古常言不欺我，成败兴亡一刹那，宽心饮酒宝帐坐！"随后，虞姬抽出项羽腰上佩剑，自刎身死；载着项羽出生入死的战马乌骓不愿和主人分离，哀鸣坠江；项羽在乌江边战至一人自刎而死，两眼圆睁，死不瞑目。

一首《虞美人》令人无限感动，传唱至今。

也许《虞美人》的流传是一个悲剧的开始，在南唐后主李煜的身上得到了显现，让他也因《虞美人》而送命。

李煜（937—978），字重光，初名从嘉，号钟山隐士、钟峰隐者、莲峰居士、钟峰白莲居士。他是南唐中主的第六个儿子，历史上称他为李后主，祖父是南唐开国皇帝李弁。

李煜从小就与众不同，尤其是他的长相，丰额骈齿，有一目是重瞳，按照相面人的说法，他很有富贵相。李煜多才多艺，不仅文章出众，而且擅长书法和绘画，造诣也很深。加上他为人厚道，所以备受大家喜爱。按照一般的顺序，他是没有机会做皇帝的，但他的五个哥哥都死得很早，所以李煜才被封为吴王，做了太子，成了皇位的继承人。

李煜继位前几年，南唐国势逐渐衰落，他的父亲在后周强大的攻势面前，最终将江北领土割让，南唐和后周隔长江对峙，但面对后周强劲的发展势头，南唐上下只能听从命运的安排，已经无力挽救败势了。宋朝建立后，南唐国主唐元宗李璟自知不是宋朝的对手，便向宋朝屈服，派使臣送金银财宝前去，祝贺宋太祖赵匡胤即位。随后，李璟将南唐的都城迁到了南昌，建立了南都，他和文武大臣都搬到那里去了，留下太子李煜守在金陵。几个月后，李煜的父亲病逝，李煜正式继位，当时年仅 25 岁。

李煜信佛非常虔诚，这一点被北宋的皇帝利用了。李煜用宫中的钱招募人为僧，使金陵的僧人多达万人。平时退朝后，李煜就和皇后换上僧人的衣服，诵读经书。僧人犯了罪，不依法制裁，而是让他诵经，然后赦免。北宋皇帝听说之后，就精选了一名口齿伶俐、聪明善辩的少年，南渡去见李煜，和他讨论人生和性命之说。李煜信以为真，以为是难得的真佛出世，从此就很少注重治国安邦及边防守卫了，而是整天念佛。

从本质上说，李煜是一个文人，一个很有才华的词人，书法、绘画和文章都很出色。但是，对于一国之主的他来说，写诗、作画就有点儿不务正业了。本来治理国家、收复失地，是他应该承担的第一重任，然而，他却一点儿也不放在心上。其间，他写的一些词都是描写宫廷豪华的生活，《玉楼春》是其中的代表作：

晓妆初了明肌雪，春殿嫔娥鱼贯列。笙歌声断水云闲，重按霓裳歌遍彻。

临春谁更飘香屑？醉拍栏杆情味切。归时休放烛花红，待踏马蹄清夜月。

另外，还有一首是《浣溪沙》：

红日已高三丈透，金炉次第添香兽。红锦地衣随步皱。

佳人舞点金钗溜，酒恶时拈花蕊嗅。别殿遥闻箫鼓奏。

甚至还将他与小周后幽会场景写成了一首《菩萨蛮》：

花明月暗笼轻雾，今宵好向郎边去。刬袜步香阶，手提金缕鞋。

画堂南畔见，一向偎人颤。奴为出来难，教君恣意怜。

南都留守林仁肇表示，他愿意领兵北上，收复旧地。李煜却没有同意，只知念佛、填词，醉生梦死，毫不关心国家的生死存亡。

皇后周娥皇是司徒周宗的女儿，通书史，且能歌善舞，尤其弹得一手好琵琶。当时早在盛唐时曾广为流传的《霓裳羽衣曲》早已被人淡忘，周娥皇找到了一份残谱。她根据自己的理解，开始整理，通过努力，最终恢复了《霓裳羽衣曲》的原貌，开元、天宝之音得以重回人间。周娥皇还创作了两支曲子，一为《邀醉舞破》，一为《恨来迟破》。李煜和她常常会随歌而舞。周娥皇不但擅长音律，于采戏、弈棋也无所不精。对于这样一位多才多艺的知己，李煜是宠爱不已，朝朝暮暮与她一起，整日沉浸在轻歌曼舞中。周娥皇死后，李煜还常常会情不自禁地思念她。

周娥皇有个妹妹，史称小周后，风姿绰约、风情万种。小周后的音律才能虽比不上姐姐周娥皇，但却是弈棋的高手，酷爱围棋与象棋，因此而备受李煜的宠爱，二人常常布局厮杀，以此消遣时光。一天，李煜与小周后正在对弈，且杀得难解难分。为了不受任何干扰，李煜下令卫士守住宫门，对前来奏事的大臣一律不予接待。一位大臣向李煜奏报国家收支的状况已入不敷出，国库空虚；一位大臣奏报宋朝正在调兵遣将，随时来犯，提醒李煜应早做准备……但是，这些都被卫士挡在了宫门外。

这期间，李煜正事儿不干，而是借酒浇愁。其中，较具代表性的有《清平乐》：

别来春半，触目愁肠断。砌下落梅如雪乱，拂了一身还满。

雁来音信无凭，路遥归梦难成。离恨恰如春草，更行更远还生。

还有一首《相见欢》：

无言独上西楼，月如勾，寂寞梧桐深院锁清秋。

剪不断，理还乱，是离愁，别是一番滋味在心头。

这哀愁真让他写得别有一番滋味儿。

在北宋灭掉南汉后，李煜异常恐惧，上表给赵匡胤，主动改唐国主为江南国主，然后又自己把政权降格，他下的书不称诏，改称教，中央的行政机构也改变了称呼，如尚书省改称司会府。

宋朝虽然已经建立起来，但是原先各地的一些割据势力仍还存在。当时除契丹建立的辽国以外，还有五代时期的十国，北方有占据太原的北汉，南方有南唐、吴越、后蜀、南汉、南平（荆南）等国。

赵匡胤稳定了内部以后，开始考虑怎样消灭这些割据势力。赵匡胤决定向南唐开刀，因为在南方残存的各个小国，南唐算是最大，且最有势力的，拿下南唐就可以起到杀鸡儆猴的作用。

北宋开宝七年（974）九月，赵匡胤命大将曹彬、潘美带领十万大军，攻打南唐。宋代早在荆南造了几千艘战船，曹彬率领水军，从江陵沿长江顺流东下，不断打败南唐守军，很快打到了采石矶（今安徽马鞍山）。潘美率领步军，也赶到了采石矶。

当时，有个叫樊若水的读书人，建议宋军用大船和竹筏搭浮桥渡江。宋军采用这个建议，只花三天工夫，就搭出一座浮桥。

有人把这事儿告诉了李煜。李煜不知道该怎样对付，问身旁的一个大臣。那个大臣回答说："自有书籍记载以来，从未听说长江上可以搭桥的事情。"

李煜放下心来，高兴地说："我也认为这不过是一场儿戏罢了。"

宋军渡过长江，很快打到金陵（今江苏南京）城下。李煜还不知道。

一天，他登城一看，只见城外宋军旌旗遍野，才知道大事不好。他连忙派大臣徐铉去东京，要求宋朝退兵。

徐铉到了东京，有人对赵匡胤说："徐铉学识渊博，口才很好，要好好对付。"

赵匡胤笑着说："我自有办法。"

第二天，徐铉进了朝堂，仰起头来大声说："李煜没有罪，陛下师出无名。"

赵匡胤让他讲一讲他的理由。徐铉说："李煜以小国侍奉大国，好像儿子侍奉父亲一般，没有什么过失，宋朝为什么要讨伐他？"

徐铉讲了好久，宋太祖反问他一句说："你既然说像父子一般，难道父和子可以分成两家吗？"

徐铉被问得一时语塞，灰溜溜地回去了。

过了一个月，徐铉奉李煜之命，又去东京见赵匡胤，恳求退兵。赵匡胤手按利剑，大怒说："无须多言！江南没有什么罪，但天下一家，我的卧榻旁边，哪里容得他人鼾睡（自《程史·徐铉入聘》）！"

徐铉吓得不敢再讲，只得回去复命了。

李煜见求和不成，赶快调驻守上江的 15 万大军救援金陵。援军到了皖口，遭宋兵夹攻。南唐军想放火烧宋军，不料突然刮起北风，大火反烧向自己，援军主帅急得投火而亡。南唐最后一支大军覆没了。

前线将士拼死抵抗的时候，李煜还在宫中填了一首词《临江仙》：

樱桃落尽春归去，蝶翻金粉双飞。子规啼月小楼西，玉钩罗幕，惆怅暮烟垂。

别巷寂寥人散后，望残烟草低迷。炉香闲袅凤凰儿，空持罗带，回首恨依依。

据说这首词还没有填完，宋军就攻陷了金陵，最后的三句是后来补上的。当年腊月，宋军很快攻进金陵。李煜投降宋朝，做了亡国奴。

北宋开宝八年（975），李煜被俘后，在开封被封为违命侯，拜左千牛卫将军。当年腊月，当了囚徒，李煜的生活发生了天翻地覆的变化，虽然吃喝不愁，但身份毕竟不同了，也不能随心所欲地生活和享乐了，看到心爱的小周后每天被叫进宫去被赵匡胤玩弄，再加上自己沦为阶下囚的切身的体会，都被他融进了词中，由此诞生了词史上最为感人、成就颇高的作品。其中，有三首词最具代表性。

其一是《虞美人》：

春花秋月何时了，往事知多少？小楼昨夜又东风，故国不堪回首月明中！

雕栏玉砌应尤在，只是朱颜改。问君能有几多愁？恰似一江春水向东流。

其二是《浪淘沙令》：

帘外雨潺潺，春意阑珊，罗衾不耐五更寒。梦里不知身是客，一晌贪欢。

独自莫凭阑，无限江山，别时容易见时难。流水落花春去也，天上人间。

其三是《破阵子》：

四十年来家国，三千里地山河。凤阁龙楼连霄汉，玉树琼枝作烟萝，几曾识干戈？

一旦归为臣虏，沈腰潘鬓销磨。最是仓皇辞庙日，教坊犹奏别离歌，垂泪对宫娥。

在生命的最后时期，李煜的词达到了登峰造极的程度。他的词没有丝毫的雕琢痕迹，纯粹是天然而成，可谓鬼斧神工。历代成就高的诗词都是将感情和艺术手法融为一体的，一般的诗词，不是太通俗，就是太晦涩，不能使读者很通畅地理解其中的感情，而李煜的词就将两方面的因素很巧妙地融合到一起，语言通俗，包含的却是一般人难以有，也难以体会到的感情。可以说，李煜的词达到了较高境界，也取得了较高的艺术成就，为宋词的发展开拓了新境界。

北宋开宝九年（976），孤独无依的李煜挥笔写下了这首《虞美人》：

风回小院庭芜绿，柳眼春相续。凭阑半日独无言，依旧竹声新月似当年。

笙歌未散尊罍在，池面冰初解。烛明香暗画堂深，满鬓清霜残雪思难任。

又是一年春天，李煜独自依靠着栏杆半天没有话说，爆竹声声贺新年，可此时的李煜却再也没有以往在故国金陵城时的闲情雅致了。是呀，这寄人篱下的日子怎么能让他高兴起来呢！

院子外的乐曲还在演奏着，那歌舞升平、酒杯交错的碰撞声依旧响着。此时的李煜鬓发斑白，独守空楼，心中对故国满满的相思之情又该到哪里倾诉呢！

北宋太平兴国三年（978）的七夕夜，也是李煜生日，宋太宗赵光义特下令为李煜大摆宴席。院内张灯结彩，各种器乐的旋律交织在一起，宫女随着旋律起舞弄影。这片喧哗的情景不禁勾起了李煜为国君时的回忆。几杯酒下肚，再也压抑不住内心的躁动的李煜在席间含泪挥笔写下了《虞美人》。

想不到这首《虞美人》一下子激怒了宋太宗赵光义，怒斥道："不杀你，供你吃，供你喝，你竟然大唱悼亡词！"于是，派人赐毒酒"牵机毒"，毒死了李煜，那年，他 42 岁。

一首《虞美人》要了李煜的命。

也许，这就是命运吧！

欧阳修：醉翁之意到底在哪儿

欧阳修在传世之作《醉翁亭记》里说自己是“醉翁之意不在酒，在乎山水之间也。山水之乐，得之心而寓之酒也。”那么，他说的是真话吗？

一、欧阳修的生平

欧阳修，北宋景德四年（1007）出生于绵州（今四川绵阳），三岁时其任绵州军事推官的父亲去世，家庭生活陷入困境，无所依靠的孤儿寡母只得到湖北随州投奔欧阳修的叔叔。叔叔家并不富裕。为了让儿子受到教育，母亲郑氏用芦苇秆在沙地上教欧阳修写字。叔叔对他也很关心，督促他用心读书。欧阳修天资聪颖，又刻苦勤奋，往往书不待抄完，已能成诵；少年习作诗赋文章，文笔老练，小有成就。他的叔叔见后，跟郑氏说以后欧阳修一定会有出息。

果然，欧阳修真的没叫母亲和叔叔失望，他不但成了北宋著名的文学家、史学家，与韩愈、柳宗元、王安石、苏洵、苏轼、苏辙、曾巩合称“唐宋八大家”，与韩愈、柳宗元、苏轼被后人合称为“千古文章四大家”，还是北宋著名的政治家，官高至兵部尚书、刑部尚书，到老官未离身，可谓平安落地。可见，他的醉翁不在酒，也不在山水之间，否则，做不到文章传千古、官场留名声。揭开这个谜，还得从他的生平说起。

欧阳修不算传奇也不算惊险的一生，可以用“五次三番”来概括。

“五次”是欧阳修的科考过程。

第一次：欧阳修16岁时应考落榜；

第二次：欧阳修19岁时应考又意外落榜；

第三次：欧阳修22岁时由胥偃保举，春天就试开封府最高学府国子监；秋天参加了国子监的解试，在国子学的广文馆试、国学解试中均获第一名，成为监元和解元；

第四次：欧阳修24岁时在礼部省试中再获第一名，成为省元。

第五次：欧阳修24岁时，省试考中第一名，成为省元后，接着参加殿试。他觉得自己已经“连中三元”，运气一定不错，殿试也能夺得头筹。于是，他特意做了一身新衣服，准备殿试的时候穿。有意思的是，他有个叫王拱寿的同学，才19岁，也和他一样获得了殿试的资格。听说他做了新衣裳专心准备当状元，王拱寿开玩笑地偷偷穿上他的新衣服，得意洋洋地说自己穿上状元袍子了。谁曾想殿试之日，还真是王拱寿当了状元。欧阳修位列二甲进士及第。据时任主考官晏殊后来对人说，欧阳修未能夺魁，主要是锋芒过于显露，众考官欲挫其锐气，促其成才。虽然没中状元，欧阳修也获得了不错的名次，被授任将仕郎，试秘书省校书郎，充任西京（洛阳）留守推官。

金榜题名的同时，欧阳修也迎来了洞房花烛。宋代有“榜下择婿”的风俗，朝中高官都喜欢在新科进士中挑选乘龙快婿。欧阳修刚一中进士，就被恩师胥偃定为自己的女婿。欧阳修娶了胥氏，但新婚没多久，妻子就去世了。有趣的是，多年后欧阳修娶了已故宰相薛奎的二女儿。薛奎家有三个女儿，恰巧大女婿就是当年穿了欧阳修的“状元袍”，真得了状元的王拱寿！当王拱寿的夫人去世之后，他又娶了薛奎的三女儿，继续做薛家的女婿。欧阳修忍不住写诗调侃他说：“旧女婿为新女婿，大姨夫作小姨夫。”

本以为做了官、娶了妻，仕途会一帆风顺。却不料理想很丰满、现实很骨感。接下来等待他的就是三次被贬，也就是“三番”。

第一次被贬：北宋天圣九年（1031）三月，欧阳修抵达洛阳，与梅尧臣、尹洙结为至交，互相切磋诗文。同年，在东武县迎娶新娘胥氏。当时他的上司为吴越忠懿王钱俶之子、西京留守钱惟演。钱惟演对欧阳修这样的青年才俊非常好，简直都要把他们“供”起来了。不但很少让他们承担琐碎的行政事务，还公然支持他们吃喝玩乐。有一次，欧阳修和年轻的同僚到嵩山游玩，傍晚下起了雪。忽然，钱惟演的使者赶到了，带来优秀的厨子和歌伎，并传钱惟演的话说：“府里没什么事儿，你们不用急着回来，好好地在嵩山赏雪吧。”当然，这些青年才俊们，在吃喝玩乐之余，也会吟诗作赋。当时文坛上流行骈文，文风华丽，但是免不了说大话、套话，欧阳修他们就是用这样的文章去参加科举考试的。终于可以毫无压力地创作了，他们当然不满足于那样死板的文风，而是凭借自己丰富的学识，效法先秦两汉的古人，力图打破当时陈腐的文风，推行“古文”。在钱惟演的支持下，欧阳修等人有了充分的时间去琢磨古文创作，使得“古文”的创作在宋代繁盛一时，留下了无数千古名篇。

第二次被贬：欧阳修的夫人胥氏，新婚不久便去世了。被贬后不久，欧阳修娶了已故宰相薛奎的二女儿。景祐元年（1034），召试学士院，授任宣德郎，28 岁的欧阳修回京做了馆阁校勘，参与编修《崇文总目》。他在京中继续把“座上客常满，樽中酒不空”当成座右铭。不过，此时的欧阳修，毕竟不再是那个享受青春的少年，他开始担负起社会责任。当时，北宋王朝积贫积弱的弊病开始显现，贫富差距拉大，社会矛盾日益突出。景祐三年（1036）五月，欧阳修的好友范仲淹为革除弊端，上章批评时政，指陈时弊，惹恼了当时的宰相吕夷简。吕夷简指责范仲淹越职言事，荐引“朋党”，离间君臣，范仲淹因此被贬饶州。肩负言谏之责的高若讷不仅不伸张正义，反而肆意诋毁范仲淹的人格。欧阳修气愤不过，写了一封信给高若讷，在一番冷嘲热讽之后得出结论：“足下非君子也。”正因为这封意气用事的信函，欧阳修被贬为湖北夷陵县令。在这个偏远的小县城里，没有什么书籍可供他消遣，他便取出旧案卷反复阅读，看到其中冤假错案不可胜数，于是欧阳修发誓，即使是当个县令小官，对待政务也绝不敢有丝毫倦怠，不可有半点儿疏忽。之后，欧阳修在各地辗转，做地方官多年，每到一个地方都留下了深受百姓拥戴的政绩。而后，范仲淹又被起用了，他想招欧阳修前去担任掌书记，并已奏请朝廷获得同意，但欧阳修却叹道：“我当时为范公仗义直言，难道是为了自己的私利吗？与他同退可以，同进就不必了。”竟然推辞不去。

第三次被贬：康定元年（1040），欧阳修经过四年的贬谪生涯，重回开封，升为集贤校理。庆历三年（1043），宋仁宗赵祯召范仲淹、富弼等大臣寻求拯救危局的方略。范仲淹写了著名的《条陈十事》，建议采取各种改革措施，如严格官吏升降制度、限制官僚子弟做官特权、减轻徭役等。欧阳修力挺范仲淹，同时建议实行“按察法”，选精明强干的人做按察使，监察各路与州、县官吏，定期向朝廷报告。范仲淹的条陈与欧阳修的建议，一度被赵祯采纳并颁行全国，号称“新政”。可是，保守势力借“朋党”之说在朝中大造舆论，诬陷范仲淹等人结党营私，图谋架空皇上，要求罢免革新派的职位。欧阳修被这些小人的阴谋伎俩激怒了，他连夜奋笔疾书，向皇帝奏陈“小人无朋”与“君子有朋”的道理，这就是尖锐犀利、文情奔放、有理有据的《朋党论》。遗憾的是，不管欧阳修的陈词多么恳切、说理多么充分、罗列的事实多么有说服力，赵祯还是一道圣旨罢免了杜衍、范仲淹等四名革新派官员的官职，“庆历新政”草草收场。保守的豪族官僚重新得势后，并没有放过欧阳修，伪造了所谓的“张甥案”，说欧阳修与外甥女有不正当关系。欧阳修的外甥女张氏嫁给了欧阳修的堂侄欧阳晟，却与欧阳晟的家仆陈谏私通。私情败露后，张氏为了开脱自己，反咬舅父一口，说未嫁时就与欧阳修有私情。这件事一直闹到朝中，欧阳修上疏为自己辩护。而中书舍人钱勰素来跟欧阳修有仇隙，这时举出欧阳修所作的一首《望江南》词为证：

留着待春深。十四五，闲抱琵琶寻。阶上簸钱堂下走，恁时相见早留心。何况到如今。

这首艳词便成了欧阳修生活作风问题的铁证。于是，欧阳修被贬赴任滁州太守。滁州地处长江与淮河之间，山高水清，地僻事简，民俗淳厚，欧阳修很喜欢这儿。滁州西南有琅琊山，欧阳修常携酒前往，在美酒与水光山色中，他忘记了被谤遭贬的羞辱，忘了自己的太守身份，忘了自己刚满 40 岁的年龄，自称“醉翁”。后来，欧阳修由滁州改守扬州。

在滁州，欧阳修写下了不朽名篇《醉翁亭记》，古文造诣很深。他依旧保持轻松慵懒的态度，为政“宽简”，让自己和百姓都过得轻松。但就是在这样的执政下，滁州反而被治理得井井有条。欧阳修喜好酒，他的诗文中亦有不少关于酒的描写。一首《渔家傲》中采莲姑娘用荷叶当杯，划船饮酒，写尽了酒给人们生活带来的美好享受。欧阳修任扬州太守时，每年夏天，都携客到平山堂中，派人采来荷花，插到盆中，叫歌伎取荷花相传，传到谁，谁就摘掉一片花瓣，摘到最后一片时，就饮酒一杯。晚年的欧阳修，自称藏书一万卷，琴一张，棋一盘，酒一壶，陶醉其间，怡然自乐。可见，欧阳修很爱饮酒。做太守时，欧阳修对饮酒游山的爱好不减当年，经常带着吏民出去游玩，在山中野餐，然后喝醉了，迷迷糊糊地看着大家玩乐。据说，《醉翁亭记》的开头原本花了好多笔墨描绘滁州四周的山，最后这些描写被欧阳修改成了“环滁皆山也”五个字，简练中见隽永，成为散文史上的名句。醉时能与民同乐，醒后能用当世一流的文笔把游玩的过程记录下来。守旧派的压制，并没影响他的好心情。后来，欧阳修又做了颍州（今安徽阜阳）太守。在颍州，他照样寄情于诗酒，自认为过得比在洛阳丝毫不差。后来在告别颍州时，他怕送别的吏民伤心过度，便写诗安慰他们说：“我亦只如常日醉，莫教弦管作离声。”仍是不改诗人的乐天本性。

随着欧阳修的官位越来越高，他写过的歌词也在社会上越来越流行。传说，颍州有一位歌伎会唱欧阳修所有的词。后来欧阳修出使辽国，接待官员请来当地一位歌伎助兴，嘱咐她好好款待欧阳大人。歌伎只是答应，并不多说话，大家还以为她毕竟是边远地方的歌伎，什么都不懂。谁知席间歌伎一开口，唱的竟全是欧阳修的词。由此也可见，欧阳修的词在当时影响之大。

皇祐元年（1049），欧阳修回朝，先后任翰林学士、史馆修撰等职。至和元年（1054）八月，已经在京做了高官的欧阳修，又遭受诬陷被贬。这个本来已经成为他被贬的第五次命令刚刚下达，皇帝就后悔了，等欧阳修上朝辞行的时候，皇帝挽留道："别去同州了，留下来修纂《唐书》吧。"就这样，欧阳修做了翰林学士，开始修撰史书，与宋祁同修《新唐书》，又自修《五代史记》（即《新五代史》）。从那以后，他的仕途开始平稳。嘉祐三年（1058）六月庚戌，欧阳修以翰林学士身份兼龙图阁学士权知开封府。嘉祐五年（1060），拜枢密副使。次年任参知政事。后又相继任刑部尚书、兵部尚书等职。

英宗治平二年（1065），上表请求外任，不准。此后两三年间，因被蒋之奇等诬谤，多次辞职，都未允准。

熙宁二年（1069），王安石实行新法。欧阳修对青苗法有所批评，且未执行。熙宁三年（1070），除任检校太保、宣徽南院使等职，坚持不受，改知蔡州（今河南汝南县）。此年，欧阳修改号六一居士。

熙宁四年（1071）六月，以太子少师的身份辞职。居颍州（今安徽阜阳）。熙宁五年（1071）闰七月二十三，欧阳修在家中逝世，享年 66 岁。

二、关于欧阳修的典故

可以说，欧阳修是个幸运儿。他能在尔虞我诈、腥风血雨的官场争斗中修成正果，倘若没有过人的能力和才华肯定是做不到的。从中也完全可以看出，欧阳修的醉翁之意既不在酒，也不在山水之间。他生前身后留下的一些传说典故就是最好的例证。

巧对过关

欧阳修在母亲郑夫人的教育下，好学不倦，进步很快，十岁时已能吟诗作赋。叔父欧阳晔很高兴，安慰郑夫人说：“嫂嫂不要为家里贫穷、儿女年幼担心，这孩子将来一定大有出息。”但年幼的欧阳修不满足已有的进步，认为要成就一番功名，必须广见博闻。十二岁时，欧阳修背起行囊，开始了外出求师的历程。一天傍晚，欧阳修匆匆来到襄阳城下，看见城门已关，心里很是着急，抬头一看，城头有一个老兵把守，便拱手施礼道：“烦请老伯开门，放学生进城好吗？”老兵本不愿破例开城门，但听出是个很懂礼貌的少年，顿生爱怜之心，说道：“既是读书人，我出一联，对得出，放你进城；对不出，明晨再进。”老兵出上联：“开关早关关迟放过客过关。”欧阳修略加思索，说：“出对子容易，对对子难啊，请先生先对吧。”老兵有点儿恼怒，大声道：“我是要你对的！”欧阳修笑道：“学生已经对过了。”老兵一想恍然大悟，立即下城楼开城门。原来，欧阳修的下联是：出对易对对难请先生先对。

百里追文

欧阳修曾受一位友人之托，写了一篇题为《昼锦堂记》的文章。欧阳修字斟句酌，反复推敲，把文章写好后，便命一差官骑马给友人送去。可是到了晚上，欧阳修突然想起了什么，马上命令仆人道：“你赶快骑快马去追那送文章的差官，让他把文章带回来！”“老爷，那差官已到百里之外了，现在又是晚上，哪能追得上呀！”那仆人说道。“无论如何你也要追上他，即使我那文章已经送到，也得设法取回来！”欧阳修坚持道。看见主人态度如此坚决，仆人就急忙骑上马，走捷径、抄小道，拼命追赶，最后总算追上差官，把文章带了回来。欧阳修为何一定要把文章追回呢？原来是为了添上两个“而”字。《昼锦堂记》开头两句为：“仕宦而至将相，富贵而归故乡。”原稿中没有这两个“而”字，欧阳修将文章追回，就是为了把这两个字添上去。为了添两个字，竟如此劳神费力，是小题大做吗？不是。虽然不添这两个字，文章开头也并无语病，但添上后，文章的语气便与原文大有区别，即由直而曲，由急而缓，表现出欧阳修文章曲折舒缓的艺术风格。

“三上文章”

欧阳修说：“我平生只好读书，坐则读经史，卧则读小说，上厕所则读小辞，没有片刻时间离开读书。”他还说：“我平生所作的文章大多‘三上’完成，即在马上、枕上、厕上，大概只有这‘三上’可以更好地运思属辞。”他在晚年的时候，还把自己早年写成的文章拿出来，反复看，反复修改……

当官无房

欧阳修 25 岁娶妻成家，进入仕途，当过好几任知州，但他却一直没有置办房产，带着老母和妻儿借住在衙门大院里，还租住过非常破旧的民房。这种窘迫的居住状态，一直持续到他 42 岁那年在阜阳买房置地才告结束。

以诗论菜

一天中午，身为颍州知州的欧阳修与朋友游山玩水回来，已错过了用膳时间。于是，他带朋友来到一家挂有“杏花村”酒旗的普通酒家。瑟瑟秋风中，酒旗猎猎飘动，“杏花村”三字显得特别醒目，但酒家的生意却显得很清淡，只有三五赶集的农民就着炒花生喝酒聊天。地上的花生壳伴着阵阵北风缓缓地往屋里挪动，酒店里显得很静。欧阳修正是看中这里的安静，便于同朋友交流写诗体会。欧阳修没有官架子，平时经常深入百姓，了解民生疾苦，所以很多人都认得他。店主人看到欧阳修大驾光临，受宠若惊，赶紧把欧阳修请进僻静的房间，斟了二盅酒后，恭请欧阳修点菜。欧阳修点了三个下酒菜后便虚掩房门，与朋友频频举杯。让店主人纳闷的是，上菜后不到两炷香时间，欧阳修便唤店主人结账。店主人问：“欧阳大人，敝店酒菜如何？”欧阳修沉吟道：“酒还不错，不过菜呢……”他从店主人手上要过纸笔，题了首打油诗：“大雨哗哗飘过墙，诸葛无计找张良，关公跑了赤兔马，刘备抡刀上战场。”店主人看后，脸胀成猪肝色，为何？原来这四句诗分别说的是无檐（盐）、无算（蒜）、无缰（姜）、无将（酱）。这无盐、无蒜、无姜、无酱油的菜怎能让客人满意？

秀才受羞

天圣年间，欧阳修因鼎力相助范仲淹改革，得罪权奸。后因改革失败，他便出知滁州。在滁州，欧阳修不以个人进退为意，一心整治地方，政通人和，时常邀众游琅琊山。当地有个纨绔子弟，吟得几句歪诗，便以诗才自居，人称诗秀才。他闻得欧阳修吟诗作赋有如行云流水，心中妒忌。当他知欧阳修正去游山，便一路赶了上来，一心想和欧阳修比个高低。走到半路，他见一株枇杷树生得古怪，诗兴大发，吟道：“路旁一古树，两朵大丫柊。”

秀才本就无甚才华，刚念完两句，就再也吐不出半个字来。欧阳修此时正经过此处，便接口道："未结黄金果，先开白玉花。"秀才听了说道："这两句也不赖，勉强可以接上。"欧阳修听后只笑了笑。二人同行至河边，见有一群白鹅，在水中嬉戏，秀才又再吟道："远看一群鹅，一棒打落河。"吟罢，又再度陷入苦苦思索中，再想不出一个字儿。欧阳修又接口道："白翼分清水，红掌踏绿波。"秀才听后说道："老兄，你还可胡诌几句。我去找欧阳修比试，你可要为我助威呀。"他们沿着小河行走，来到渡口摆渡。二人站在船上，秀才看着水中倒影，飘飘欲仙，说道："老兄，这回我们将欧阳修压倒，我俩就成了当今诗坛双星了。"说罢又吟道："诗人同登舟，去访欧阳修。"欧阳修听罢，哈哈大笑道："修已知道你，你却不识修（羞）。"秀才听罢，好不狼狈。

吟诗饮酒

宋代诗人郭祥正年轻的时候特别推崇欧阳修的诗。这天，他到梅尧臣家中做客，梅尧臣对他说："欧阳修来信说新写了一首诗《庐山高》，他自己很满意，可惜我没有看到。"郭祥正说："我知道。"他当即背诵了一遍。梅尧臣拍掌惊叹道："若让我再学 30 年，也不能写出其中的一句来。"郭祥正又朗诵了一遍，梅尧臣大为陶醉，马上摆酒设宴，朗诵一遍，举杯对饮一遍，直至罢席，二人没说一句别的话。

照样学样

欧阳修与宋祁同修《新唐书》，又自修《五代史记》（即《新五代史》）。作为一位史官，欧阳修把通达的文笔用于修史，格外得心应手。他主持了《新唐书》的修撰，而实际参与写作的还有很多人。

为了防止体例不一，欧阳修负责统筹全稿。当时，北宋文坛古文发展的势头正猛。大家都愿意写古文吸引眼球，可没有足够的天赋，文章往往会被写得生僻难懂，看着唬人，其实没什么实际内容，更谈不上艺术价值。其中负责写列传的宋祁，就总喜欢用些冷字僻典，晦涩难懂。作为主编的欧阳修对他很不满，但是，从年龄、资历上说，宋祁是他的前辈，有点儿不便说他，只好委婉地讽劝。一天早上，欧阳修在唐书局的门上写下八个字："宵寐非祯，札闼鸿庥。"宋祁来了，端详了半天，也没有悟出什么意思，想问欧阳修，又有点儿不好意思。欧阳修笑着说："我昨晚做了一个梦，很不吉利，写了副对联贴在门上避避邪，意思是'夜梦不祥，出门大吉'。"宋祁说："你直说多好，何必让人这样费解？"欧阳修说："我是在模仿您修《唐书》的笔法，您写的列传，把'迅雷不及掩耳'这句大白话，都写成'震霆无暇掩聪'了。我不该向你学习吗？"宋祁听了，立刻明白了欧阳修的意思，不禁莞尔，以后写文章也平易起来了。

整肃文风

北宋嘉祐年间，当时有个文学派别"太学体"，领袖刘几是一名太学生，最大的特长就是常玩弄古书里的生僻字词。因为刘几多次在国子监考试中得第一名，所以学子们纷纷仿效他文章中诡谲险怪迭出的文句，一时形成了怪异浮华的风气。

这年，欧阳修主持进士考试，规定凡是写艰涩险怪文章的考生一概不取。有个考生在文章中这样写："天地轧，万物茁，圣人发。"意思是：天地初分时，万物始生长，伟人方问世。欧阳修想："这个人一定就是刘几！"于是欧阳修便就着他的韵脚，风趣而又犀利地续写道："秀才刺，试官刷。"意思是：你秀才的文章违背事理，考官就把你刷掉！还用大红笔把文章从头到尾横涂一道，称作"红勒帛"，批上"大纰缪"三个字张榜公布。放榜的时候，那些写"太学体"而自高自大的考生发现自己居然没有被取中，纷纷闹事，甚至有人说要到街上截住欧阳修痛打。但皇帝充分相信欧阳修的人品和判断力，给予了他极大的支持。北宋文风自此一振。

过了几年，欧阳修担任廷试考官，发现刘几又来参加考试。欧阳修说："清除邪恶一定要彻底，今天一定要狠狠斥责这些个轻浮学子，以便铲除文坛祸患。"他发现一个考生写的《尧舜性仁赋》，其中一句："故得静而延年，独高五帝之寿；动而有勇，形为四罪之诛。"意思是：所以能得宁静就可以养生，可以比五帝还高寿；如果易冲动而莽撞，就会受到意想不到的惩罚。欧阳修便将这个考生定为第一名。等到张榜公布时，发现考生叫刘辉。有人告诉欧阳修，刘辉就是刘几，为了彻底改变文风，他连名字也改了。为此，欧阳修很是感动。

"出人头地"

在这次考试中，欧阳修也看到一份较好的答卷，文章语言流畅，说理透彻。欧阳修估计这个考生是自己的学生曾巩。虽然这种文风需要鼓励，但考虑到毕竟是"自己人"，不好定为第一名，就把这份卷子取成第二名。欧阳修对文章中提到的一个典故产生了兴趣。文中说，在尧帝时，执法官皋陶想判一个罪犯死刑，向尧帝申请时，却被否决了。皋陶认为这个罪犯罪大恶极，不杀不足以谢天下，就又申请了一次，结果还是被否决了，如此申请了三次，三次都被尧帝否决了。

欧阳修看完后，认为这个典故虽然跟考试题目非常契合，但怎么也想不出来出自哪里，问梅尧臣，梅尧臣也说没见过。怎么办？欧阳修一想，不能因为自己不知道就否定别人，能写出这样精彩文章的考生肯定不会差，先录取了再说。

结果试卷拆封后，才发现这份卷子的作者是苏轼。欧阳修很是后悔，对老友梅尧臣说："读苏轼书，不觉汗出，快哉！老夫当避路，放他出一头地也。"这就是"出人头地"成语的来源。

发榜后，苏轼去拜谢考官，欧阳修就问起那个典故的来历。苏轼一听，心里咯噔一下："这个典故是我杜撰的，要是说出来，岂不成了欺骗考官？而如果随便编个出处，同样也难逃欺骗之罪，罢了，还是实话实说吧，大不了三年后再来考。"于是，苏轼爽快地回答："回大人，是我杜撰的，没有来历。"不料，欧阳修和梅尧臣相视大笑，不但没有追究他的欺骗之罪，反而对他的活学活用、大胆直率很是赞赏。这就是北宋文坛的活力。如果以考试规则或标准答案来说，苏轼毫无疑问会被刷下去，但作为主考官的欧阳修，看重的却不是这些，而是真正地为国家选拔人才。北宋之所以能成为历史上文化氛围浓厚的时期，正是源于欧阳修这种开放、包容的心态，不拘一格的选拔人才，才使一大批当时还默默无闻的青年才俊脱颖而出，成了名家，其中不但包括王安石、苏轼、苏辙、曾巩等文坛巨匠，还包括张载、程颢、吕大钧等旷世大儒。大多数被欧阳修录取的人在此后几十年里，都成了北宋的名臣。这批进士中，日后做到三品以上高官的有九人。欧阳修一生桃李满天下，包拯、韩琦、文彦博、司马光都得到过他的激赏与推荐。"唐宋八大家"中宋代有五人均出自他的门下，而且都是以布衣之身被他相中、提携而名扬天下的。

三、欧阳修的传闻

有关欧阳修的传说故事还有很多，这些传说故事都展示了他的才学和人品。但是还有一些传说，不论真假，都成了欧阳修生命中抹不去的阴影。

反对“变法”

熙宁二年（1069），英宗赵曙去世，神宗赵顼上台。赵顼不顾元老派的反对，任命 49 岁的王安石为副宰相（参知政事），主持改革，富国强兵。历史上，著名的王安石变法由此拉开大幕。这一年，欧阳修已经 63 岁了，被流放在青州。

欧阳修比王安石大 14 岁，欧阳修看重王安石的才华，提拔他；王安石感谢欧阳修的知遇，敬重他。二人亦师亦友。但是，二人在官场上还是产生了矛盾，以至于化友为敌。

欧阳修曾经举荐年轻的王安石，但是他又非常注意保护王安石，赵顼主政时，想把锐意改革的王安石从县令直接提拔为副宰相，曾遭到欧阳修的劝阻。欧阳修认为这样容易让王安石被突然到来的重任压垮，建议逐步提升，让他慢慢适应更艰巨的职位。这本是欧阳修对王安石的一种保护。但是，当赵顼想让欧阳修从青州回来当宰相，因为那时候官员的退休年龄为 70 岁，欧阳修还可以干七年。不料，却遭到了王安石的反对。理由是，欧阳修做事经常不合常理，还会有一帮反对派追随，会阻碍变法大计。结果却让当时的人们以为二人不和。

其时，王安石这样做，完全没有私心，他是看到晚年的欧阳修政治观点保守，担心会和那些保守派一起反对“变法”。

事实果真如此，当王安石因为变法在官场闹得不可开交的时候，欧阳修并没有表态。但是，当王安石的“青苗法”要在欧阳修的眼皮底下推行的时候，他连续两次上表给赵顼，请求废除“青苗法”。朝廷没有回音，欧阳修就在自己管辖的范围内拒不执行“青苗法”。

王安石为什么要推行“青苗法”呢？那时候，社会完全依靠农业，青黄不接，日子难过的农民，会跟地主借高利贷。王安石认为，政府应该帮助农民摆脱高利贷的盘剥，农民可以跟政府借钱，利息也比高利贷低。这样的话，农民得利，政府也有利息收入，此乃两全其美之事。但是在具体执行的过程中，很多地方官员为了政绩，他们软硬兼施，强迫不需要借钱的农民也向政府借钱。这样一来，政府这个“银行”一下子就富了，利息收入高了，倒霉的还是老百姓。

欧阳修反对这样做是对的，但却遭到了赵顼的斥责，虽然考虑他是朝廷元老，年岁又大，没有治他的罪，但还是对他进行通报批评，要求他向王安石低头认错。没人知道，王安石在这个过程中，起了什么作用，做了什么，说了什么。在这之后，欧阳修就向朝廷打了请辞报告，退休回家。

逼死狄青

北宋重文轻武，朝中是文官当政。好处是出现了很多文化名人，坏处是削弱了国家军事力量。当时就流行那句话：“好铁不打钉，好男不当兵。”

狄青是北宋的名将。他从一名小卒做起，屡立战功，逐渐成了北宋的大将，并且在北宋平定西夏的战争中立下汗马功劳。狄青为人很好，从不居功自傲，被宋仁宗赵祯称为是自己的关羽、张飞，可见狄青是有能力的。后来狄青被任命为枢密使，这个官职一直以来都是由文人担任的，比如范仲淹就担任过这个官职，但是狄青是一个武将，所以引起了北宋文官的不满，于是开始疯狂弹劾狄青，其中攻击狄青最积极的就是欧阳修。欧阳修以手中的笔作为武器，先后给皇帝写了三篇极具杀伤力的奏折，诋毁、诬陷狄青。皇帝对此不问不顾，依然信任狄青。后来汴梁发了大水，欧阳修等人就说这是上天在惩罚大家，把这一切都怪罪于狄青，建议将狄青治罪。在欧阳修的带领之下，文官集团发起了对狄青的讨伐，不断地上书弹劾，皇帝也没法再不管不顾了，便将狄青罢官，流放到了陈州。到陈州后，狄青依然受到朝廷的严密监视，每月两次遣中使抚问，“青闻中使来，辄惊疑终日”，到嘉祐二年（1057）二月，狄青嘴生毒疮，一个月后抑郁而终。这位堪称北宋第一名将的人物，就这样死在了欧阳修这帮文人“笔”下！狄青死了之后，欧阳修修订了一系列打压武将的措施，使得北宋军事越来越薄弱，沦为外族眼中的羔羊。

好色狎妓

欧阳修的好色、放荡不羁是出了名的，他自己也不避讳，因为他的名气，人们给他的这种行为冠以雅致的名词——浪漫。

北宋时，娼妓盛行、青楼遍市，就连官府都设有官妓。不过有个规定，官妓只准官场接待和宴饮应酬时召集，不能与官员有私。但是欧阳修却不管这一套。他在任西京留守推官时，有一次到到西京留守钱惟演家的后园赴宴。朋友们都到齐了，要开宴时，他却忽然失踪了。和他一起失踪的还有他刚认识不久的官妓。朋友们等了他们半天，许久他们才回来。朋友们既感蹊跷，又感不解。朋友们清楚欧阳修城府深，不便打听他俩去了什么地方、干了些什么，即便打听，他也不会说。于是，朋友们采取迂回战术，旁敲侧击地问了那个官妓。朋友们没想到的是，她竟毫无遮掩之意，既坦然又直率地告诉大家："去了凉堂睡觉，睡了一觉还丢了金钗，找了半天也找不到。"朋友听得哈哈大笑，并没有说三道四，只是要求欧阳修为此作诗一首，便送她金钗一枚。欧阳修没有推辞，铺锦笺，挥紫毫，吟成一首《临江仙》：

柳外轻雷池上雨，雨声滴碎荷声。小楼西角断虹明。阑干倚处，待得月华生。

燕子飞来窥画栋，玉钩垂下帘旌。凉波不动簟纹平。水精双枕，傍有堕钗横。

风流丑闻

欧阳修留存的200多首词作里有大量艳词，既因为艳词留下风流佳话，也因为艳词带来莫大麻烦。

据传欧阳修与"外甥女"张氏有染，但双方并无血统关系，张氏是欧阳修的妹夫的前妻所生。张氏嫁给了欧阳修的堂侄，此后又和家中的仆人私通，事情败露后，此案在开封府审理。在公堂之上，张氏供出和欧阳修有私情。欧阳修百般辩解，谏官钱明逸还煞费苦心地找出一份证据，就是欧阳修的一首词《望江南》：

江南柳，叶小未成阴。人为丝轻那忍折，莺嫌枝嫩不胜吟。留着待春深。

十四五，闲抱琵琶寻。阶上簸钱堂下走，恁时相见早留心。

何况到如今。

钱明逸振振有词地指出，欧阳修这首词里的小女孩儿就是张氏。张氏跟着母亲来投奔欧阳修的时候就是十四五岁的样子，可见欧阳修在那个时候就盯上了还是孩子的张氏了。这种推理明显很荒谬，欧阳修却百口莫辩，而且那种境况之下也没有人敢站出来替欧阳修说话，最后越描越黑，以至惊动了仁宗赵祯。赵祯令苏安世与宦官王昭明共同办理此案。苏王二人最后只弹劾欧阳修私用张氏财产购买田产。但结果更是莫名其妙：主审官苏安世与监察官王昭明都被降职了，欧阳修也不明不白地被贬为滁州知州。

还有一件事更让欧阳修气得吐血。欧阳修妻子的堂弟薛宗孺犯了事儿，受到弹劾。薛宗孺本来希望欧阳修在神宗赵顼面前美言几句，为他开脱，不料欧阳修却上书要求严肃处理。薛宗孺大为光火，就造谣说欧阳修与其大儿媳吴氏有染。与欧阳修有宿怨的朝廷官员蒋之奇拿这事儿做起文章，出示的证据又是欧阳修的一首名为《醉蓬莱》的轻薄艳词“见羞容敛翠”，欧阳修被气得几乎吐血。诸大臣为他辩护，连赵顼都写信给他，表示对他的品德毫不怀疑。但欧阳修仍大病一场，病愈后心灰意冷。欧阳修在官场的争斗中一辈子没被打垮，却被一些“艳词”引出的风流丑闻打击，他再不想在京城待下去了。

苏轼：逆旅独行的潇洒背影

官场始终有一股无比巨大的风把苏轼刮得东倒西歪，但他却未曾倒下，甚至逆风而行，一路高歌，伴着他那坚定的脚步。

苏轼（1037 － 1101），北宋文学家、书画家、美食家，字子瞻，号东坡居士。他学识渊博，天资极高，诗文书画皆精。文流畅豁达、言简意赅，与欧阳修并称“欧苏”；诗清丽新爽、巧用夸喻、独具风格，与黄庭坚并称“苏黄”；词纵情豪放、浮想无羁，影响巨大，与辛弃疾并称“苏辛”；书法擅长行楷，自创新意、走笔跌宕、情趣盎然，与黄庭坚、米芾、蔡襄并称“宋四家”。作品有《苏东坡全集》和《东坡乐府》等。

苏轼的文学艺术创作可谓功成名就，但在仕途上却坎坷不顺、逆旅难行，挣扎奔波了一生。

一、生平经历

苏轼与父亲苏洵（号老泉，字明允）、弟弟苏辙（字子由，自号颍滨遗老）合称“三苏”；与唐代的韩愈、柳宗元和宋代的欧阳修、王安石、曾巩并称“唐宋八大家”。嘉祐元年（1056），苏洵带着21岁的苏轼、19岁的苏辙，自偏僻的西蜀地区，沿江东下，于嘉祐二年（1057）进京应试。

当时的主考官是文坛领袖欧阳修，小试官是诗坛宿将梅尧臣。二人正锐意于诗文革新，苏轼清新洒脱的文风，一下子把他们震撼了。策论的题目是《刑赏忠厚之至论》，苏轼的《刑赏忠厚之至论》获得主考官欧阳修的赏识，却因欧阳修误认为是自己的弟子曾巩所作，为了避嫌，使他只得了第二名。苏轼在文中写道：“皋陶为士，将杀人。皋陶曰杀之三，尧曰宥之三。”欧、梅二公在叹赏其文的同时，却不知这几句话的出处。及苏轼谒谢，即以此问轼，苏轼答道：“何必知道出处！”欧阳修听后，不禁对苏轼的豪迈及其敢于创新极为欣赏，而且预见了苏轼的将来，指出：“此人可谓善读书，善用书，他日文章必独步天下。”

在欧阳修一再称赞下，苏轼一时声名大噪。他每有新作，立刻就会传遍京师。当父子名动京师、正要大展身手时，突然传来苏轼、苏辙的母亲病故的噩耗。两兄弟随父回乡奔丧。嘉祐四年（1059）十月，守丧期满回京。嘉祐六年（1061），苏轼应中制科考试，即通常所谓的“三年京察”，入第三等，为“百年第一”，授大理评事、签书凤翔府判官。四年后还朝，任判登闻鼓院。

治平三年（1066），苏洵病逝，苏轼、苏辙兄弟扶柩还乡，守孝三年。三年之后，苏轼还朝。此时，震动朝野的王安石变法开始。苏轼的许多师友，包括当初赏识他的欧阳修在内，因反对新法与新任宰相王安石政见不合，被迫离京。朝野旧雨离散，苏轼眼中所见，已不是他20岁时所见的“平和世界”。

熙宁四年（1071），苏轼上书谈论新法的弊病。王安石很是愤怒，便让御史谢景在神宗赵顼面前陈说苏轼的过失。苏轼于是请求出京任职，被授为杭州通判。

熙宁七年（1074）秋，苏轼调往密州（山东诸城）任知州。熙宁十年（1077）四月至元丰二年（1079）三月，在徐州任知州。元丰二年（1079）四月，调为湖州知州。他在地方任职时革新除弊，因法便民，颇有政绩。

元丰二年（1079），43 岁的苏轼被调为湖州知州。上任后，他即给赵顼写了一封《湖州谢表》。这本是例行公事，但苏轼是诗人，笔端常带感情，即使官样文章，也忘不了加上点儿个人色彩，说自己“愚不适时，难以追陪新进”“老不生事或能牧养小民”，这些话被新党利用，说他“愚弄朝，妄自尊大”“衔怨怀怒”“指斥乘舆”“包藏祸心”，又讽刺政府，莽撞无礼，对皇帝不忠，如此大罪可谓死有余辜。他们从苏轼的大量诗作中挑出他们认为隐含讥讽之意的句子，一时间，朝廷内一片倒苏之声。上任才三个月的苏轼被御史台的吏卒逮捕，解往京师，受牵连者达数十人。这就是北宋著名的“乌台诗案”（乌台，即御史台，因其上植柏树，终年栖息乌鸦，故称乌台）。

乌台诗案这一巨大打击成为苏轼一生的转折点。新党们非要置苏轼于死地不可，救援活动也在朝野同时展开。不但与苏轼政见相同的许多元老纷纷上书，连一些变法派的有识之士也劝谏神宗不要杀苏轼。王安石当时退休金陵，也上书说：“安有圣世而杀才士乎？”在大家的努力下，这场诗案就因王安石“一言而决”，苏轼下狱一百零三天，得到从轻发落，贬为黄州（今湖北黄冈）团练副使，“本州安置”，受当地官员监视。

黄州团练副使一职相当低微，并无实权，而此时苏轼经此一役已变得心灰意冷。苏轼到任后，心情郁闷，曾多次到黄州城外的赤壁山游览，写下了《赤壁赋》《后赤壁赋》和《念奴娇·赤壁怀古》等名作，以此来寄托他谪居时的思想感情。公务之余，他带领家人开垦城东的一块坡地，种田帮补生计。“东坡居士”的别号便是苏轼在这时起的。

元丰七年（1084），苏轼离开黄州，奉诏赴汝州就任。由于长途跋涉，旅途劳顿，苏轼的幼儿不幸夭折。汝州路途遥远，且路费已尽，再加上丧子之痛，苏轼便上书朝廷，请求暂时不去汝州，先到常州居住，后被批准。当他准备要南返常州时，赵顼驾崩。常州一带水网交错，风景优美。他在常州居住，既无饥寒之忧，又可享美景之乐，而且远离了京城政治的纷争，能与家人、众多朋友朝夕相处。于是，苏轼便选择常州作为自己的终老之地。

元丰八年（1085），宋哲宗即位。高太后以哲宗年幼为名，临朝听政，司马光重新被起用为相，以王安石为首的新党被打压。苏轼复为朝奉郎知登州（蓬莱）。四个月后，以礼部郎中被召还朝。在朝半月，升为起居舍人。三个月后，升中书舍人。不久，再又升翰林学士、知制诰、知礼部贡举。当苏轼看到新兴势力拼命压制王安石集团的人物及尽废新法后，认为其与所谓“王党”不过一丘之貉，再次向朝廷提出谏议。他对旧党执政后暴露出的腐败现象进行了抨击，由此，他又引起了保守势力的极力反对，于是又遭诬告陷害。苏轼至此是既不能容于新党，又不能见谅于旧党，因而再度自求外调。

元祐四年（1089），苏轼任龙图阁学士、知杭州。由于西湖长期没有疏浚，淤塞过半，“葑合平湖久芜漫，人经丰岁尚凋疏”，湖水逐渐干涸，湖中长满野草，严重影响了农业生产。苏轼来杭州的第二年便率众疏浚西湖，动用民工 20 余万人，开除葑田，恢复旧观，并在湖水最深处建立三塔（今三潭映月）作为标志。他把挖出的淤泥集中起来，筑成一条纵贯西湖的长堤，堤有六桥相接，以便行人，后人名之曰“苏公堤”，简称苏堤。

“东坡处处筑苏堤”，苏轼一生筑过三条长堤。苏轼被贬颍州（今安徽阜阳）时，对颍州西湖也进行了疏浚，并筑堤。绍圣元年（1094），苏轼被贬为远宁军节度副使、惠州（今广东惠阳）安置。年近六旬的苏轼，日夜奔驰，千里迢迢赴贬所，受到了岭南百姓热情的欢迎。苏轼把皇帝赏赐的黄金拿出来，捐助疏浚西湖，并修了一条长堤。为此，“父老喜云集，箪壶无空携，三日饮不散，杀尽村西鸡”，人们欢庆不已。

苏轼在杭州过得很惬意，自比唐代的白居易。但元祐六年（1091），他又被召回朝。但不久又因为政见不合，于同年八月调往颍州任知州，次年二月任扬州知州，元祐八年（1093）九月任定州知州，元祐八年高太后去世，哲宗执政，新党再度执政，绍圣元年（1094）六月，别为宁远军节度副使，再次被贬至惠州（今广东惠阳）。

绍圣四年（1097），已 60 岁的苏轼被一叶孤舟送到了徼边荒凉之地海南岛儋州（今海南儋州）。据说宋代时，放逐海南是仅比满门抄斩罪轻一等的处罚。他把儋州当成了自己的第二故乡，“我本儋耳人，寄生西蜀州”。他在这里办学堂、正学风，以至许多人不远千里，追至儋州，从苏轼学。在宋代这 100 多年的时间里，海南从没有人进士及第。但苏轼北归不久，这里的姜唐佐就举乡贡。为此苏轼题诗：“沧海何曾断地脉，珠崖从此破天荒。”人们一直把苏轼看作是儋州文化的开拓者、播种人，对他怀有深深的敬意。在儋州流传下来的东坡村、东坡井、东坡田、东坡路、东坡桥、东坡帽，连语言都有一种东坡话，均表达出人们的缅怀之情。

元符三年（1100）四月，朝廷颁行大赦，苏轼复任朝奉郎。宋徽宗赵佶即位后，苏轼相继被调为廉州安置、舒州团练副使、永州安置。

北归途中，苏轼于建中靖国元年（1101）七月二十八在常州（今属江苏）逝世，享年 65 岁。

二、传说故事

住房难

成家立业，有家就得有房住。自古以来，房子都是历代的难题。西汉时，每家每户都可分得一块儿地方，为了方便管理，再买房只能在挨着自家的地方买，还得经过邻居的同意，所以那时很少有房屋交易。至唐代，买房子和卖房子都必须经过家族里的人同意，因为个人财产利益是与宗族并联的。一家犯罪会诛连九族。宋代的规定更是让很多人想买都不能买房子，规定在京城上班的官员，不能买朝廷出售的房子。这让很多家乡是外地的京城官员苦不堪言，他们在京城本就没有房子，朝廷还不让买房子，他们就只能租房子住，或者借住在朋友家。苏轼在京城为官这么多年，一直没有买上自己的房子，经常借住在好友范镇的家中。就连自己的儿子结婚办喜事，都是在范镇的家中举办的。直到他 50 岁的时候，用积蓄和向其他人借的钱，终于在常州买了他人生中的第一套住房。

海棠情

苏轼谪居黄州的日子很凄苦，但他在被誉为天下三大行书之一的《黄州寒食帖》里写了这样一首诗："自我来黄州，已过三寒食，年年欲惜春，春去不容惜。今年又苦雨，两月秋萧瑟。卧闻海棠花，泥污燕支雪。暗中偷负去，夜半真有力。何殊病少年，病起须已白。"燕支雪其实就是胭脂雪。在苏轼眼里，海棠花就像雪上搽了胭脂那样美丽，即使在那样的环境里，他还惦记着海棠花，可见他是多么欣赏和痴爱海棠花啊。其实，他是借花喻人。他在《记游定惠院》一文中，开头就说："黄州定惠院东，小山上，有海棠一株，特繁茂。每岁盛开，必携客置酒，已五醉其下矣。"还有一首诗《寓居定惠院之东，杂花满山，有海棠一株，土人不知贵也》，题目好像不那么长，就不足以表达自己的意思。所以，他这首诗一开头就写道：

江城地瘴蕃草木，只有名花苦幽独。
嫣然一笑竹篱间，桃李漫山总粗俗。
也知造物有深意，故遣佳人在空谷。
……
明朝酒醒还独来，雪落纷纷那忍触。

这哪里是写海棠，分明就是写的自己呀！

苏轼对海棠的寄情，还体现在给营妓题诗的故事中。那时的文人把狎妓宴饮、饮酒赋诗当作是一件很时兴的风雅之事。有个叫李宜的营妓，年少聪慧，经常和苏轼交往，关系很亲密，很想索要苏轼的墨宝，一直没好意思说出口。直到苏轼即将离开黄州，在一个送行宴会上，酒喝得正尽兴的时候，才向苏轼说出了心中久藏的愿望。苏轼乘着醉意命其磨墨，挥毫于李宜的领巾之上题诗文两句：“东坡七载黄州住，何时无言及李宜？”写了这两句之后，即掷笔袖手，与客笑谈，好像是完成了任务。苏轼有时也写两句诗，但是这次大家怎么品味也觉得这两句诗太过平淡，于是相互疑问：“语似凡易，又不终篇，何也？”酒场临散了，李宜实在忍不住了，跪拜在地，求苏先生再给续上两句，苏轼大笑：“哎呀，差点儿忘了出场了。”随即提笔又续写两句：“恰似西川杜工部，海棠虽好不留诗。”此句一出，大家立刻叫好——先平后奇，起得低，但落得高，实乃好诗呀！

东坡肉

在赣北的永修（江西省九江市永修县）一带，每逢酒席宴会，首先是两大碗和菜，象征和睦相处。随后上桌的就是两大碗用稻草扎着的大块猪肉。丰盛的酒宴上摆着这样的两碗猪肉，倒显得别有风味，拿起剪刀剪断稻草，再仔细地品尝，肉色清清爽爽，入口香酥绵糯。肉香味儿中还夹杂着一股稻草的清香味儿，沁人肺腑，确实是余味无穷。这种肉就叫“东坡肉”。这道菜名字的由来是何呢？

有这样一个传说：苏轼云游四海，走遍天下。一年夏天的一个中午，他来到永修境内一个叫艾城的地方。此时，正是三伏暑天，天气十分炎热。恰好路边有棵参天大樟树，树阴蔽日，真是个乘凉的好地方。苏轼坐在树下石凳上，边纳凉，边读书。读着读着，突然传来一阵哭声。他抬头一看，只见一农夫抱着个孩子急急忙忙地朝这边走来，后面跟着个哭哭啼啼的妇人。苏轼心想：“八成是孩子得了什么急病，我对医学虽不在行，但医书药学倒也看过不少，常见病症也略知一二。”

于是就叫住农夫说："让我给看看吧！"原来这对夫妇中年得子，把孩子看得比生命还要宝贵，所以给孩子起了名字叫金崽俚。金崽俚今天突然得病，神志昏迷，不省人事，两口子吓得要命，急忙抱孩子去找郎中。常言道病急乱求医。农夫看看苏轼的打扮，又如此热诚，立即把孩子递给他。苏轼接过一看，孩子紧咬牙关，手足抽搐，正合医书上中暑之说。于是招呼农夫把孩子平放在地上，顺手摘了一把樟叶，搓了搓放在孩子的鼻子下。随后又按医书上的做法，这里弄弄，那里掐掐。不一会儿，金崽俚"哇"地哭出声来。两口子真是喜出望外，抱起金崽俚，拉住苏东坡就往家里走。苏轼见农夫谢恩心切，也只好跟着走。来到农夫家一看，家虽不富，却也十分整洁。农夫为了报恩，留住苏轼热情款待，一晃就是三天。

这天清晨，农夫兴冲冲地从集上买了两斤猪肉，用一束稻草捆着提了回来。他边走边想："肉买回来了，我还得去问问先生的口味。"于是就去问苏轼。

这时，太阳刚露出半边笑脸，朝霞满天，露珠挂在田间的稻叶上，如一颗颗明亮的珍珠。苏轼被这美丽的景色迷住了，他面临东窗，诗兴大作，正在赋诗填词、推敲词句呢！农夫在门口轻声问道："先生，你看这肉怎样弄着吃？"苏轼作诗入迷，口中朗朗念着："禾—草—珍—珠—透心香……"农夫听了一楞，先生这是什么意思？仔细一琢磨：对了，他是叫我把肉和着稻草整煮，并要煮透心，那样吃才香，所以才说："和草整煮透心香"。不由感叹这先生和我们田野村夫真不一样，说话开口是诗，连吃肉都特别。想到这里，农夫把肉拿到厨房，按苏轼讲的和自己想的，叫老婆和着稻草把猪肉整块儿放在锅里闷煮，煮得透烂。

到吃饭时，菜端上桌来，苏轼见一块儿整肉，没斫、没切，还用稻草捆着，想来想去，不知什么原因。想问，又不好意思开口，想吃，又碍于一整块儿肉被稻草捆住了，一时不知如何动手。农夫见苏轼望着肉出神，也挺奇怪。就对他说："早上我去问你，你不是说'和草整煮透心香'吗？我是按照你的意思给弄的，先生怎么不吃呢？"

苏轼恍然大悟。原来农夫把他的话给串起来了，断断续续的诗句，被他听成一句话。既然如此，也只好顺坡下驴。于是，剪开绳子同农夫一家高高兴兴地吃了起来。真没想到猪肉掺杂着稻草香味儿，十分清香可口。吃完饭，农夫夫妇出门去了。苏轼见主人如此盛情款待，心想已经打扰几天了，十分过意不去。几次要走，主人都不肯，此时正是时候，想着还是走了吧。主意一定，从包袱里取出五两纹银，放在桌子上，留下一张字条，写着："主人盛情难却，东坡不辞而别。"农夫夫妇回来，看见字条大吃一惊，原来救自己孩子的恩人竟是大名鼎鼎的苏东坡先生。

这事儿一传十、十传百，大家都学着用稻草扎肉煮着吃，果然香酥可口。乡亲们便把这种肉称作东坡肉。因其味道鲜美，做法别致，便一直流传下来了。

还有一个传说：苏轼在杭州做刺史的时候，治理西湖，替当地百姓做了一件好事。西湖治理后，四周的田地既不怕涝，也不愁旱了，这一年又风调雨顺，杭州四乡的庄稼得了个大丰收。老百姓感谢苏轼治理西湖的好处，到过年时候，大家就抬猪担酒来给他拜年。

苏轼收了很多猪肉，叫人把它切成方块儿烧得红红的，然后再按治理西湖的民工花名册，每家分一块儿，将肉分送给他们过年。大家很高兴，人人都夸苏轼是个贤明的父母官，把他送来的猪肉叫作东坡肉。

杭州有家大菜馆，菜馆老板见人们都夸说东坡肉，就和厨师商量，把猪肉切成方块儿，烧得红酥酥的，挂出牌子，也取名为东坡肉。

这个新菜一出，那家菜馆的生意就兴隆极了，从早到晚顾客不断，每天杀 10 头大猪还不够卖呢。别的菜馆老板看得眼红，也学着做起来。于是，一时间，不论大小菜馆，家家都有东坡肉了。后来，经过同行公认，就把东坡肉定为杭州的第一道名菜。

苏轼为人正直，不畏权势，朝廷中的那班奸臣本来就恨他。这时见他得到老百姓的爱戴，心里更不舒服。他们当中有一个御史，就乔装打扮，到杭州来找岔子，存心要陷害苏轼。

那御史到杭州的头一天，在一家饭馆里吃午饭。堂倌递上菜单，请他点菜。他接到菜单一看，头一道就是东坡肉！他皱起眉头，想了一想，不觉高兴地拍着桌子大叫："我就要这头一道菜！"吃过东坡肉，觉得味道倒真是不错，向堂倌一打听，知道东坡肉是同行公认的第一道名菜。于是，他就把杭州所有的菜馆的菜单都收集起来，兴冲冲地回京去了。

御史回到京城，马上就去见皇帝。他说："皇上呀，苏东坡在杭州做刺史，贪赃枉法，把恶事都做绝啦！老百姓恨不得要吃他的肉。"

皇帝说："你是怎么知道的？可有什么证据吗？"

御史就把那一大沓油腻的菜单呈了上去。皇帝一看菜单，就不分青红皂白地传下圣旨，将苏轼远远地发配到海南充军。

苏轼被调职充军后，杭州的老百姓忘不了他的好处，仍然像过去一样赞扬他。就这样，东坡肉也一代一代地传下来，直到今天，还是杭州的一道名菜。

其实，东坡肉这道菜是苏轼自己"发明"的。当年他被贬到黄州时，常常自己烧菜与友人享用，菜品中以红烧肉最为拿手。他曾作诗介绍他的烹调经验是：“慢著火，少著水，火候足时它自美。”那时西湖已被葑草湮没了大半。他上任后，发动数万民工除葑田、疏湖港，把挖起来的泥堆筑成长堤，并建桥以畅通湖水，使西湖秀容重现，又可蓄水灌田。这条堆筑的长堤，改善了环境，既为群众带来水利之益，又增添了西湖景色，形成了被列为西湖十景之首的“苏堤春晓”。

美食家

说白了，美食家就是个吃货的美名。真正能称得上吃货的人不但好吃，还要会吃、懂吃。苏轼绝对是名副其实的吃货。

苏轼尽管大半生身处逆境，颠簸流离，却始终是个乐天派，不仅走到哪里，诗词写到哪里，还吃到哪里。他被发配到很多地方，吃过的美食也遍布大江南北。他不仅会吃，而且会发明菜品，还亲手写菜谱。东坡肉、东坡肘子、东坡豆腐、东坡玉糁、东坡芽脍、东坡墨鲤、东坡饼、东坡酥，等等，以“东坡”命名的菜品有60多种。

苏轼不仅爱吃猪肉，牛肉、羊肉也不在话下，连有毒的河豚肉他也没少吃。他被贬到海南时，除了吃常见的肉类，田鼠、蝙蝠他也不放过，其原话叫“荐以熏鼠烧蝙蝠”，反正有什么吃什么。他自己写的《东坡志林》里记载过这么一个小故事：话说苏东坡在寺庙修身养性，一边大口吃肉，一边低声诵经。和尚看见不乐意了，苏轼赶忙认错：“我漱漱口再诵，总行吧！”

苏轼谪居海南时，发现当地盛产蚝蛎，就开始吃起了海鲜。大餐之后，写信给家人，说蚝蛎超级好吃，当地居民竟然没人知道！还多次告诫自己的家人，不要让京城的官员知道蚝蛎的美味。否则，他们就会故意犯错，求着皇上贬他们到海南，来跟老子抢这道美食吃。

苏轼结交过酒肉和尚。所以他曾写道：有一小撮和尚真搞笑，为了嘴里不淡出鸟儿来，酒是偷着喝，肉是偷着吃。吃、喝后还想对佛祖有交代，称酒为“般若汤”，称鱼为“水梭花”，称鸡为“钻篱菜”。我最看不起这种人了，想吃就吃、想喝就喝呗，装什么大尾巴狼啊！

苏轼被贬黄州时，因水土不服得了红眼病，郎中叮嘱他千万不要吃辛辣、油腻的食物，尤其大鱼大肉一定要禁止。苏轼回答道：“余欲听之，而口不可，曰：我于子为口，彼与子为眼，彼何厚，我何薄？以彼之患而废我食，不可。”意思是我能戒，可是管不住嘴呀。

在宋代，私人酿酒是重罪。但苏轼是个大吃货，有肉无酒，不但食之无味，作诗也没有兴致。于是，他就在自家院子里偷偷酿了两坛酒。朋友们喝了他酿的酒后，常常腹泻。但苏轼还是乐此不疲，把酿酒的环节、工序，详详细细地写在诗里，让大家分享：

> 不如春瓮自生香，蜂为耕耘花作米。一日小沸鱼吐沫，二日眩转清光活。三日开瓮香满城，快泻银瓶不须拔。百钱一斗浓无声，甘露微浊醍醐清。

由此可见，把吃货说成美食家，对苏轼来说，真是名副其实。

三、逸事趣闻

苏轼放荡不羁、浪迹天涯，结交朋友，留下无数的经典故事。

（一）

苏轼 7 岁知书、10 岁能文，有时不免沾沾自喜，还在门上贴了这样一副对联：识遍天下字，读尽人间书。

过了几天，来了一位老者，拿着一本书对苏轼说：“老朽新得一书，多有不识，特来请教。”苏轼接过书，翻看一遍，竟不认识几个字，一时间面红耳赤，连声向老者道歉。老者走后，苏轼便在那副对联上各添了两个字，改成：发愤识遍天下字，立志读尽人间书。

（二）

苏轼 20 岁的时候，到京师去科考。有六个自负的举人看不起他，决定备下酒菜，请苏轼赴宴，打算戏弄他。苏轼受邀后欣然前往。入席尚未动筷子，其中一位举人提议行酒令，酒令内容必须要引用历史人物和事件，这样就能独吃一盘菜。其余五人连声叫好。“我先来，”年纪较长的说，“姜子牙渭水钓鱼！”说完捧走了一盘鱼。“秦叔宝长安卖马。”第二位神气地端走了马肉。“苏子卿贝湖牧羊。”第三位毫不示弱地拿走了羊肉。“张翼德涿县卖肉。”第四位急吼吼地伸手把肉扒了过来。“关云长荆州刮骨。”第五位迫不及待地抢走了骨头。“诸葛亮隆中种菜。”第六位傲慢地端起了最后的一样青菜。菜全部分完了。六个举人兴高采烈地正准备边吃边嘲笑苏轼时，苏轼却不慌不忙地吟道：“秦始皇并吞六国！”说完把六盘菜全部端到自己面前，微笑道：“诸位兄台请啊！”顿时，众人呆若木鸡。

（三）

高丽国使者来访宋，苏轼作陪。这天，出去游玩儿，使者看见朱门贴有对联，夸奖对联的词意甚好。苏轼自夸地说："国人老弱妇孺都善作对。"使者不信，见一位老翁走来，就指着前面的宝塔出了一个上联，让老翁应对："独塔巍巍，七级四面八方。"老翁听了连连摆手离去。使者轻蔑地问："你说老弱妇孺都善作对，这个老者就不会啊！"苏轼笑着说："他已经答出了。"使者说："他什么也没说呀！"苏轼说："他作的是哑对，你没看他用一只手摆了摆嘛，意思就是：'只手摆摆，五指三长两短。'"使者虽然知道这是苏轼在狡辩，但却伸出大拇指佩服他的机敏博学。

（四）

苏轼被贬海南岛。一天，他对儿子说："我对你说过，我绝不做海外人，近日总有回中原的想法。"他洗墨焚香，拿来纸笔，说："如果我的话应验，现在写平生所作八赋，必不脱误一字。"写完一看，真如所愿。苏轼大喜，说："我回去无疑了。"

没过几天，朝廷真来了诏书，调他去广东廉州。

（五）

有个叫可遵的僧人，诗作原本平庸无奇，偶有一句"直待众生总无垢"得路过的苏轼赏识，还写了一首绝句题壁。可遵闻听，欣喜异常，连忙去追赶苏轼。当时，正流传苏轼的新诗《三峡桥》，可遵见了苏轼就说："我有一绝，想题在你的《三峡桥》之后，因为急着赶路见你，没来得及写，我吟给你听：'君能识我汤泉句，我却爱君三峡诗。道得可咽不可漱，几多诗将竖降旗。'"苏轼听后既懊悔当初赏识他的失误，又厌恶他的轻狂无礼，于是，匆匆赶着马车离去。可遵望着苏轼远去的背影，竟大言不惭地说：“他是见我的诗作美妙，因此嫉妒而走。”

（六）

苏轼从黄州转任登州知州，乘船经过泗州时，偶作一词：“何人无事，燕坐空山。望长桥上，灯火闹，使君还。”泗州知州刘士彦是个谨慎守法度的官吏，听了这首词后，马上去见苏轼，严肃地说：“您名满天下，一有新词，即遍传京城。法律规定：在泗州夜经长桥者，徒刑三年。您快把这首词藏起来，免得叫别人看见。”苏轼听了笑着说：“我这一生，常常开口就是罪，判起来都不在两年以下，多这一首算个啥？”

（七）

苏轼在杭州做通判时，由于名声大，受人敬重，经常有人宴请。时间一长，苏轼便觉应接不暇，无奈地戏称杭州为“酒肉地狱”。苏轼调离后，来了一个叫袁谷的接任。他没有名望，又是初来乍到，没人宴请他。他很感慨地说：“听说杭州是个酒肉地狱，怎么我来了，地狱里什么东西都没有了？”

（八）

有一天，苏轼去拜访宰相吕微仲，正赶上吕微仲休息。苏轼等了很久，吕微仲才睡眼惺忪地出来。苏轼心中不满，看见盆子里装着一只绿毛龟，便说道：“绿毛龟虽好，但容易得到。不如六眼龟，稀少又珍贵。”

吕微仲忙问："哪里能够买到？"苏轼说："后唐时，外国人送给庄宗一只六眼龟，宫里人都围着看，吵吵嚷嚷。伶官镜新磨在殿下高唱：'不要吵，不要闹，这个龟儿要睡觉。六只眼儿很分明，睡上一觉抵三觉。'"吕微仲知道这是苏轼在讽刺他，却不好发作，只能干生气。

（九）

苏轼的朋友黄庭坚对他说："王羲之写了字拿去换鹅，被人戏称'换鹅书'。韩宗儒每拿到你的一个字，便去换十多斤羊肉，看来，你的字可以称为'换羊书'了。"苏轼听罢大笑。

这一天，苏轼正在翰林院忙碌，韩宗儒又派人来送信，以期得到苏轼的回信。苏轼对来人说："回去告诉你家老爷，本官今日断屠。"

（十）

苏轼和他的文友刘贡父闲聊时，说到当年学习的时候，每天吃的都是"三白饭"。吃得很香，很甜，感觉是世界上最好吃的饭菜了。刘贡父问他三白饭有什么好吃的，他笑而不答，刘贡父再三追问，他才说三白就是白盐、白萝卜、白米饭。

过了一段时间，刘贡父请苏轼到府上吃"晶饭"。苏轼很纳闷，头一回听说"晶饭"，觉得一定是很讲究、很高档的饭菜。等他到了刘府，一看桌上只摆了三样东西，即洁白的细盐、水灵的白萝卜、雪白的大米饭。这时，他才恍然大悟，原来晶字即暗喻三白。

刘贡父是跟苏轼开了一个玩笑，不过，从中却看出当时文人生活的俭朴。

（十一）

“呵呵”二字很常见，当有人不知道该说什么时，就用“呵呵”两个字应急；保留意见或者持有异议，也可以用“呵呵”来缓冲；朋友或知己相见或送别，也用“呵呵”来表达不尽的情谊。北宋时期，用“呵呵”最多的就是苏轼。他曾写信给好友：“近作小词，虽无柳七郎风味，亦自是一家，呵呵。”显然是对自己的新词颇为得意。他给因“河东狮吼”出名的好友陈季常写信：“一枕无碍睡，辄亦得之耳，呵呵。”意思是只要晚上睡得舒爽，写词只是小意思。

苏轼留下大量书简，短则十余字，长则百字，内容是军国大事加上鸡毛蒜皮，更有“呵呵”数十处以资调味。他写信教友人做菜：“取笋簟菘心与鳜相对，清水煮熟，用姜芦服自然汁及酒三物等，入少盐，渐渐点洒之，过熟可食。不敢独味此，请依法作，与老嫂共之。呵呵。”小小饮食诀窍居然也能带来如许乐趣。

元丰元年（1078），苏轼跟文与可开玩笑，在《与文与可》一信中写道：“不尔，不惟到处乱画，题文与可笔，亦当执所惠绝句过状索二百五十疋也。呵呵。”说文与可不给自己画画的话，苏东坡就要自己到处乱画，还要署上文与可的名字。或者拿着文与可给他承诺画画的绝句去告状索赔了。这个“呵呵”就有了软中带硬的要挟的意思，既不用明说，又不用多说。多妙！

（十二）

苏轼和高僧佛印是老朋友，两人经常一起参禅、打坐。佛印老实，老被苏轼欺负。苏轼有时候占了便宜很高兴，回家就喜欢跟他那个才女妹妹苏小妹说。

一天，苏轼、佛印二人又在一起打坐。苏轼问："你看看我像什么啊？"佛印说："我看你像尊佛。"苏轼听后大笑，对佛印说："你知道我看你坐在那儿像什么？就活像一摊牛粪。"这一次，佛印又吃了哑巴亏。

（十三）

佛印是个官僧，酒肉不限，每逢苏东坡宴会请客，他总是不请自来。有一天晚上，苏东坡邀请黄庭坚去游西湖，船上备了许多酒菜。游船离岸，苏东坡笑着对黄庭坚说："佛印每次聚会都要赶到，今晚我们乘船到湖中去喝酒吟诗，玩个痛快，他无论如何也来不了啦。"谁知佛印和尚老早就打听到苏东坡要与黄庭坚游湖，就预先在他俩没有上船的时候，在船舱板底下藏了起来。

明月当空，凉风送爽，荷香满湖，游船慢慢地来到西湖三塔，苏东坡把着酒杯，拈着胡须，高兴地对黄庭坚说："今天没有佛印，我们倒也清静，先来个行酒令，前两句要用即景，后两句要用'哉'字结尾。"黄庭坚说："好吧！"苏东坡先说："浮云拨开，明月出来，天何言哉？天何言哉？"黄庭坚望着满湖荷花，接着说道："莲萍拨开，游鱼出来，得其所哉！得其所哉！"

这时候，佛印在船舱板底下早已忍不住了，一听黄庭坚说罢，就把船舱板推开，爬了出来，说道："船板拨开，佛印出来，憋煞人哉！憋煞人哉！"

苏东坡和黄庭坚，看见船板底下突然爬出一个人来，吓了一大跳，仔细一看，原来是佛印，又听他说出这样的几句诗，禁不住都哈哈大笑起来。苏东坡拉住佛印就坐，说道："你藏得好，对得也妙，今天到底又被你吃上了！” 于是，三人赏月游湖，谈笑风生。

（十四）

一天傍晚，东坡与佛印泛舟江上。时值深秋，金风飒飒，水波粼粼，大江两岸，景色迷人。饮酒间，佛印向东坡索句。苏东坡向岸上看了看，用手一指，笑而不说。佛印望去，只见岸上有条大黄狗正狼吞虎咽地啃吃着骨头。佛印知道苏东坡在开玩笑，就呵呵一笑，把手中题有苏东坡诗句的折扇抛入水中。两人心照不宣，抚掌大笑。原来他们是作了一副双关哑联。

东坡的上联是：狗啃河上（和尚）骨；佛印的下联是：水流东坡诗（尸）。

李清照：一树花红半枝残

李清照是一个才情兼备的女子，无疑她该有一个幸福美好的未来，可有谁会想到她的一生竟是那么地不忍卒读。

一、金石姻缘并非没有裂缝

李清照是宋代非常有名的女词人，也是中国历史上最有才华的女子之一。她出身于书香门第，聪慧伶俐，受家庭熏陶，少女时期便才思敏捷、文采出众，精通诗词文赋、擅长书法绘画。

宋徽宗建中靖国元年（1101），18 岁的李清照，与 21 岁的太学生赵明诚在汴京成婚。

李清照的父亲李格非是礼部员外郎，赵明诚的父亲是吏部侍郎，两家可谓门当户对。更为重要的是，二人都出身于书香门第，从小都在良好的家庭环境中打下坚实的文化学识基础。

赵明诚在太学读书的时候，就听说李清照聪明美丽、诗文出众，便产生了爱慕之心。其父想要给他择婚，他却对父亲说："刚才我睡觉做了一个梦，梦里读了一本好书，醒来都忘了，只记得其中三句：言与司合，安上已脱，芝芙草拔。"父亲思忖半会儿说："言与司合为词，安字去盖为女，芝芙去草为之夫。你当娶一个善于作词的女子为妻。”赵明诚趁机说：“善于作词的女子京城就有一个。”父亲笑了：“我知道你的心思了，我知道是谁了，你看中了她，为父也看中了她！”当下，赵明诚的父亲就去李家求亲。门当户对，郎才女貌，婚事一提即成。

新婚之夜，贺喜的人们散去之后，新郎掀开新娘的盖头，看见新娘子面如桃花、娇如雏菊，万分欣喜，急不可耐地去揭开罗帐。李清照拦住了他：“且慢，今晚我想起一个字谜，君若猜中，方可入帐；如若猜不中，只好请君厅堂里自度良宵了。”李清照说的谜是：三面有墙一面空，妙龄裙钗伫其中，有心与她说句话，可恼墙外有人听。赵明诚听完，微微一笑，拉过她的手，在她手心写了一个“偃”字。李清照低头看了，娇羞地红了脸，依偎在他的怀中。

李清照和赵明诚二人拥有相同的生活情趣和爱好，婚后共同致力于书画金石的收集整理工作，每天浓情蜜意、卿卿我我。爱情滋润下的李清照文思泉涌，她用诗词尽情地抒发自己婚姻的柔情蜜意：

卖花担上，买得一枝春欲放。泪染轻匀，犹带彤霞晓露痕。

怕郎猜道，奴面不如花面好。云鬓斜簪，徒要教郎比并看。

在另一首《一剪梅》词中，她写道：

红藕香残玉簟秋，轻解罗裳，独上兰舟。云中谁寄锦书来？雁字回时，月满西楼。

花自飘零水自流，一种相思，两处闲愁。此情无计可消除，才下眉头，却上心头。

新婚相互依存的温馨与缠绵、委婉与深沉，十分美好。

去古玩市场淘宝，她相中了一件可心之物，可钱没带够，她怕被别人买去，竟脱下衣服做抵押，心满意足地把宝物抱回家；大雪天，披着满身洁白的雪花携手去郊外寻诗吟唱，多么浪漫，多么诗意，多么令人羡慕啊！

结婚两年后，赵明诚进入仕途，有了一定的经济来源，但夫妇二人仍然过着非常俭朴的生活，把钱财和精力都放在收藏方面，立下了“穷遐方绝域，尽天下古文奇字之志”的理想。生活虽然清贫，但安静和谐，高雅有趣，充满着幸福与欢乐。

可惜好景不长，宋徽宗崇宁元年（1102），李清照的父亲卷入新旧党派之争，被罢官贬出京城，只得携眷回到原籍明水。李清照也因此受到牵连，“党人子弟，不问有官无官，并令在外居住，不得擅自到阙下。”不得不和赵明诚分离，蜗居于父亲家中。恩爱夫妻的别离，让李清照愁肠百结、思绪难遣，于重阳节，写下《醉花阴》：

薄雾浓云愁永昼，瑞脑消金兽。佳节又重阳，玉枕纱厨，半夜凉初透。

东篱把酒黄昏后，有暗香盈袖。莫道不消魂，帘卷西风，人比黄花瘦。

赵明诚接到妻子寄来的这首词，既感动于妻子的深情，又佩服妻子的才华，但他又不甘心认输。于是关起门来，废寝忘食地熬了三天三夜，写成50首词，把妻子的那首词放在其中，把好友陆德夫找来鉴赏。陆德夫品读再三，说这些词中只有三句绝佳。赵明诚问是哪三句？陆德夫说：“就是‘莫道不消魂，帘卷西风，人比黄花瘦’。”自此，赵明诚对妻子更加敬重。

又过了四年，朝廷解除党人之禁，李清照的父亲回京复职，李清照才得以和赵明诚团聚。哪料到才过一年，赵明诚的父亲病故三日，赵家即遭奸相蔡京诬陷，家属的官职都被剥夺并逐出京城，李清照只好随赵氏一家回到青州，开始了屏居乡里的生活。

这年李清照 25 岁，称自己的居舍为“归来堂”，自号“易安居士”。

李清照与赵明诚失掉了昔日京师丞相府中的优渥生活，依然没有改变收求金石古籍的爱好。但是，夫妻之间的感情却发生了微妙的变化。李清照为了省钱，“食去重肉，衣去重采”，有一天竟被赵明诚看的不顺眼，斥责她“首无明珠翡翠之饰，室无涂金刺绣之具”，给他丢脸。更叫李清照不堪忍受的是，赵明诚在“归来堂”造了间书库，且上了锁，她若要翻看书籍，必须在簿上登记，若不当心弄破了书，就会遭到赵明诚的“惩责”。李清照第一次感受到：自己在丈夫的心目中，远没有他收藏的金石重要。她来了倔脾气，衣食更加节俭，攒下钱买些物美价廉的普及本，就为自己看。

宣和七年（1125），李清照 42 岁。赵明诚改守淄州，夫妻同行。两年后，金兵南侵，俘获宋徽宗、钦宗父子，北宋朝廷崩溃。康王赵构逃到南京应天府（今河南商丘），改元建炎，史称为宋高宗，南宋开始。这年三月，赵明诚因母亲死于江宁（今南京市），南下奔丧。八月，起知江宁府，兼江东经制副使，李清照独守在家。北方局势越来越紧张，李清照着手整理遴选收藏准备南下，把大量收藏物品清点精简，共有 15 车，亲自押运，兵荒马乱，舟船辗转，历经三年才到达江宁。

李清照没有想到，在夫妻分离期间，赵明诚纳了小妾。她独居期间，竟没有收到赵明诚的一封书信问候。建炎三年（1129）二月，赵明诚离任江宁，卜居赣水，舟过乌江楚霸王自刎处，李清照有感而作《夏日绝句》以吊项羽：“生当作人杰，死亦为鬼雄。至今思项羽，不肯过江东。”以项羽宁肯一死，引颈乌江以谢江东父老的壮烈史迹，对南宋统治者进行讽喻。

不久，赵明诚被旨知湖州。李清照在她写的《金石录后序》中回忆说，赵明诚将“过阙上殿。遂驻家池阳，独赴召。六月十三日，始负担，舍舟坐岸上，葛衣岸巾，精神如虎，目光烂烂射人，望舟中告别。余意甚恶，呼曰：‘如传闻城中缓急奈何。’戟手遥应曰：‘从众。必不得已，先弃辎重，次衣被，次书册卷轴，次古器，独所谓宗器者，可自负抱，与身俱存亡，勿忘之。’遂驰马去”。

什么意思啊？如果敌人攻破城池，必须逃难，拿这些金石怎么办？赵明诚给她安排了一个顺序，先丢什么再丢什么，最后，“独所谓宗器者，可自负抱，与身俱存亡”。

赵明诚走了，李清照心也冷了。她没有选择和宗器同归于尽，并不是她惧死，而是她知道自己被抛弃了，今后的路要靠自己走了。

不幸的是，由于途中感疾，赵明诚竟于八月十八日卒于建康。

二、为什么要把自己送进监狱

不管怎么说，赵明诚的离世都使李清照身心再次受到了沉重的打击，大病了一场。当时国势日急，赵明诚有个妹夫在洪州（今江西南昌）任兵部侍郎。李清照为保存赵明诚遗留的文物书籍，打成行李去投奔他。不料行在途中，金人攻陷洪州，慌乱中贵重物品均流失。李清照只好携带少量轻便的书帖典籍仓皇南逃。之后，李清照又去投奔时任敕局删定官的弟弟李远。这时传有密论列赵明诚者，有所谓“颁金”之语，李清照被迫以所有铜器等物追随帝踪，希图投进朝廷。颠沛流离中，所余文物又散失大半。

建炎四年（1130）春，李清照追随帝踪流徙浙东一带。当年九月，刘豫在金人扶持下，建伪齐政权。两个月后，朝廷放散百官，李清照到达衢州。绍兴元年（1131）三月，李清照带着随身的最后一点儿藏品辗转到了绍兴，租了一位钟姓读书人的房子住下来，把所剩的几箱书画古玩置于卧榻之下，闲时开箱把玩。不料，一天夜里，窃贼挖墙而入，盗走了其中的五个箱子。李清照伤心欲绝，为了重获藏品，不得不公开悬赏寻物。没几天，那个房东拿着十八轴画卷领赏来了。原来这一切都是房东搞的鬼，他变卖了多数藏品，拿着剩下的画卷来领赏。李清照虽然知道真相，但自己是流落异乡的寡妇，无力抗争，只好花钱赎回画卷。为此，李清照又大病一场。

这个季节，“上有天堂，下有苏杭”的杭州，满城飞花、香气氤氲，李清照却病倒在床上，浑身无力，不思茶饭。

人在寂寞时，很渴望有人来陪伴；人在得病时，很想床前有个人来照顾。李清照的父母早已故去，丈夫也因病去世。唯一的亲人就是弟弟李远。可是李远身居官职，远离几百里，只能偶尔来探望。

就在李清照孤独无助的时候，一个人乘虚而入，这个人就是赵明诚的同学张汝舟。北宋还没灭亡时，李清照家在山东青州时，张汝舟就是李清照家的常客，丈夫赵明诚爱好古玩，张汝舟投其所好，还送过一两件器物。

张汝舟时任右承奉郎监诸军审计司，心机狡诈，能言善道。张汝舟在李清照最孤苦无助时来到她的身边，嘘寒问暖，无疑等于雪中送炭，让李清照不由得为之感动，对他心存好感。再加上也想晚年寻找一个稳定的依靠，媒人又几次上门为张汝舟说亲，李清照这才决定了再嫁。

李清照不会想到，从此开启了她人生中更大的悲剧。

原来这是一场精心安排的阴谋。之前，有个御医王继先听说李清照家中有不菲的名贵藏品，就想廉价收买，李清照表明贱贵不卖。王继先贼心不死，便串通张汝舟，要他娶了李清照，名正言顺地得到赵明诚遗留下来的古玩后，由他卖出，二人得利。

张汝舟答应和王继先同谋，也是事出有因。张汝舟之前虚报军员、侵吞军饷军粮，被王继先抓住了把柄。王继先答应得到藏品宝物后，帮助张汝州打通关节，消除罪行。所以张汝舟欺骗李清照，上演了求婚大戏。婚后不久，张汝舟就暴露了本来面目。他向李清照索要宝物，遭到断然拒绝。张汝舟发现李清照还保存在手中的宝物并不像自己想象的那样丰富，大失所望，便不断和李清照吵架，恶言辱骂，甚至拳脚相加，对李清照横加虐待，希望将李清照折磨致死再轻易拿到宝物。李清照难以忍受张汝舟的兽行，又发现他还有营私舞弊、虚报举数骗取官职的罪行，于是决定与他离婚。当时李清照与张汝舟结婚仅有三个月，为了顺利离婚，李清照向官府告发了张汝舟。但是，按照宋代《刑统》规定，妻告夫，虽属实，也要判三年徒刑。结果张汝舟与李清照离婚成功。张汝舟被免职，李清照被收监关押。

李清照坐了九天牢后，被人救出。虽然经历了这场灾难，但是她并未消沉，诗词创作的热情更趋高涨。她从个人的痛苦中解脱出来之后，把目光投到对国家大事的关注上。绍兴三年（1133）五月，朝廷派同签书枢密院事韩肖胄和工部尚书胡松年出使金朝。李清照满怀激情地作古诗、律诗各一首为二公送行。诗中有“欲将血泪寄山河，去洒东山一抔土”之句，表达了反击金人、收复失地的强烈愿望，充满了关念故国的情怀。

绍兴四年（1134），李清照完成了《金石录后序》的写作。十月，避乱金华，写成《打马图经》并《序》，又作《打马赋》。引用大量有关战马的典故和历史上抗恶杀敌的威武雄壮之举，热情地赞扬了像桓温、谢安等忠臣良将的智勇，暗讽南宋统治者不识良才、不思抗金的庸碌无能，寄寓对收复失地的愿望，抒发了个人“烈士暮年”的感慨。

在金华期间，李清照还曾作《武陵春》词，感叹辗转漂泊、无家可归的悲惨身世，表达对国破家亡和嫠妇生活的愁苦。又作《题八咏楼》诗，悲宋室之不振，慨江山之难守，其中“江山留与后人愁”之句，堪称千古绝唱。

绍兴十三年（1143）前后，李清照将赵明诚遗作《金石录》校勘整理，表进于朝。越十余年，约在绍兴二十五年（1155），李清照怀着对死去亲人的绵绵思念和对故土难归的无限失望，在极度孤苦、凄凉中悄然辞世，享年至少73岁。

三、好一个酒徒、赌鬼怎的了得

古往今来，似乎诗人都爱喝酒，可以成为酒徒、酒鬼，甚至酒仙。要说原因嘛，可能有两点：一是酒能让人麻醉，一醉解千愁，让一个活得很不幸的人暂时逃避现实；二是酒能让人兴奋、发狂，产生幻觉，激发出清醒时难以产生的想象力，会为创作获取意想不到的契机和动力，会拓展出不同寻常的艺术空间。李清照虽然为女子，但她也是可以和李白、杜甫等人齐名的诗人，她嗜酒也就没有什么可责难的。

粗略统计，在李清照现存的90余首诗词中，至少有28首写到酒。她的醉酒程度有人做过记录：

喝得无法辨别回家的路，误入了荷花池中，居然没掉进水里，应该是“半酣”：

常记溪亭日暮，沉醉不知归路。兴尽晚回舟，误入藕花深处。争渡，争渡，惊起一滩鸥鹭。

——《如梦令》

风雨起时就喝上，待日到中午，丫鬟来卷帘子时被惊醒了，还不忘关心那院里的海棠：

昨夜雨疏风骤，浓睡不消残酒。试问卷帘人，却道海棠依旧。知否？知否？应是绿肥红瘦。

——《如梦令》

又醉了，妆未卸，钗未脱，倒头睡下。醒来一看，杯中还有残酒：

莫许杯深琥珀浓，未成沉醉意先融，疏钟已应晚来风。

瑞脑香消魂梦断，辟寒金小髻鬟松，醒时空对烛花红。

——《浣溪沙》

嫁给赵明诚，两人聚少离多，相思之情只能寄托于酒：

夜来沉醉卸妆迟，梅萼插残枝。酒醒熏破春睡，梦断不成归。

人悄悄，月依依，翠帘垂。更挼残蕊，更捻余香，更得些时。

——《诉衷情》

黄昏时喝酒，因为时辰不对。赏菊时更觉得自己委屈，只能自怨自艾，孤芳自赏：

薄雾浓云愁永昼，瑞脑销金兽。佳节又重阳，玉枕纱橱，半夜凉初透。

东篱把酒黄昏后，有暗香盈袖。莫道不销魂，帘卷西风，人比黄花瘦。

——《醉花阴》

醉后醒来，一切都很无聊。想必是酒喝得还太浅，才有那么多的抱怨：

萧条庭院，又斜风细雨，重门须闭。宠柳娇花寒食近，种种恼人天气。险韵诗成，扶头酒醒，别是闲滋味。征鸿过尽，万千心事难寄。

楼上几日春寒，帘垂四面，玉栏干慵倚。被冷香消新梦觉，不许愁人不起。清露晨流，新桐初引，多少游春意！日高烟敛，更看今日晴未？

——《念奴娇·春情》

初春时节，春心萌动，有些馋酒，更有些思念赵明诚。可此刻，夜深了，也只能一个人剪弄灯花打发时间罢了：

暖日晴风初破冻，柳眼梅腮，已觉春心动。酒意诗情谁与共？泪融残粉花钿重。

乍试夹衫金缕缝，山枕斜欹，枕损钗头凤。独抱浓愁无好梦，夜阑犹翦灯花弄。

——《蝶恋花》

新婚的花好月也圆的良辰美景，赋诗拿什么来助兴？当然是开喝了：

雪里已知春信至，寒梅点缀琼枝腻，香脸半开娇旖旎，当庭际，玉人浴出新妆洗。

造化可能偏有意，故教明月玲珑地。共赏金尊沉绿蚁，莫辞醉，此花不与群花比。

——《渔家傲》

南渡后和亲戚聚会，喝醉后将花插在头上，不能不心生感叹：

永夜恹恹欢意少，空梦长安，认取长安道。为报今年春色好，花光月影宜相照。

随意杯盘虽草草，酒美梅酸，恰称人怀抱。醉里插花花莫笑，可怜春似人将老。

——《蝶恋花·上巳召亲族》

日上三竿才醒，肯定是喝大了！找什么借口呢：

香冷金猊，被翻红浪，起来慵自梳头。任宝奁尘满，日上帘钩。生怕离怀别苦，多少事、欲说还休。新来瘦，非干病酒，不是悲秋。

休休！这回去也，千万遍阳关，也则难留。念武陵人远，烟锁秦楼。惟有楼前流水，应念我、终日凝眸。凝眸处，从今又添，一段新愁。

——《凤凰台上忆吹箫》

面临丧国，借酒浇愁，即使醉后睡到午时，也是日子难熬：

寒日萧萧上锁窗，梧桐应恨夜来霜。酒阑更喜团茶苦，梦断偏宜瑞脑香。

秋已尽，日犹长，仲宣怀远更凄凉。不如随分尊前醉，莫负东篱菊蕊黄。

——《鹧鸪天》

喝一点儿就出去吹风，酒醒了不少，寂寞却更难挨：

临高阁，乱山平野烟光薄。烟光薄，栖鸦归后，暮天闻角。

断香残酒情怀恶，西风催衬梧桐落。梧桐落，又还秋色，又还寂寞。

——《忆秦娥》

重阳思亲惜亡夫，黄昏时酒醒眼朦胧，听得蟋声漏声捣衣声，声声入耳皆愁情：

天与秋光，转转情伤，探金英知近重阳。薄衣初试，绿蚁新尝，渐一番风，一番雨，一番凉。

黄昏院落，凄凄惶惶，酒醒时往事愁肠。那堪永夜，明月空床。闻砧声捣，蛩声细，漏声长。

——《行香子》

又是冬末春寒时，思君懒得卸妆容，鬓插梅花睡一觉，飘零无奈醉意中：

风柔日薄春犹早，夹衫乍著心情好。睡起觉微寒，梅花鬓上残。

故乡何处是，忘了除非醉。沉水卧时烧，香消酒未消。

——《菩萨蛮》

夫君逝后又一年，伤春饮酒杯已干，青灯焰火忽明暗，一声啼鴂满幽怨：

风定落花深，帘外拥红堆雪。长记海棠开后，正伤春时节。

酒阑歌罢玉尊空，青缸暗明灭。魂梦不堪幽怨，更一声啼鴂。

——《好事近》

亡国丧夫痛心扉，三杯两盏不买醉，风急雁过声声啼，愁情错看知己归：

寻寻觅觅，冷冷清清，凄凄惨惨戚戚。乍暖还寒时候，最难将息。三杯两盏淡酒，怎敌他、晚来风急？雁过也，正伤心，却是旧时相识。

满地黄花堆积。憔悴损，如今有谁堪摘？守着窗儿，独自怎生得黑？梧桐更兼细雨，到黄昏、点点滴滴。这次第，怎一个愁字了得！

——《声声慢》

酒在李清照的词作中具有独特的艺术美，也正是这词中之酒，才使她的词内容更加空灵、别有韵味，也更能表现她的各种情绪。

说到赌，其实这是人与生俱来的一种天性，各种游戏、各种比赛、选择职业、投资理财、博彩下注，甚至找对象等，但凡是有输有赢的，都是赌。作为受到“三从四德”良好家教的、才华非凡的奇女子，李清照成为一个痴迷的赌徒，好像让人觉得有点儿不可接受。

可现实就是如此，李清照的好赌还不是一般的程度。她自己公开地宣称：“予性喜博，凡所谓博者皆耽之，昼夜每忘寝食。但平生随多寡未尝不进者何？精而已。”说得很赤裸，还很得意：赌了一辈子，不论是什么形式的赌，不论赌多赌少，从来就没输过。这就不得不让人刮目相看，赌桌上耍鬼的赌徒有的是，怎么就赢不了一个小女子呢？李清照在一篇《打马图序》的文章中，说得很明白：“博者无他，争先术耳，故专者能之”。你们赌博为啥就不能像我一样精通呢？其实赌博没什么窍门，找到抢先的办法就行了，所以只有专心致志地赌，才能立于不败之地。

可见，李清照的赌跟一般赌徒的赌不一样，她是以一种研究的心态去赌。李清照日常生活都要用赌来解决，比如洗碗，要猜手令，谁猜对了就可以不用洗碗。宋代人好赌，赌博方法也有很多，赌球、赌棋、掷骰子、斗鸡、斗蛐蛐儿等都是宋代人经常玩的。高俅就是因为踢蹴鞠踢得好而投宋徽宗所好，从一个市井流氓一跃成为手握重权的太尉。据说，宋徽宗和宋钦宗被金兵俘虏的时候，慌乱中居然还没忘了带上象棋。北宋灭亡之后，兵荒马乱，李清照随丈夫南下逃难，后来丈夫去世，前半生积蓄几乎丢光。在生活如此艰难的时候，她还对赌博这件事念念不忘。据传，她从逃难的船上下来以后，刚租了房子安顿好，就找出了赌具，赶紧过了一下瘾。

另外，李清照对种种博戏的源流、变化和特点还进行了深入研究，在她的文章中列了 20 多种赌博游戏方式：如长行、叶子、博塞、弹棋，已经失传了；打揭、大小、猪窝、族鬼、胡画、数仓、赌快之类，都是下层人的玩意儿，也不常见；藏酒、摴蒲、双蹙融，如今玩的人也少了；选仙、加减、插关火，是粗笨的游戏，只凭运气，没办法展现人的智慧；大小象戏、奕棋，又只能两人玩；采选、打马，是闺房中雅致的游戏。不过在这 20 多种五花八门的赌博中，有的她嫌太鄙俗；有的嫌只凭运气，显示不出智慧；有的嫌太难，会玩的人太少。所以，她根本就找不到对手。

李清照喜欢什么赌博呢？她自己说，是“打马”。据说打马就是今天麻将的前身。打马分为两种：一是一将十马，叫关西马；二是没有将，二十马，叫依经马。她最喜欢的是“依经马”，不仅玩技高超，还下功夫进行了研究，对游戏规则用图文并茂的方式作了说明。她在《打马图序》最后写道：

予独爱依经马，因取其赏罚互度，每事作数语，随事附见，使儿辈图之。不独施之博徒，实足贻诸好事。使千万世后，知命辞打马，始自易安居士也。

话说得多么自信！难怪《古今女史》中称她为“博家之祖”。李清照研究依经马，还从中参悟出一些人生道理来。

专即精，精即无所不妙。故疱丁之解牛，郢人之运斤，师旷之听，离娄之视，大至于尧、舜之仁，桀、纣之恶，小至于掷豆起蝇，巾角拂棋，皆臻至理者何？妙而已。后世之人，不唯学圣人之道，不至圣处。虽嬉戏之事，亦得其依稀仿佛而遂止者多矣。

换成白话就是：如果专心，造诣就会精深，那么就会通晓所有的奥妙。所以，像庖丁解牛、郢人拿大斧头砍朋友鼻梁上的灰尘、师旷精妙的听力、离娄敏锐的视力，大到尧舜的仁德和桀纣的残暴，小到拿绿豆弹苍蝇、用帽带打棋子，都能达到很高的境界。

李清照就是这么一个旷世的才女，一个另类的奇女！

李清照，要说夸你，真的不一般；要说爱你，真的不容易！

陆游：错、错、错，到底谁的错

周恩来总理曾评价陆游："宋诗陆游第一，不是苏东坡第一。陆游的爱国性很突出，陆游不是为个人而忧伤，他忧的是国家、民族，他是个有骨气的爱国诗人。"那么，他做错过什么呢？

在中国历史上，能够这样被周恩来总理称赞的诗人没有几个。诗人可以说是多如牛毛，出名的也不胜枚数，可是，能够被定义为爱国诗人的也的确是凤毛麟角。给陆游打上这个标签的代表作，当是其临死之前的绝笔诗《示儿》：

死去元知万事空，但悲不见九州同。
王师北定中原日，家祭无忘告乃翁。

陆游出生于北宋，成长在偏安的南宋，民族的矛盾、国家的不幸、家庭的流离，给他幼小的心灵带来了不可磨灭的印记。

陆游出身于名门望族、江南藏书世家。父亲陆宰，通诗文，有节操，北宋末年出仕，曾任京西路转运副使。宣和七年（1125）十月十七，陆宰奉诏入朝述职，偕夫人唐氏由水路进京，于淮河舟上喜得第三子，取名陆游。

那年冬天，金兵南下，并于靖康二年（1127）攻破汴京（今开封），北宋灭亡，陆宰遂携家眷逃回老家山阴。建炎三年（1129），金兵渡江南侵，宋高宗赵构率臣僚南逃，陆宰改奔东阳。在东阳，陆宰一家的生活才开始逐步安定下来，时陆游年仅 4 岁。

陆游少年时，即深受家庭爱国思想的熏陶。绍兴年间，参加礼部考试，因受秦桧排斥而仕途不畅。宋孝宗赵昚即位后，赐进士出身，历任福州宁德县主簿、敕令所删定官、隆兴府通判等职，因坚持抗金，屡遭主和派排斥。乾道七年（1171），应四川宣抚使王炎之邀，投身军旅，任职于南郑幕府。次年，幕府解散，陆游奉诏入蜀，与范成大相知。宋光忠继位后，升为礼部郎中兼实录院检讨官，不久即因“嘲咏风月”罢官归居故里。嘉泰二年（1202），宋宁宗诏陆游入京，主持编修孝宗、光宗《两朝实录》和《三朝史》，官至宝章阁待制。书成后，陆游长期蛰居山阴，嘉定二年（1210）与世长辞，留下绝笔《示儿》，也给后世留下“放翁”一名。

陆游一生笔耕不辍，诗、词、书法皆达很高的成就。其诗语言平易晓畅、章法整饬谨严，兼具李白的雄奇奔放与杜甫的沉郁悲凉，尤以饱含爱国热情对后世影响深远；其词与散文成就亦高，刘克庄《后村诗话续集》谓其词“激昂慷慨者，稼轩不能过”。有《剑南诗稿》85 卷，收诗 9000 余首。又有《渭南文集》50 卷（其中包括《入蜀记》6 卷，词 2 卷）、《老学庵笔记》10 卷及《南唐书》等；其书法遒劲奔放，存世墨迹有《苦寒帖》等。他以一首《钗头凤》诗名远扬，更让一个悲伤的故事流传至今。

19 岁的时候，陆游与表妹唐婉结婚。唐婉是陆母的亲侄女，不仅长得漂亮，而且还是个才女，知书达理，两人志趣相投，婚后形影不离，吟诗作乐，夫唱妇随。然而，如此恩爱的一对，却只过了一年只羡鸳鸯不羡仙的生活就含泪分手了。因陆母爱子心切，一心想让陆游用功读书，希望有朝一日陆游金榜题名，从而便能光宗耀祖，不想让他沉迷于儿女情长，无心读书。起初，陆母并没有让儿子休了唐婉，只是把唐婉送回娘家。但陆游却偷偷购置了一处房产，把唐婉安置在那里，一有时间就来此相聚。陆游的举动并没有瞒得住母亲，很快就被发现。母亲厉言相加，逼迫儿子把唐婉休掉。作为孝子的陆游，不能违抗母命，无奈之下，只好含泪休了爱妻唐婉。

虽然只有短短的一年夫妻生活，唐婉已经走进了陆游的心里。爱妻的离去仿佛带走了他的灵魂，几乎每晚都在梦里寻找唐婉，梦醒后更加伤心。母亲看到儿子整天失魂落魄，没有心情读书，清楚其中的原因。为了让他彻底地忘记唐婉，就托媒人介绍了女子王氏，很快就让陆游娶王氏过门。唐婉知道了这件事之后，非常生气，因为两人相约以后再续前缘的，听到这个消息，唐婉就决定在陆游结婚的当天，嫁给同郡的一个才子赵士程。

唐婉嫁给赵士程之后，和陆游再没什么往来。

陆游继续去参加他的科举考试，求取功名。绍兴二十三年（1153），陆游到临安参加考试，当时的主考官陈子茂看到陆游的卷子后，觉得他非常有才华，于是把他排在第一名，但是，当年秦桧的孙子也参加了考试，秦桧知道他的孙子在陆游的名字之下后非常的恼怒，因此，主考官就没敢录取陆游。过了两年，陆游再次参加礼部考试，秦桧指示主考官，不许录取陆游。

仕途失意的陆游回到家乡，只能用游玩赏景消愁解闷。这一天去禹迹寺旁的沈园观景，意外遇见了唐婉夫妇。看到昔日的爱人已经嫁为人妇，陆游心里五味杂陈，强压住内心的悲痛，挤出了一丝微笑，与唐婉寒暄了几句。待唐婉与丈夫离开后，陆游再也控制不住自己的情绪，眼泪夺眶而出，在沈园的墙上含泪写下流传千古的名篇《钗头凤·红酥手》：

红酥手，黄縢酒，满城春色宫墙柳。东风恶，欢情薄。一怀愁绪，几年离索。错、错、错。

春如旧，人空瘦，泪痕红浥鲛绡透。桃花落，闲池阁。山盟虽在，锦书难托。莫、莫、莫。

时过不久，唐婉再次来到沈园，看到了陆游的诗，便又在诗后题了一首《钗头凤·世情薄》：

世情薄，人情恶，雨送黄昏花易落。晓风干，泪痕残，欲笺心事，独语斜栏。难，难，难。

人成各，今非昨，病魂长似秋千索。角声寒，夜阑珊，怕人寻问，咽泪妆欢。瞒，瞒，瞒。

可见，唐婉的心里并没有忘掉陆游。

此后，陆游仕途开始有所起色。这期间，书写了大量忧国忧民的优秀诗词。等他告老还乡、人到暮年之时，唐婉早已香消玉殒。

陆游暮年，旧情难忘，常去禹迹寺，眺望沈园，流连不舍，又写了《沈园怀旧》《梦游沈园》等诗。他写下的最后一首诗是：

沈家园里花如锦，半是当年识放翁；

也信美人终作土，不堪幽梦太匆匆。

没过多久，便悄然离世了。

陆游去世前，说出了一个藏在心底的秘密：他和唐婉分手的原因竟是唐婉没能生育。

都说人之将死其言也善，总会说点儿真话。可是，这个理由说出来，我们都为他脸红：才结婚一年哪，有那么急吗？

谁的错？到底谁的错？

朱熹：往自己脑袋上扣屎盆子

历史永远都会是真真假假、难以分辨，只有自己可以相信自己。

朱熹（1130—1200），字元晦，又字仲晦，号晦庵，世称朱文公。出生于南剑州尤溪（今属福建省尤溪县）。宋代著名的理学家、思想家、哲学家、教育家、诗人，闽学派的代表人物，儒学集大成者，世尊称为朱子。

朱熹是唯一非孔子亲传弟子，享祀孔庙，位列大成殿十二哲中者。

朱熹是“二程”（程颢、程颐）的三传弟子李侗的学生，与“二程”合称程朱学派。朱熹的理学思想对元、明、清三代影响很大，成为元、明、清三代的官方哲学，是中国教育史上继孔子后的又一人。

朱熹著述甚多，有《四书章句集注》《太极图说解》《通书解说》《周易读本》《楚辞集注》，后人辑有《朱子大全》《朱子集语象》等。其中，《四书章句集注》成为钦定的教科书和科举考试的标准。

朱熹 19 岁考中进士，曾任江西南康、福建漳州知府、浙东巡抚，做官清正有为，振举书院建设。官拜焕章阁待制兼侍讲，为宋宁宗皇帝讲学。关于他流传的故事很多，仅举几例：

（一）

朱熹出身于儒学世家，自幼受教于父，聪明过人，想象力强。4岁时，其父朱松指日示曰："此日也。"朱熹问："日何所附？"朱松回答说："附于天？"朱熹又追问道："天何所附？"一席话问得朱松惊讶不已。

朱熹在10岁时就"励志圣贤之学"，每天如痴如迷地攻读《大学》《中庸》《论语》《孟子》。他自己回忆说："某十岁时，读《孟子》，至圣人与我同类者，喜不可言"。从此，便立志要做圣人。以后他又教育学生说："凡人须以圣人为己任"。

（二）

1167年秋，福建崇安发生水灾，朝廷派朱熹前往视察灾情，他曾遍访于崇安各山谷之间。在视察中，朱熹发现"肉食者漠然无意于民，直难与图事"[1]。他说："若此学不明，天下事决无可为之理"[2]。由于灾情严重，粮食无收，地方官不认真救济，到次年青黄不接之时，在崇安发生了饥民暴动。绍熙五年（1194），湖南瑶民蒲来矢起义，震动了朝野，湖南地方局势骤然紧张起来。朱熹临危受命，五月，朱熹至潭州。此时，瑶民已败退深山，被困溪洞。朱熹采取了善后招抚的怀柔政策，遣使招降瑶民起义军首领蒲来矢。因本次镇压瑶民起义是湖北、湖南两地的共同行动，朱熹的招抚遭到了湖北主帅王蔺的反对，在蒲来矢押解后，王蔺主张斩杀以警众。朱熹不得不在入都奏事中，直接向宋宁宗面恳，要求对瑶民"毋失大信"。这时，朱熹还与知县诸葛廷瑞共同发起，要求地方豪富，用藏粟赈救饥民，他又请求朝廷以"六百斛赈济"，这才平息了饥民的暴动。由此，朱熹便想出了建

[1] 自《文集》卷10

[2] 同上

立“社仓”的办法，并建议朝廷广为推行，作为解决农民在青黄不接之时的口粮问题的机构。他规定“社仓”的任务，是在青黄不接之时贷谷给农民，一般取息20%，这就可以不向豪民高利贷粮，若发生小饥，利息可以减半，若发生大饥、则可免除利息。当然设立社仓的最大好处可以防止农民暴动。为此，朱熹于1171年在其家乡首创“五夫社仓”，作为试点，并上疏朝廷，建议按其办法在全国范围推行。由于此法对官僚地主和高利贷者不利，因而未能广为推行，只有极少地方，如福建建阳和浙江金华等地实行了这个措施。

（三）

在南宋的理学家之中，陆九渊也是名气很大的人物。陆九渊与朱熹处于同一个时代，小朱熹9岁。二人在治学目标上基本一致，但二人思想方法和认识途径却大不相同。从哲学观点上讲，朱、陆两家是南宋时期唯心主义理学内部的两个不同学派，由于观点不同，两家在学术问题上进行了长期的争辩。朱、陆二人的辩论方式，主要是通过书信的往来进行交锋，然而鹅湖之会却是一次例外。

宋孝宗淳熙二年（1175），为了调和朱、陆二人的分歧，由另一位著名学者吕祖谦发起，邀请了朱熹和陆九渊、陆九龄兄弟共四五人在信州鹅湖寺（今江西铅山县境内）集会，讨论的主要问题是为学之方。这便是中国学术史上有名的“鹅湖之会”。鹅湖之会五年后（1180），陆九渊来到白鹿洞书院拜访朱熹，请为其兄陆九龄撰写墓志铭，二人再次相见，表达了互相仰慕之情。朱熹不仅接受了陆九渊的请求，同时朱熹还邀请陆九渊为书院师生讲学。陆九渊也欣然同意，他的题目是讲解《论语》“君子喻于义，小人喻于利”章，听者深受感动，给众师生留下了良好印象。这件事说明朱、陆的观点虽有分歧，但他们在学术交往和待人处世的态度上都具有宽宏大度的君子之风。

（四）

张栻，字敬夫，师从胡宏，学有专长，自成一派，号称湖湘学派，朱熹对他早有敬仰之心。朱熹和张栻进行了一次中国学术史、教育史上最著名的会讲——朱张会讲，开创会讲之先河。两人的讨论从太极之理上展开，并最终趋于一致。朱、张会讲于岳麓书院，从各地赶来的听者达数千人。在岳麓书院讲堂，朱熹手书“忠孝廉节”四个大字，后被书院奉为校训。在经过两个月的岳麓讲学后，朱熹在张栻的陪同下游南岳衡山。在一路的游览中，眼前的无边风景，不时牵动他们的诗兴，他们边游览边唱酬。几天里，他们共得诗149首，合编为《南岳唱酬集》。下了衡山，从岳宫到槠州180里，朱熹和张栻就还有争议的问题进行了临别前的讨论。两人朝夕在船中讨论《中庸》之义，三天三夜未曾合眼。朱熹与张栻分手后，携弟子范念德、林择之东归，一路轮流更换唱和。

（五）

朱熹年轻时，从建阳到泉州同安县赴任，路经莆田时，于夹漈草堂见到了郑樵。年过五旬的郑樵对他以礼相待。席间，桌上只有一碟姜、一碟盐巴，朱熹的书童看到心中暗暗不乐。朱熹取出一部手稿，请郑樵过目指正。郑樵恭敬地接过，放在桌上。接着，他燃起一炷香，室内顿时异香扑鼻。这时，恰好窗外吹来一阵山风，把手稿一页一页地掀开。郑樵一动不动地站立着，像被清风吹醉一般。等到风过去后，他才慢慢地转过身子，把手稿还给了朱熹。两人促膝而谈，一连谈了三天三夜，朱熹十分高兴，特地写了一副对联表示感谢。联句是："云礽会梧竹，山斗盛文章。"

朱熹离开草堂后，步行到前次下马的地方上马。他的书童不满地说："这个老头子算什么贤人？他对相公太无礼了。无酒、无肴，只有一碟姜，一碟盐巴，亏他做得出来。"朱熹说："那盐不是海里才有的吗？那姜不是山里才有的吗？尽山尽海，是行大礼啊！"

书童说："相公的手稿，他连看都不看……"

朱熹说："你没看到吗？我送他手稿时，他特地燃起一炷香，这是很尊重我啊；风吹开稿页那阵子，他把稿子看完了。他跟我提了不少好意见，还能把手稿里的原句背出来，实在令人钦佩。"

书童说："相公老远跑来见他。可今天离开时，他送都不送一程。"

朱熹说："他送到草堂门口，就已尽礼了。一寸光阴一寸金，我们做学问的人，每分钟都很宝贵啊。"

正说着，前面草丛里突然"哗啦"一声，一只五色雉鸟从头顶飞过。两人不由得回过头来，却见郑樵还站在远处的草堂门口前，保持原先送客的姿态，手里还拿着一本书。朱熹笑着说："你看，他还在门口站着，送客不忘读书，真是个贤人啊。"

（六）

朱熹有足疾，曾有一个江湖郎中来为他治疗。针灸后，他感到腿脚轻便了不少。他十分高兴，重金酬谢的同时，还送给这个郎中一首诗："好多年走路靠一根瘦竹撑动，想不到针灸还真有神奇之功。扔开拐杖出门儿童看了发笑，这难道就是从前匍匐而行的老翁？"郎中拿了朱熹手书的诗章，就离去了。没几天，朱熹足疾重新发作，且比没针灸前更厉害了。急忙派人去追寻郎中，已不知道此人逃到哪里去了。朱叹息道："我不是想惩罚他，只是想追回赠的那首诗，唯恐他拿去招摇撞骗，误了别人的治疗。"

（七）

绍熙五年（1194），在朱张会讲 27 年之后，朱熹任湖南安抚使，再次来到潭州，重整岳麓书院，改建、扩建了位于湖南长沙岳麓山下的岳麓书院，空余时间到此讲课，使岳麓书院成为南宋四大书院之一。

（八）

绍熙五年（1194）八月，朱熹任焕章阁待制兼侍讲。九月，朱熹于行宫便殿奏事。也就是说，朱熹做了皇上的老师。

（九）

朱熹还是有名的诗人，诗作流传后世。其中有两首比较出名：一首是《春日》："胜日寻芳泗水滨，无边光景一时新。等闲识得东风面，万紫千红总是春。"另一首是《观书有感》："半亩方塘一鉴开，天光云影共徘徊。问渠哪得清如许？为有源头活水来。"

从上述几个事例中不难看出，朱熹在学识方面做出了很多贡献，做官公正廉洁，一心为民。但是他的下场却很惨，死后还背负骂名。很多人反对他，这是什么原因呢？

从治学理念说起

朱熹继承北宋程颢理学后发展成为程朱理学的创始人，提出的“存天理，灭人欲”虽发扬了儒学，却将之本意扭曲，断章取义，使之成为元、明、清三代的官方哲学，并成为统治阶级巩固政权和压迫百姓的工具，朱熹主张“存天理、灭人欲”，在道德上要求非常苛刻，他还用程伊川“饿死事小，失节事大”的理论劝友人的妹妹守节，但他却因自己身上发生的丑事打了自己的脸。

打击政敌

唐仲友也是北宋时期的著名诗人、经学家。宋代当时处于学术文化发达、百家争鸣的时期，唐仲友所属的永康学派，是与朱熹的理学相对立的学派，为此，朱熹便把唐仲友视为政敌。金大定二年（1182）年七月，朱熹以浙东常平茶盐公事的身份到台州视察灾情时，接到举报：台州知府唐仲友为人、为官不正，有贪污受贿之嫌。朱熹便连续向朝廷递交奏折，弹劾唐仲友败坏风气。为此，他还以酷刑折磨妓女严蕊，要她说假话诬陷唐仲友。严蕊虽是风尘女子，却誓死不屈，反倒引起皇帝和当朝权贵对朱熹的不满。

庆元“党禁”

宋庆元二年（1196）十二月，监察御史沈继祖弹劾朱熹，列出十大罪状，其中最有杀伤力的是说朱熹为老不尊、贪色好淫，引诱两个尼姑做宠妾，出去做官时还带在身边招摇过市，甚至还被疑“翁媳扒灰”，让自己的儿媳在丈夫死后还怀上身孕，并成为自己的小妾。同时，还用权力夺取别人家产。

沈继祖虽然和朱熹不和，但他出面弹劾朱熹却是受人指使，这个人就是外戚韩侂胄。当时韩侂胄在朝中地位显赫，唐仲友和韩侂胄是好友，正是由于韩侂胄的保护，朱熹才没有告倒唐仲友，反倒引火烧身。韩侂胄想独揽大权，却由于宰相赵汝愚的存在，而无法实现。赵汝愚故吏门生遍布朝堂，想扳倒他还是有很多顾忌。朱熹和赵汝愚为挚友，赵汝愚崇尚理学，重用朱熹等人，朱熹算是韩侂胄的政敌。韩胄就想到通过打击朱熹和他的学说，达到削弱赵汝愚在朝中势力的目的。于是，韩侘胄就命党羽写了弹劾朱熹的奏表，然后交于监察御史沈继组呈给宋宁宗赵扩。

沈继祖弹劾朱熹的罪状仅是一面之词，那么，宋宁宗怎么就会不经核实就准奏呢？宋宁宗表面对朱熹是客客气气，其实心里早就对朱熹不满了。朱熹曾担任过宋宁宗的老师，倚老卖老，经常在讲学的时候上书皇帝要“克己自新，遵守纲常”，企图通过匡正君德来限制君权的滥用。当宋宁宗看到这份奏折时，想到自己对朱熹的不满，就干脆利落地准了。

令人惊讶不解的是：沈继祖弹劾朱熹这些罪状与丑闻之后，朱熹没给自己辩诬，反而向朝廷进行了检讨，强调“深省昨非，细寻今是”。朱熹的检讨虽然不是明确表态，实际上就是承认了沈继组弹劾他的十大罪状。其中的娶尼姑为妾和儿媳私通等有悖人伦的行为，让其道貌岸然的形象瞬间崩塌。他把这样臭不可闻的屎盆子自己往自己脑袋上扣，谁也救不了他。

朱熹被宋宁宗内批罢去了侍制兼侍讲之职，“理学”一时间被定为伪学，宰相赵汝愚也被贬永州，理学门生遭大肆清洗。这就是历史上著名的“庆元党案”。

丑闻导致朱熹名声尽失，很快就传遍全国，顿时骂声一片。一时间，不仅朱熹受到伤害，就连朱熹门下的弟子也捎带着受到伤害。如此一来，朱熹非常难过，加上身体本来就比较虚弱，而且一出门就被人唾弃，很快他就病倒了！

庆元六年（1200）春，朱熹足疾大发，病情恶化。朱熹生命垂危，时左眼已瞎，右眼也几乎失明。三月初九，71 岁的朱熹背负着沉重的骂名，黯然离世。

有关朱熹的评价，至今褒贬不一。虽然善良的人们都希望那些丑闻是对一个恪守高尚道德情操的讲师的玷污，希望能早日拂去沾尘的阴云，展露出本真的面目。

但不可否认的一点是，历史就是历史。

解缙：他为啥被埋在雪堆里冻死

明太祖朱元璋都对解缙礼让三分、敬重三分，处处都要捧着他。但为什么却被明成祖朱棣下令埋在雪堆里冻死呢？其中的故事令人扼腕的同时，也令人深思。

明代文人的地位在宋代之上，所谓万般皆下品，唯有读书高。明代的文人，只要考上个秀才，就有每月一石的禀膳费可拿，娶妻生子，衣食无忧。不仅如此，即使没有考上秀才，作为“在野贤人”，也有和官僚同等的上疏权。所以，明代也是文风颇盛之时，汉有赋、唐有诗、宋有词、元有曲，而明代，在历史上最有盛名的莫过于小说了，著名的小说如《三国演义》《水浒传》《西游记》《金瓶梅》等，都是至今仍难以超越的经典；而明代的三大才子徐渭、解缙、杨慎在历史上也是赫赫有名。解缙从“全省状元”到内阁首辅，击败了唐伯虎成为明代第一才子。

解缙出身于书香门第，从小就聪慧过人，在 5 岁的时候就能把所学的文章背诵出来，7 岁就可以作诗和写文章了，当时有着神童之称。18 岁的解缙在参加乡试时，取得了江西省第一名的好成绩，也就是解元。按照当时的考试制度，解缙在第二年就可以到京城去参加会试。次年

19岁的解缙考中了进士。

明代的科考制度分为院试、乡试、会试和殿试四个等级。院试考中为秀才，是进入仕途的第一步，见了当地的县官不用行下跪之礼。乡试考中为举人，第一名称为解元。解缙在此试里面就获得了解元的称号。会试考中者为贡士，第一名被称为会元，如果没有通过的话就要等三年之后再考。会试之后举行的殿试考中的为进士。皇帝出题考核，考完放甲榜，一般分为三甲：第一名为状元，第二名为榜眼，第三名为探花。只要考中进士就可以得到七品知县以上的官职。

解缙考中进士，三甲排第十名，授庶吉士，读中秘书。同年，官至翰林学士。朱元璋非常重视欣赏解缙，经常让他伴随左右，并且对他寄予了很高的期望，希望他能够在政事上有所作为。解缙也的确发现了一些朝政的问题，向朱元璋谏言。但是因为他的性格刚直，在官场上得罪了一些人。有一次他去兵部索要侍卫，因为出言不恭，被尚书奏参了一本，朱元璋知道后大怒，认为他恃宠而骄，于是便改任他为江西的监察御史。没犯什么大罪的左丞相李善长被朱元璋处死，解缙又带头和大臣们上书为李善长辩冤，此举让朱元璋认为他为人处世缺乏涵养，必须修身养性、闭门思过，否则会成为众臣攻击的对象。洪武二十四年（1391），朱元璋召解缙父亲进京，对他直说："大器晚成，若以尔子归，益令进，后十年来，大用未晚也。"解缙只好随父回归吉水。在老家八年，他闭门著述，校改《元史》，补写《宋书》，删定《礼记》。

洪武三十一年（1398），朱元璋病逝，解缙进京吊丧。明惠帝朱允炆临朝，袁泰乘机进谗言，攻击解缙"诏旨，且母丧未葬，父年九十，不当舍以行。"朱允炆听信谗言，贬解缙为河州卫吏。建文四年（1402），当时的礼部侍郎董伦为朱允炆所信任，在朱允炆面前为解缙说了不少好话，这样，解缙才被召回京师复职，任翰林待诏，十一月任内阁首辅。但是，不久后发生了靖难之变。

朱允炆是明代第二个皇帝，是朱元璋的孙子、朱标的儿子，朱元璋本来是立长子朱标为太子的，但他先于朱元璋就死了。所以，朱元璋就选择了朱标之子朱允炆当继承人。他死后，朱允炆做了皇帝，就是建文帝。

朱元璋有20多个儿子，建立了明王朝后，把儿子都分封成藩王。为了抵御外族的入侵，给了这些藩王很大的权力，藩王都有自己的兵马，这就留下了很大的隐患。朱元璋的儿子都是上过战场打过仗的武将，朱允炆却是一个一点儿战功都没有的公子哥，所以，这些藩王都不买朱允炆的账，根本不听他的调遣。朱允炆意识到这个问题的严重性，想用削藩的办法解除后患，自然遭到了藩王的反对。朱元璋的四儿子燕王朱棣带头起兵一路攻向京城。由于朱允炆的懦弱和用人不当，当燕军包围了南京，朱允炆的至亲李景隆重兵在手，却放弃抵抗，主动打开城门。朱允炆放火烧了宫殿，逃跑后不知去向。

应该说，解缙不但有才华，政治敏感性也很强，他很早就看出朱允炆不是当皇帝的料，江山必然易主。当时，解缙在朝中还有胡广和王艮两个老乡，也是明代大才子，一个是状元，另一个是榜眼，都是朱允炆钦点的。古代都非常讲究同乡情谊，所以他们三人关系非常好，可以说无话不说。他们曾在私下议论过时局，都认为朱允炆会下台。解缙曾慷慨激昂地表达出以身殉国、报答皇恩的决心，胡广也立誓表达出相同的决心，只有王艮一言不发。想不到，就在燕军打到城下的时候，解缙趁夜出逃，跑到朱棣面前，乞求归降。之后，胡广也投降了朱棣。只有王艮展现了一个文人的骨气，守在宫殿，被火烧死。

朱棣重用解缙，深知他的才能，任命他为翰林侍读学士，为《太祖实录》的总编撰。永乐二年（1404）是解缙最得意的时候，因为在这年他位居内阁首辅之职，成为一人之下的权臣。

解缙仕途的转折点就在于朱棣立储这件事上。朱棣对于次子朱高煦非常宠爱，想要将其立为太子，对于这种做法，遭到了解缙的极力反对。朱棣只好打消了这个念头，立长子朱高炽为太子，朱高煦为汉王。因为此事，朱高煦对解缙极为憎恨，由此埋下了祸根。

本来朱棣就很宠爱朱高煦，解缙却经常上书谏言朱高煦的许多做法都超过了汉王应有的礼节，这就使得朱棣很不开心。有一次，因为有急事要处理，朱棣不在京城，解缙便直接向太子朱高炽奏请。此事被朱高煦知道后，向朱棣诬陷解缙无人臣礼，朱棣震怒，就将他以"无人臣礼"罪名下狱，永乐十三年（1415）冬被埋入雪堆冻死，死时才47岁。

解缙的结局是个令人痛惜的悲剧。文人参政，因为个性所致，往往不会有好下场。他们走过仕途的脚印，早已被尘世泯灭，留下的唯有铭刻个人印记的烁目才华。

解缙的文章雅劲奇古，诗豪宕丰赡，书法小楷精绝、行草皆佳，尤其擅长狂草，与徐渭、杨慎一起被称为"明代三大才子"，著有《解学士集》《天潢玉牒》等；总编《太祖实录》《古今列女传》；主持编纂《永乐大典》；墨迹有《自书诗卷》《书唐人诗》《宋赵恒殿试佚事》等。他流传下来的故事也无不显示着他出众的机敏、聪慧和睿智，至今令人津津乐道。

举几个例子：

（一）

解缙早慧，7 岁就能吟诗作对，远近闻名。朝中有一位尚书听说后，把他接到府中，想测试一下他的才学。那年，解缙 10 岁，穿得很朴素。他一进门，尚书就口出一句："小犬入门嫌路窄，"解缙知道尚书在取笑自己，站在门槛出口应道："大鹏展翅恨天低。"尚书又指着堂下的石狮说道："石狮子头顶焚香炉。几时得了。"解缙随口应道："泥判官手拿生死簿，何日勾销。"尚书又指天空说道："天做棋盘星做子，谁人能下，"解缙手指大地作答："地为琵琶路为弦，哪个敢弹。"你来我往，十几回合，对问应答，不分高低。最后，尚书不得不对他伸出大拇指。

（二）

朱元璋很赏识解缙，有一次让他陪游花园。上一座拱桥时，皇帝说："看我现在走路的情形，有什么说法吗？"解缙说："这是一步比一步登高。"到了桥下，皇帝又要问，解缙已说出："这叫后边比前边高。"皇帝听了很高兴，夸他真机灵。

过两天朱元璋有些烦闷，约群臣钓鱼解闷儿。别人都钓了不少，唯有朱元璋的钓竿没鱼咬钩。解缙看到皇帝很尴尬，就上前很恭敬地说："皇上，别看鱼儿不咬钩，其实是它们都很懂得礼节。"皇上有些疑惑，解缙说："有诗为证——数尺丝纶落水中，金钩抛去永无踪。凡鱼不敢朝天子，万岁君王只钓龙。"皇帝一听，立刻龙颜大喜，满心的烦恼都随风散去。

（三）

朱棣成为皇帝之后，有了闲情雅致，也逐渐喜欢吟诗作对。一次朱棣和内阁首辅杨士奇去太子书房，看太子的学习情况，当时太子在温习对联的功课。朱棣脑中忽然想到了前几天刚想到的一个上联，于是想要考考身边的杨士奇，他对杨士奇说：“朕近日想到了一个上联，不知爱卿可否答得出来”，随后脱口而出道：“色难”。面对这个不按常理出牌的上联，杨士奇也被难住了，只能如实说不知道。朱棣很得意，第二天早朝结束前，他又把这个上联拿了出来，朝堂上的百官都面面相觑，没有人说出答案。后来这件事情被解缙知道了，他告诉别人说自己早就想出了一个绝佳的下联。朱棣听说之后，立马将解缙召入皇宫中，询问其下联是什么。解缙随口说了句“容易”。朱棣听了之后，心想解缙这么厉害，难住满朝文武的对联，他却说容易。但是等了很久，还不见解缙说出下联，朱棣便问解缙下联是什么，解缙也听出了朱棣的意思，接着说道：“我说的容易就是下联：色对容，难对易。”朱棣仔细想了想，解缙回答的也没有错，便让他出宫了。其实，满朝文武那么多大臣肯定有人知道下联，但是为了不驳皇帝的面子，才称作不知道。解缙颇有才气，因为直言常常遭到大臣的忌惮，从朱棣对对联这件事情就可以看出一二。

（四）

朱棣做了一个梦，梦见高山坍塌、太阳西边坠落、海水枯竭、百花凋谢，他认为梦境不好，心里忧烦。第二天早朝，他说出昨夜的梦境，让群臣解说。众人听到日落、山崩、海枯、花谢，都不禁大为吃惊，目瞪口呆，无言以对。这时，解缙走出来，笑着对朱棣说：“恭喜皇上，这是一个非常吉祥的梦，皇上所梦见的四样实际上是一首诗。”朱棣忙说：“爱卿快说！”解缙随即吟道：“日落帝星升，山崩地太平，海枯金龙现，花谢子团圆。”朱棣一听，龙颜大喜，立即把解缙提为首辅。

（五）

朝中有位大臣过生日，宴请许多朋友，当时解缙也随朋友们一起去贺寿。吃饭、喝酒后，大家兴致都起来了，有人提出大家吟诗作对助助兴吧。一听这话，一位朝中的锦衣卫站了起来，胡乱地说了几句打油诗。人们觉得可笑，但却都不敢表露出来，毕竟当时锦衣卫势大，一本无常薄随便记一句就可能让一个官员人头落地。但是解缙难掩心中怒火，就想杀一杀这位锦衣卫的威风，站起来说：“咱们对个对子吧！”锦衣卫已经醉酒，当即应下，自负地说道：“请出上联吧！”解缙毫不含糊，张口就来：“墙上芦苇，头重脚轻根底浅。”这对联一语双关，讥讽锦衣卫没什么学问还出洋相。锦衣卫一听自然是对不上下联，着实尴尬不已，解缙见状再次开口：“既然大人对不上，那我自己解对：山间竹笋，嘴尖皮厚腹中空。”此对一出，锦衣卫也知道解缙这是在嘲讽他，只好讪讪地坐下。

（六）

一位尚书在庙里题了一首诗，庙里的和尚也附和了一首。尚书知道后很生气，又来到庙里，对和尚说：“我先不治你的罪，再出一个对子，你若对上，我就饶了你。”他的对子是：和尚和尚书诗，因诗言寺。和尚对不出，就去找解缙。解缙附耳告诉他，他笑着去回复尚书：“上将上将军位，以位立人。”尚书一听，就知道是解缙所对。

（七）

有一户人家，定在腊月二十九娶亲。没想到，当天清晨，这家的老人猝然去世。喜事、丧事赶到了一起。改婚期已经来不及了，亲朋好友都发了请帖；晚些天下葬，又不和习俗。只好先埋葬了老人，再举行婚礼。这样一来，婚礼的对联就难写了，村里的几个秀才抓耳挠腮、苦思冥想，也觉得没法儿写。恰巧，这天解缙也来帮忙，负责挑水。他见众人在为对联发愁，放下水桶，提笔就写。上联是：遇丧事，行婚礼，哭乎笑乎，细思量，哭笑不得。几个秀才都挺吃惊，正琢磨是什么意思呢，解缙把下联也写出来了：辞灵柩，入洞房，进耶退耶，再斟酌，进退两难。众人看到这，才品出这幅对联写得实在高，正要叫好，解缙已经挑起水桶走了，赶忙喊道："还没有横批呢！"解缙头也不回地扔下四个字：乐极生悲！

唐伯虎：混得最惨的风流才子

一个才华横溢的书画家、一个天下第一的风流才子，怎么会落得死后都无钱安葬的下场？

唐伯虎（1470—1524），名寅，字伯虎，后改字子畏，号六如居士、桃花庵主、鲁国唐生、逃禅仙吏等，南直隶苏州府吴县人。明代著名画家、书法家、诗人。绘画上与沈周，文徵明、仇英并称“吴门四家”，又称“明四家”。诗文上，与祝允明、文徵明、徐祯卿并称“吴中四才子”。

关于唐伯虎，流传的故事很多，也很有意思。

（一）

唐伯虎自幼机敏好动、聪明好学，年纪不大，成诗属对的技巧在家乡已很有名。

一天，有客人来访，唐父拿出甜瓜和炒豆招待，唐伯虎在旁作陪。客人早有耳闻唐伯虎的聪慧，就出联试他，来来往往，唐伯虎都对答如流。客人能想到的对联都出完，也没难住唐伯虎。唐父见客人面露窘色，就找了个台阶，叫唐伯虎给客人拿甜瓜吃。客人接过甜瓜，凝视了半天，笑着对唐伯虎说：“我再出一联：甜瓜切破，分成两片玉玻璃。”

唐伯虎沉思一会儿，看见桌上的炒豆，高兴地拿起来出口说道：“炒豆捻开，抛下一双金龟甲。”

（二）

唐伯虎和祝枝山是私交好友，往来频繁。

有一次，祝枝山拜访唐伯虎，进门被让进厅堂。当时，开着窗户，一阵风吹来，把花瓶刮翻在地。祝枝山见状，随口吟道：“东风吹倒玉瓶梅，落花流水。”

唐伯虎笑着说：“你这是进门就考我啊！”随即，他看见窗外竹园中有几根竹子被风刮倒，压在雪地上，马上吟道：“朔雪压翻花径竹，带叶拖泥。”

又有一次，唐伯虎和祝枝山夜饮，谈天说地、吟诗作对，隔壁传来呱呱坠地的婴儿啼哭声。唐伯虎就想“偷袭”一下祝枝山，马上吟道：“半夜生孩，亥子二时难定。”

祝枝山正打哈欠，冷不丁听了这上联，一时竟无法应对。四处张望时，看见和合二神，立马来了灵感，应答道：“百年匹配，已酉两姓相当。”

（三）

唐伯虎前往茅山进香，路过无锡。晚上船泊在河边，于是他上岸闲逛，见肩舆从东而来，仕女如云，其中有个丫鬟长得最好看。于是唐伯虎跟着她们走，一直到她们回府才知道是华学士的女婢。唐伯虎为了能够接近这个女婢，便去华府应聘书童，被改名为华安。后来，唐伯虎很受府上宠爱和信任，主人要赏给他一个女婢，他已知道自己心仪的那个女婢叫桂华，就点名要她。两人成亲后，桂华知道了华安就是大名鼎鼎的才子唐伯虎，又惊又喜。唐伯虎提出要和她逃出华府，她欣然同意。几天后，华学士发现华安和桂华失踪了，便命人到处寻找，却找不到。过了很久，华学士偶然间到阊门，见书肆中有一人手持书籍翻阅，很像华安。华学士私下找人询问，那人告诉他，此人是唐解元。第二天，华学士特意前往拜谒，仔细看了半天确认无异，但是始终难以启齿挑明。唐伯虎命下人上酒对酌，华学士委婉地说道："我府有个叫华安的书童与你相貌相似，不知道是何缘由？"唐伯虎笑而不答。华学士有些不高兴，就要起身告别。唐伯虎说："请稍等！"随即，叫婢女簇拥新娘出来拜见。华学士赞道："夫人真是貌似天仙！"唐伯虎道："你说我像华安，却不识桂华了？"华学士惊愕片刻，二人不由相顾大笑。后来二人成为好友。这个故事后来被冯梦龙写进《醒世恒言》中《唐解元一笑姻缘》，变成了《唐伯虎点秋香》的故事，在民间广为流传。

（四）

唐伯虎参加录科考试期间，与好友张灵宿妓喝酒，放浪形骸。提学御史方志十分厌恶这种行径，唐伯虎在录科考试中名落孙山。后来苏州知府曹凤爱惜人才，苏州的名士文徵明的父亲文林，以及沈周、吴宽等也为唐伯虎求情，方志才同意"补遗"让其参加乡试。唐伯虎中应天府乡试第一名，但他中举后依旧流连欢场。他的朋友纷纷规劝，祝允明对他说："夫谓千里马，必朝秦暮楚，果见其迹耳。非谓表露骨相，令识者苟以千里目，而终未尝一长驱，骇观于千里之人，令慕服赞誉，不容为异词也。”意思是千里马不是看表面，还要看它的品质，一时的得意千万别太张狂。文徵明也写信给他：“我父亲说‘子畏之才宜发解，然其人轻浮，恐终无成；吾儿他日远到，非所及也。’”意思就是：“我父亲说你有才情，但为人轻浮，恐怕一事无成。”但唐伯虎并没有把朋友的规劝放在心上，他回信《与文徵明书》，信中的意思是：“我生来就是如此，你看我不顺眼，那就别和我交朋友。”态度十分嚣张，言辞刻薄，对文徵明的劝告不但不领情，还要与文徵明断绝关系。

（五）

唐伯虎受考场作弊案牵连，被罢官为小吏。他不堪受辱，一怒回家赋闲。但他名声在外，引起宁王的注意。宁王朱宸濠是明代宗室，想把唐伯虎拉拢到身边为自己办事。落魄的唐伯虎重新点燃希望，他离开苏州，来到江西宁王府上做事，但很快他发现宁王想造反，于是唐伯虎假装疯癫，不惜脱掉衣服到大街上裸奔，以此证明自己已是一个废人。唐伯虎靠装疯卖傻逃离了宁王府，回到苏州，继续过着穷困潦倒的生活。

（六）

在苏州期间，他靠卖字画为生。在桃花坞里买了一小块儿地，盖了一间桃花庵，这里成了他最后的家，在这里创作了著名的《桃花庵歌》：

桃花坞里桃花庵，桃花庵下桃花仙；

桃花仙人种桃树，又摘桃花换酒钱。
酒醒只在花前坐，酒醉还来花下眠；
半醒半醉日复日，花落花开年复年。
但愿老死花酒间，不愿鞠躬车马前；
车尘马足富者趣，酒盏花枝贫者缘。
若将富贵比贫者，一在平地一在天；
若将贫贱比车马，他得驱驰我得闲。
别人笑我太疯癫，我笑他人看不穿；
不见五陵豪杰墓，无花无酒锄作田。

有一天，唐伯虎穿着一身破旧衣服登山游乐，在山下看见几个秀才模样的人在那里喝酒作诗。素来喜欢戏谑的唐伯虎就装作乞丐去凑热闹，当那些人吵吵嚷嚷稍一平静的时候，他就说：“各位在此赋诗，我这个乞丐也能唱和吗？”那几个秀才看他的模样，都很蔑视。有一个人说：“你要不怕出丑，你就试试。”

唐伯虎提起笔，在纸上写了“一上”两个字。秀才们发出了耻笑。唐伯虎毫不在意地接着又写了“一上”两个字。一个秀才嘲笑地说：“你除了这两个字，不会写别的字吧？”唐伯虎笑了笑说：“太白斗酒诗百篇，我也是只有喝了酒才能作出诗来。”

有个秀才很不客气地说：“如果你真能作诗，大爷我让你喝个够；若是作不出来，马上给我滚开，别来扫兴！”

唐伯虎并没要酒，又写出“又一上”三个字。秀才们都笑出了声，一个人讥讽地说：“你这叫诗吗？”唐伯虎没理睬他，接着又写出“一上上”三个字。这才端杯，一饮而尽，挥毫写成一首诗：

一上一上又一上，一上上到高山上。

举头红日日低头，万里江山都在望。

秀才们看了，惊讶不已，都被诗中磅礴的气势和旷达的意境所折服，知道他不是凡人，连忙给他敬酒。

（七）

唐伯虎练过武功，喜欢打猎。有一次骑马去打野兔，连放几箭都没射中。他正在发愣，斜刺里射出一支冷箭，野兔应声倒地。他不由得四处张望，看到过来的竟是一个妙龄女子，素装打扮，却英姿飒爽，不禁大吃一惊。

唐伯虎下马和这个女子攀谈起来，得知她是北方一个部落首领的女儿。因连年大旱，人、畜大量死亡。为了生存，部落之间互相争斗，她的父母在一次械斗中遇害，她带着一名使女侥幸逃出。

接连数日，唐伯虎和这个女子相伴狩猎，发现这个女子不仅熟悉中原文化，还精通诗词歌赋，才貌双全，不由得心动，委婉地向她表达了自己的爱意。女子倒很豪爽，对他说："我虽外族人，却酷爱中原文化，立志要找一个文才出众志趣相投的人结为伴侣。我这里有一首倒序的数字诗，若公子能够即席应对，我便应允。否则，请公子离去。"她随即吟道："十年九旱八方荒，七情六欲锁心房。五湖四海三卫客，双泪夜湿一枕床。"

女子在诗中倾述了自己的不幸遭遇，也流露出对美好生活的渴望，感情真挚，没有亲身的经历是无法写出这样声情并茂的诗句的。唐伯虎深为感动，稍加思索后，动情地吟道："十九月夜八分圆，七个才子六个癫。五更四点鸡三唱，怀抱二胡一枕眠。”

唐伯虎自以为说的都是真心话，却不料女子大为失望。诗虽应对得合拍合韵，意境却难以交融。如此一位风流成性、花天酒地的公子哥，怎能托付终身？

唐伯虎见女子一脸凄然神色，知道不合女子的心意，忙又改为：“十九夜月八分光，七姐留来俏六郎。五更四点鸡三唱，二人相爱在一方。”

诗虽改动，但意境没变，风流的基调离女子的坎坷经历相差越来越远。她对唐伯虎彻底失望了，便离他而去。

入夜，女子在自己的房中，望着窗外的明月，满心凄楚，伤情地吟道：“十九月夜八分昏，七情六欲锁吾（五）心。四知君子三卫客，两情终难共一身。”

一对才情儿女，终因境遇不同，没能演绎出爱情佳话。

（八）

唐伯虎的第三任妻子沈九娘，嫁其前是妓女。唐伯虎在赴京会试前就和她有来往了。沈九娘小唐伯虎五岁，是苏州名妓，端庄文雅，才艺过人，很羡慕唐伯虎的才气。唐伯虎在科举案释放回到家后，发现他的第二任妻子何氏已弃家而去。唐伯虎很失落，但是他依旧不改风流放浪的习性，囊中羞涩还周游名山大川，频频出入青楼鬼混。到扬州时，他写了题为《扬州道上思念沈九娘》的诗：

相思两地望迢迢，清泪临门落布袍。

杨柳晓烟情绪乱，梨花暮雨梦魂销。

云笼楚馆虚金屋，凤入巫山奏玉箫。

明日河桥重回首，月明千里故人遥。

想不到，在扬州狎妓时竟意外遇见了沈九娘。沈九娘慷慨解囊，帮他渡过生活难关，鼓励他振作起来。逆境遇知己，唐伯虎深为感动，不顾朋友的反对，终于在 36 岁时娶回了 31 岁的沈九娘。沈九娘为唐伯虎生了一个女儿，取名桃笙。唐伯虎过上了一段安逸稳定的生活。他当时有诗道：

镜里形骸春去老，灯前夫妻月同圆。

万场快乐千场醉，世上闲人地上仙。

可惜好景不长，37 岁的沈九娘抛下了 5 岁的女儿死了。临死前沈九娘依依不舍地握着唐伯虎的手说：“承你不弃，娶我为妻，本想尽我心力持好家务，让你专心于诗画。但我无福、无寿，又无能，我快死了，望你保重。”沈九娘死后，唐伯虎立誓不娶，独自带大女儿。两年后，唐伯虎便皈依佛门。

唐伯虎有“江南第一风流才子”之称，但这个“风流才子”不是赞誉他才情的豪爽潇洒，而是嘲讽他的荒诞风流。尽管他仕途多舛，穷困潦倒，却爱游历名山大川，混迹于娼妓之间，自己还赋诗存证。仅选两首，可见全貌。

其一，《哭妓徐素》：

清波双佩寂无踪，情爱悠悠怨恨重。
残粉黄生银扑面，故衣香寄玉关胸。
月明花向灯前落，春尽人从梦里逢。
再寄生来侬未老，好叫相见玉姿容。

其二，《春日写怀》：

新春踪迹转飘蓬，多在莺花野寺中。
昨日醉连今日醉，试灯风接落灯风。
苦拈险韵邀僧和，暖簇薰笼与妓烘。
寄问社中诸契友，心情可与我相同？

唐伯虎的绘画作品中有很多春宫图之类的画，相当于现在的艳照。由于他接触的女子较多，所以总以仕女画见长。他画春宫画，与他的生活情趣、爱好有很大的关系，传说中的春宫真迹底本多已失传，传世的临摹本有《退食闲宴》《竞春图卷》《花阵六奇》等。其中，最著名的是《风流绝畅图》册页，共有24幅，明万历三十四年（1606），徽派刻工黄一明曾根据唐伯虎原作摹刻为版画并印行于世。20世纪中叶，荷兰汉学家高罗佩在他的名作《中国古代房内考》和《秘戏图考》中有详细介绍，当时在东京私人印刷了50部，分赠世界各著名大学、图书馆和研究机构。

从以上的传说典故中，不难看出唐伯虎的性格、爱好和文才。他的形象并不完美，因为其真而令人欲恨不能；他的才华时有荒诞，因为其情而令人欲怒难生。在人们的想象中，他应该有一个特立而美好的一生。事实上，他的人生结局跟人们的意料完全相反。可以说他的一生是最为贫困凄惨的。

唐伯虎的祖上原本为名门望族，到他出生时，已家道中落，靠其父经营一家小酒馆为生。其父让他读书求取功名，唐伯虎不负父望，16 岁中苏州府试第一入庠读书。此时，他在绘画、作诗、书法等方面进步迅速，很快成了当地的一位名人，结交了很多当地的社会名流，包括祝枝山、文徵明、徐祯卿等人，被称为“江南四大才子”。

唐伯虎 24 岁这年，父亲去世，接着两年之内，母亲、妻子、儿子、妹妹也相继去世，只留下他和弟弟两个人。五位亲人离世，因失去了经济来源，对一心考取功名的唐伯虎身心造成巨大打击，一度变得十分消极。在好友祝枝山的多次劝说和帮助下，他才再次鼓起了勇气，把心思放在了学业上。

唐伯虎 28 岁那年，应天府乡试时考取第一名（解元），相当于现在几个省的第一名，被人们称作“唐解元”。乡试第二年就是会试，唐伯虎进京参加会试，路遇富家公子徐经。那年主考官为程敏政，会试时，程敏政出题冷僻，所有参加会试的人当中，只有唐伯虎和徐经两个人做对，这个成绩让唐伯虎成为当年的状元，也就是说全国第一名，徐经有可能是全国第二名。但是，这个结果不被其他考生接受，向上告发科场舞弊。结果程敏政、唐伯虎、徐经三人被抓，在严刑拷打下，徐经供出了自己买通程敏政家仆，获得考试题目，与唐伯虎提前做出答案，因此两人考出最好的成绩。这就是轰动一时的徐经科场案。尽管这次科场舞弊案的具体情况说法不一，但唐伯虎受到牵连却是事实，被判永不录用为官，只给了他一个偏远地区的小吏职位。自认清高的唐伯虎不去就职，选择回到老家，开始了他穷困潦倒、以卖字画为生的后半生。回到家后，他的第二任妻子何氏已离他而去，弟弟也提出与他分家。万念俱灰的唐伯虎从此消沉，选择了纵情酒色、吟诗作画来消磨时间，靠卖字画为生。

唐伯虎36岁那年，在风月场合认识了名妓沈九娘，这位红颜知己陪伴他度过了一段最美好的时光，使他的心情好转，曾写了一首《伯虎自赞》："我问你是谁？你原来是我。我不认识你，你却要认我。噫！我少不得你，你却少得我。你我百年后，有你没了我。"

可惜的是，六年后沈九娘去世。唐伯虎痛失知己后便终生不娶，陪伴九娘生下的女儿凄苦度日。

嘉靖三年（1524），唐伯虎去世，享年54岁。临死前，他留下绝笔诗："生在阳间有散场，死归地府也何妨？阳间地府俱相似，只当漂流在异乡。"

唐伯虎死时，已经家徒四壁，还是好友祝枝山出钱将他安葬。

一个才华横溢的风流才子，落得如此下场，实在令人心痛。

杨慎：是非成败笑谈中

滚滚长江东逝水，浪花淘尽英雄。是非成败转头空。青山依旧在，几度夕阳红。白发渔樵江渚上，惯看秋月春风。一壶浊酒喜相逢。古今多少事，都付笑谈中。

这是电视剧《三国演义》的开篇词，歌唱起来雄浑磅礴，词读起来荡气回肠。作者是怎么写出这样令人心旌摇荡、情感共鸣的60个字的？

熟悉历史的人都知道，《临江仙》这首词的作者就是明代著名文学家杨慎。杨慎（1488—1559），字用修，初号月溪、升庵，又号逸史氏、博南山人、洞天真逸、滇南戍史、金马碧鸡老兵等。四川新都（今成都市新都区）人。他的著述之丰，在整个中国文学史、学术史上也极为罕见。据传他生平著作有400余种，几百年来虽散佚不少，存留下来的依然十分可观，足有220多种。

杨慎虽然著述等身，人生却很是不幸。

杨慎堪称明代天下第一才子，当时闻名遐尔的解缙和徐渭见到他，都不敢与他相较才华。他从小在官宦之家长大，他的祖父杨春担任过湖广提督，父亲杨廷和是内阁里的首辅大臣，先后辅佐了四个皇帝。

在这样的家庭之中长大，他从小就接受到良好的教育熏陶。7岁习读唐人绝句，11岁学写近体诗，12岁拟作《吊古战场文》，其中有“青楼断红粉之魂，白日照青苔之骨”奇句，为时人传诵，引来“长老惊异”，以为王褒、扬雄再世。陪同父亲守制新都时，20天便能一字不漏地背下《易经》。在新都的两年中，他遍览群书，学问大进，为他后来科举及第进入仕途打下了扎实基础。守制结束回京时，他一路写了不少诗文，其中一首《黄叶诗》，受大学士李东阳称赏，“令受业门下”，并昵称杨为“小友”。

正德六年（1511），24岁的杨慎在殿试中一举夺魁，高中三甲状元。杨慎中状元后授翰林院修撰，任职期间，由于可以进入皇家秘阁，杨慎读到了许多珍本秘籍，从中获得丰富知识。他在奉使路过镇江的途中，特意拜访当时闲居于乡的名臣杨一清，看了他家的藏书。

嘉靖二年（1523），杨慎参加纂修《武宗实录》。

杨慎不仅学识广博，还有着超强的记忆力。一次，武宗在看天文书时，见有一颗星叫“注张”，又称“汪张”，就问钦天监及翰林诸臣，诸臣面面相觑，回答不出。这时杨慎上前奏对说：“这是柳星。”并举出《周礼》《史记》《汉书》上的相关记载一一说明。又有一次，湖广土官水尽源通塔平长官司向朝廷进贡，同僚见“水尽源通塔平”六字，以为是三处地名，一位同僚在这六字之后，又加了“三长官司”四字。杨慎见后说：“这是一个地名。”同僚们以为他在开玩笑，他找来《大明官制》翻给他们看。下不来台的同僚笑着辩解说：“楚、蜀两地靠近蛮夷，对这类情况自然比我们内地人熟悉。”意思是，杨慎是四川人，了解这类情况不值得奇怪。杨慎笑着说：“司马迁《史记》有《西南夷传》，班固《汉书》有《匈奴传》，叙外域如指掌，难道班、马也是蛮夷吗？”

杨慎虽然记忆力超人，但并不以此为能，他对人说：“先天的资性是不足以凭恃的，要使自己德业日新，就要始终不废涵养功夫，这样才能使自己心力充沛。”因此他一生好学穷理，老而不倦。

杨慎的学问非常广博，经史、诗文、词曲、训诂、音韵、哲学、金石、书画无所不通，天文、地理、生物、医学各领域全面涉猎。其中，最优者当数文学，他一生一直没有间断文学创作，且众体兼擅，留下了诗、词、曲、杂剧、弹词、小说、民歌、谣谚等数量众多的作品。又在大量创作的基础上发表了许多对文学的真知灼见，形成了自己独立的文学思想，留下了《升庵诗话》《五言律祖》《千里面谭》等专著。

《明史·杨慎传》说：“明世记诵之博，著作之富，推慎为第一。”洵非虚言。纪昀在《四库全书总目提要》中评论杨慎说：“以博洽冠一时，使其覃精研思，网罗百代，竭平生之力以成一书，虽未必追踪马、郑，亦未必遽在王应麟、马端临下。”因此，作为学者的杨慎，其研究成果被《四库全书》采用的很多。明思想家李贽在《续焚书》中说：“升庵先生固是才学卓越，人品俊伟。然得弟读之，益光彩焕发，流光百世也。岷江不出人则已，一出人则为李谪仙、苏坡仙，杨戍仙（即杨慎），为唐代、宋代并我朝特出，可怪也哉！”能让这位驰骋于儒、释、道三界的晚明狂人顶礼膜拜的，除了杨慎，同时代里挑不出第二人。到民国时代，国学大师陈寅恪也说：“杨用修为人，才高学博，有明一代，罕有其匹。”

当然，也毋庸讳言，由于杨慎的大部分著作撰述于贬谪之地，手边缺少可供翻检的书籍，不少时候仅凭记忆成章，其中误记、误用、误植不少。这虽然谈不上是一种严肃认真的态度，但客观上情有可原。

《四库全书总目提要》说，杨慎的著述虽有不少错讹之处，“然渔猎既富，根柢终深，故疏舛虽多，而精华亦复不少。求之于古，可以位置郑樵、罗泌之间，其在有明，固铁中铮铮者矣”。

杨慎在正德六年（1511）任翰林院修撰，后因母丧，丁忧三年，于正德十二年（1517）回京城任原职。在任修撰期间，杨慎敢于对明武宗朱厚照的荒唐行为说不。

朱厚照是历史上最为荒淫的皇帝之一，不仅在京城专设“豹房”供淫乐，还经常外出，甚至到塞外寻找刺激，狎妓而游，又一路夺人妻女，迹似社会流氓。

对朱厚照的这类荒唐行为，杨慎不避斧钺，犯颜直谏，说为君者“若轻举妄动，非事而游，则必有意外之悔”；又作诗填词，借历史故事对朱厚照进行讽谏。但朱厚照根本不听，依然我行我素。杨慎在失望忧伤之余，愤而称病告假回乡。后来他在纂修《武宗实录》时，对武宗的荒唐行径，事必直书，毫不掩饰。

杨慎再次回到京城，是在嘉靖帝朱厚熜即位后不久。因为他的才学，也因为他父亲的权力，他被安排为经筵讲官，当上了年仅14岁的朱厚熜的老师。在此期间，杨慎常借讲书之机，联系朝政旁敲侧击，教育开导朱厚熜。如佞宦张锐、于经等人，已有罪论死，只因党徒大肆行贿，从中转圜，以赎罪之名得世宗破例赦免。杨慎在经筵讲课时，特地选出《尚书》“舜典”一章，对朱厚熜讲道：“圣人设赎刑，乃施于小过，俾民自新。若元恶大奸，无可赎之理。”朱厚熜听出了话外之音，很不高兴。杨慎由此既失欢于皇上，又结怨于权宦。

杨慎出身于官宦之家，从小所接受的是齐家治国平天下的教育，入仕后，也把刚正立朝、不避锋镝作为做官的准则，然而他没想到，自己将要为此付出一生的代价。他在“大礼议”中因触犯龙颜被远贬云南永昌，且至死未得赦免。

事情缘由是：明武宗风流成性，但却没有留下子嗣，因此按照明太祖朱元璋当年定下的祖训，没有儿子的情况下，就由皇帝的弟弟，也就是朱厚熜当皇帝。他当上皇帝以后，按照祖训要求，就要认前朝皇帝的父亲，也就是历史上的明孝宗为“皇考”，用通俗话来说就是，他必须要认孝宗皇帝当爹，这样他的皇位才具有合法性。而至于他自己的亲爹，就不能再叫爹了，必须改叫“本生父”，或者干脆叫“皇叔父”。对于这一点，嘉靖帝心里是老大地不愿意接受，他认为自己原本就有爹，为什么要凭空多出一个莫名其妙的爹来？于是他当上皇帝的第六天，就开始在朝堂上议事，要求给自己的亲生父亲一个身份，希望他能成为自己的“皇考”。当时朝里就有一些趋炎附势的小人，为了能够巴结嘉靖皇帝，就选择了支持他的主张。但当时绝大多数老臣，也包括杨慎的父亲，都表示坚决反对。大家的心思其实再明白不过，朱厚熜是按照祖训才当上皇帝的，却又要违背祖训，哪有这么便宜的事情？于是朝堂上吵成一团，这样一场“认爹大战”，瞬间就变成了权力争斗。朱厚熜看到朝中支持自己的人数不多，自己也刚刚上任不久，不愿意因此而动摇了根基，于是只好暂时选择了妥协。此后过了三年，大议礼再次成为朝廷热议的话题，张璁、桂萼等人迎合帝意，主尊兴献王为皇考，时任内阁首辅杨廷和因与帝意不合，于当年二月致仕回乡。京城里的议礼之争愈演愈烈，杨慎在这样的政治氛围中再也无法忍耐。在张璁、桂萼被召为翰林学士时，他与同列丰熙、舒芬等 36 人联名上疏，对朱厚熜的这一做法表示不满，说他们与张、桂等人“学术不同”，朱厚熜既已超擢张、桂，“臣等不能与同列，愿赐罢斥”。这等于说朱厚熜喜欢用逢迎拍马之人。朱厚熜得奏，震怒异常，下旨切责，并对 36 人分别轻重给予停发俸禄的处罚。杨慎不服，又于一个多月后和丰熙等人上疏再谏，朱厚熜置之不理。

最后，在这场“大礼仪”之争中，有 130 人全部逮系诏狱，罚以廷杖，几天之内杖死 16 人，杨慎、王元正等三人受到廷杖并谪戍边地，其余一概削籍为民。

这年冬天，带着满身杖伤的杨慎，由夫人黄娥陪护从潞河买舟南下。经两个多月的长途跋涉，来到湖北江陵。为了照顾家中年迈父母，也不愿爱妻与他同去边地受苦，杨慎在此与妻子黄娥告别，只身一人前往云南。

嘉靖四年（1525）正月，经数千里长途跋涉，杨慎来到了云南戍所，开始了他 30 多年的谪戍生涯。

入滇后，杨慎曾先后居住永昌、安宁、大理、昆明、高峣、临安（今云南建水）等地。他在云南四处游历，但并没有成为一个无所事事之人；他虽然被逐出朝廷，充军边地，但并没有因此自暴自弃。他不想闲度日月，成为“天地之蠹”，从踏上谪戍之途那一刻起，他就开始了创作与著述，在流放的 30 多年里，他读书、著述始终不辍，“平居口不绝吟，手不释卷”，上探坟典，下逮史籍，稗官小说，百家九流，无不究心。

到了嘉靖七年（1528）之后，杨慎在不忘著述的同时，放情山水，寻幽探胜，足迹遍及滇西北与滇南。他每到一处，以文会友，多方结交，与当地官员、少数民族头人、文化人与读书士子，建立良好关系。他通过广收门生，传道授业和诗文交往，议论切磋，为滇籍文人作诗文、序、跋与点评等，介绍传播中原文化，推荐滇籍作家，对云南文化发展做出了很大贡献。

在云南的30多年中，杨慎不仅以诗文创作表达出对民生疾苦的关切，还几次以实际行动为国家、为百姓尽力。嘉靖六年（1527）十二月，听到武定土司凤朝文叛乱，他对人说："这是我为国家效力之时。"随之身穿戎服，"率僮奴及步卒百余"，往援守军。嘉靖二十五年（1845）冬，代理安宁知州吴宗徽想多征盐牛税，以增加财政收入，杨慎因生活安宁多年，深知百姓生计艰难，遂"言于当道"，为民请命，终使两项税收不增。嘉靖三十一年（1552）二月，杨慎从百姓口中了解到有人借疏浚海口（滇池在昆阳境内的出水口）为名，盘剥百姓，谋利自肥，便致书巡抚，巡抚查实情况后停止了这项工程。

在杨慎谪戍云南初期，朱厚熜曾追询过这个"小秀才"的下落，事隔多年后，又多次向阁臣查询他的情况，阁臣常以"颓放""老病"作答，没有让朱厚熜找到进一步迫害杨慎的借口——可见朱厚熜对杨慎等人的忌恨。

远在云南的杨慎，每当听到朱厚熜这类对他不放心的传言时，既失望，又不安。有史料记载，杨慎不论是侨居还是游历，所至一地，每每"携倡伶以随"，纵酒放情，甚至用铅粉搽面，头上扎双丫髻插花，让门生抬着，女伎捧觞随行，招摇过市，毫不羞愧。这种发生在正人君子身上的颓废行为，让人觉得不可理解，于是有人"惑之"，有人"讥讪"，有人"为足下之才惜"。实际上，杨慎这样做，有着他难言的苦衷和特别的用意，用他自己的话说，是"聊以耗壮心，遣余年"，而更直接的原因则是怕朱厚熜无端降祸，也怕张璁、桂萼等人媒孽其罪，他是想用这种"自暴自弃"的行为来自污面目，躲过不测之祸。

嘉靖十二年（1533）后，朝廷曾六次颁发大赦天下诏令，但就是不赦杨慎等八人。不仅如此，嘉靖帝还多次对上疏请求宽宥赦免议礼诸臣的大臣严加处罚，轻则下狱廷杖，重则谪戍蛮荒之地，以致后来朝中大臣不敢上疏轻言此事。

嘉靖二十一年（1542），因宫中发生宫女谋刺事件，朱厚熜开始专心奉道修炼，之后的20多年间便不视常朝，很少顾问外间之事了。如此一来，杨慎在云南的日子也好过了一些。

明代军政条例规定，永远充军烟瘴年六十者，容许子侄替役。杨慎60岁后，叶落归根的想法越来越强烈，由此不断上书地方当局，又致书朝中旧好，请求能让他援例回归故里。但云南地方官员不敢轻许，朝中旧好也不敢轻易触碰朱厚熜的忌讳，于是赦归和替役都成为不可能之事。

嘉靖三十二年（1553），杨慎通过云南巡抚鲍象贤的周旋，在众人的帮助下，于当年秋天借派赴兵役的名义回到四川，地方当局默许他一家久居川滇交界处的泸州。嘉靖三十七年（1558）十月，不知什么原因（有一说是滇中某士人举发他返蜀长期不归），时任云南巡抚的王昺，突然派四个指挥将杨慎械系押解回云南。其时，杨慎已71岁高龄，年老多病，他十月从泸州出发，历时40多天，行程3000余里回到昆明。由于旅途劳顿，他在昆明大病一场。次年四月，他被送回原戍所永昌，安置在城北的卧佛寺。这年七月初六，他在高峣寓所去世。

杨慎被流放到云南，能够度过那样艰难苦闷的30年，写出那么多的著作，和他的妻子黄娥的相知相扶有很大的关系。黄娥善诗词，尤为擅长散曲。婚后他们夫妇感情非常融洽，在桂湖之滨过着诗情画意、相敬如宾的甜蜜生活。他俩经常在湖畔散步，榴阁赋诗，相互酬答。杨慎遣戍滇南时，黄娥对丈夫深表同情，曲意劝慰，殷勤照顾，护送杨慎千里跋涉从北京到云南。嘉靖三年（1524）十二月十五的寒夜，骨瘦如柴、身戴枷锁的杨慎在黄娥陪伴下，行至江陵的驿站门前。杨慎看到妻子风尘满面，疲惫不堪，再也不忍心让她向前护送了，力劝她回四川新都老家。临别之际，杨慎填写了一首《临江仙·戍云南江陵别内》，词云：

楚塞巴山横渡口，行人莫上江楼。征骖去棹两悠悠。相看临远水，独自上孤舟。

却羡多情沙上鸟，双飞双宿河洲。今宵明月为谁留？团圆清影好，偏照别离愁。

情辞凄楚，催人泪下。黄娥回到新都，看到桂湖景物依旧，物是人非，写了一首思念丈夫的《寄外》：

雁飞曾不度衡阳，锦字何由寄永昌？
三春花柳妾薄命，六诏风烟君断肠。
曰归曰归愁岁暮，其雨其雨怨朝阳。
相闻空有刀镮约，何日金鸡下夜郎？

感情真挚，令人动容。此后，黄娥曾跋山涉水，到云南永昌探望杨慎，并在戍所度过两年多的光阴。

嘉靖八年（1529），杨慎因父亲杨廷和去世，赶回新都治丧，夫妇二人才得以短期会面。相见时难别亦难。临别时，黄娥写了散曲《罗江怨》，与杨慎送别。曲云：

青山隐隐遮，行人去也，羊肠鸟道几回折？雁声不到，马蹄又怯，恼人正是寒冬节。长空孤鸟灭，平芜远树接，倚楼人冷栏干热。

以冷与热的强烈对比，反映出自己内心的一片深情，凄婉动人，遂成千古名句。

杨慎死后，家人原打算厚殓安葬，但遭黄娥阻止，她说先夫虽然已逝，但天威难测，按照《春秋》大义，像他这样有大过失的人，只能草草安葬。果不其然，不久朱厚熜即派人来查看杨慎的安葬情况，打开棺盖后，见杨慎“青衣布袱”，非常简陋。使者还朝将这一情况告诉皇上，朱厚熜为之感动。这个记载，可看出杨慎的妻子黄娥知世之深，更见出朱厚熜的阴毒和忌恨之深。

杨慎在生命的最后时光曾写下一首《自赞》，其中有“临利不敢先人，见义不敢后身，谅无补于事业，要不负乎君亲”之语，可以看出他很想做一名忠直之臣，然而他想错了，在荒淫专横的皇帝面前，不论你如何忠君爱国，不管你有多大经世济民的能耐，一旦阻碍了他们满足私欲，你都在排斥打击之列。这就是杨慎一生悲剧的原因所在。

杨慎原本的心思是在为官的仕途上，并没有把志向放在文学创作上，却因为仕途的不顺，使他对人生有了深刻的真实的感受，也给了他丰富的创作灵感，才能够写出这么多优质文学作品。

“古今多少事，都付笑谈中。”杨慎用一生的代价醒悟出这样一个人生结局，只可惜，他明白得太晚了。

徐渭：苦无尽头难言苦

徐渭是明代著名文学家、书画家、戏曲家、军事家，更是中国泼墨大写意画派的鼻祖。才高八斗的他，却是古今文人当中最苦的一个，他自己写诗说："天下事苦无尽头，到苦处休言苦极。"

徐渭（1521—1593），初字文清，后改字文长，号青藤老人、青藤道士、天池生、天池山人、天池渔隐、金垒、金回山人、山阴布衣、白鹇山人、鹅鼻山侬、田丹水、田水月，绍兴府山阴（今浙江绍兴）人。有人将他的一生用数字进行了一个总结，即一生坎坷，二兄早亡，三次结婚，四处帮闲，五车学富，六亲皆散，七年冤狱，八次不第，九番自杀。

徐渭出生在一个趋向衰落的大家族。徐渭的父亲曾任四川夔州府（今重庆市）同知。他是父亲晚年所纳的妾生的，由嫡母苗夫人抚养长大。在他出生百日后，父亲便去世。他 10 岁时，他的生母又被苗夫人逐出家门。14 岁时，苗夫人去世，他随长兄徐淮生活。二人年龄相差 30 多岁，又缺乏手足之情，相处得不甚愉快。徐渭青少年时得不到亲生父母的疼爱，在家庭中地位低下，总有一种寄人篱下的落魄感。但他自幼天资聪颖，又能勤勉读书，6 岁便能识文断字，9 岁就能吟诗作赋，10 岁能解读名家名篇，十里八乡的人称之为神童，将他跟历史上著名的神童杨修、刘晏相提并论。十几岁时徐渭的才华便已名动乡里，却在科举道路上屡遭挫折。嘉靖十九年（1540），20岁的他考中了秀才。此后，徐渭两次参加绍兴府乡试，直到41岁时，经历了8次考试的他，始终也未能中举。此外，25岁时，徐家财产又被豪绅无赖霸占，所属的房产、田园荡然无存。26岁时，徐渭的爱妻潘氏又得病溘然去世。家破人亡，功名不第，使徐渭不知所措。为了谋生，他背井离乡来到江苏太仓，却不得要领，只能徒劳而返。嘉靖三十一年（1552），徐渭考中乡试的初试，并受到浙江提学副使薛应旂的赏识，拔为第一，增补为县学廪膳生。但在复试时，徐渭仍未中举。徐渭40多岁时放弃了考取功名，选择开设学堂，以此来养家糊口，并且开始在家中研究兵书。后来倭寇进犯，徐渭多次为官府出谋划策，而他的举动也得到了一个人的关注，此人便是胡宗宪。胡宗宪得知徐渭多次科举未中以及前半生的悲惨遭遇，感慨万千的他决定将徐渭招入府中为他出谋划策，而徐渭也欣然同意。徐渭来到胡宗宪府中后，多次为胡宗宪解决困难，还曾替胡宗宪作书送给皇帝，并得到褒奖。但其实徐渭并不太喜欢胡宗宪，因为他觉得胡宗宪过于阿谀奉承，但当时倭寇来犯，徐渭想要报国，无从去处的徐渭只得帮助胡宗宪抗击倭寇，熟读兵书的徐渭为胡宗宪想出各种奇计，多次打得倭寇措手不及，倭寇首领徐海也在徐渭的计策之下被捕。嘉靖四十四年（1565），胡宗宪被弹劾为严嵩同党。嘉靖四十二年（1563），徐渭应礼部尚书李春芳之聘，前往京师。次年，因与李春芳性格不合，便辞归故里。不料，李春芳不能容忍徐渭的辞聘，威胁徐渭归复到他的门下。徐渭只得赶回北京，请旧友说项，才算了结此事。

嘉靖四十四年（1565），胡宗宪再次被逮入狱，并死于狱中，他原先的幕僚也有数人受到牵连。徐渭生性本就有些偏激，因连年应试未中，加上精神上很不愉快，此时他对胡宗宪被构陷而死深感痛心，更担忧自己受到迫害，于是对人生彻底失望，以至发狂。他写了一篇文辞愤激的《自为墓志铭》，而后拔下壁柱上的铁钉击入耳窍，流血如迸，医治数月才痊愈。后又用椎击肾囊，也未死。如此反复发作，反复自杀有 9 次之多。

嘉靖四十五年（1566），徐渭在又一次狂病发作中，因怀疑继妻张氏不贞，将其杀死，他因此被关入监牢，服刑 7 年。徐渭在狱中完成了《周易参同契》的注释，并揣摩书画艺术。入狱期间因其母病故，于隆庆二年（1568）短期出狱，办理丧事。

徐渭被下狱后，友人纷纷予以援助。其中，援助最为有力的，先是礼部侍郎诸大绶，后是翰林编修张元忭（即明末著名散文家张岱的曾祖父），他们都是徐渭的至交，又都是状元出身，颇有声望。在这些朋友的解救下，徐渭终于借明神宗朱翊钧即位大赦之机获释。这是万历元年（1573）的事儿，此时徐渭已经 53 岁了。

出狱后，徐渭先游览了杭州、南京、富春江一带，病体略有恢复，并交结了许多诗画之友。万历五年（1577），徐渭年轻时的朋友、此时已经担负北部边防重任的吴兑，邀他北上，他便欣然前往，赴宣化府充任文书。徐渭在宣府的时间不到一年，但留下了不少描写北地风光、民俗和军旅生活的诗文。在写给许多官员的赠序中，他都喜欢议论政事，尤其是关于边防的策略。

朱翊钧即位之初，由阁臣张居正主持国政。张居正对蒙古采取抚和的方针，徐渭对此表示赞赏。其间，又过居庸关赴塞外，经戚继光介绍，至辽东寻李成梁，教授其子李如松兵法，并结识蒙古首领俺答的夫人三娘子。徐渭虽受吴兑等人敬重，但因健康不佳，只得于次年春经北京回到家乡山阴。

徐渭 60 岁时，应好友张元忭之招去北京，但不久后两人的关系便恶化了。张元忭是个性格严峻、恪守礼教的人，而徐渭却生性放纵，不愿受传统礼法的束缚。张元忭常常以封建礼教约制徐渭，这使徐渭大为恼火。他曾对张元忭说："我杀人当死，也不过是颈上一刀，你现在竟要把我剁成肉糜！"由于和老友交恶，加上与官僚们交往受到不平等的对待，徐渭情绪郁愤，旧病复发，便于 3 年后重归家乡。此后，徐渭便没有离开过山阴。

晚年乡居的日子里，徐渭越发厌恶富贵者与礼法之士，所交游的大都是过去的朋友和追随他的门生。常"忍饥月下独徘徊"，杜门谢客，有人来访，不愿见时，便手推柴门大呼："徐渭不在！"

张元忭去世时，徐渭往张家吊唁，抚棺恸哭，不告姓名便离去。

徐渭一生不治产业，钱财随手散尽，此时只得靠卖字画度日。但手头稍为宽裕，便不肯再作。他的一班门生和晚辈的朋友，或骗，或抢，从徐渭手中得到了不少他的作品。徐渭晚年贫病交加，所蓄书籍数千卷变卖殆尽，常至断炊。但他狷傲愈甚，不肯见富家贵室，低首乞食。有时豪饮酒肆，有时自持斧毁面破头，精神病也日益严重。

万历二十一年（1593），徐渭在穷困潦倒中去世，终年 73 岁。当他去世时，身边唯有一狗与之相伴，床上连一铺席子都没有。

徐渭的童年缺少关爱和快乐，让他形成了压抑孤僻的性格。随之而来的坷坎一生，情绪始终处在高度紧张之中，过度的刺激造成精神错乱，使他以不寻常的癫狂形象出现在世人面前，其实也并不奇怪。

天才也许离疯子只有一步之遥，天才即使成为疯子，也会做出天才的事儿。徐渭留给世人的故事，随便捡出几个就证明了这一点。

（一）

徐渭的伯父很喜欢他，时常想些法子逗他玩儿，以考他的思考能力。有一次，伯父领着徐渭来到一座贴着水面、桥身既窄又软的竹桥边，把两只水桶装满了水，对徐渭说："我想考考你，你能提着这两桶水过桥，我就送你一件礼物。"少年徐渭想了一下，就脱下鞋，用两根绳子把小桶系住，然后再把装满了水的木桶放到水里，就这样他提着两根绳子走过了木桥。伯父还想用一个更难的法子把徐渭难倒。他说："既然你过了桥，礼物我当然要给你，但必须要按我的要求去取礼物。"说着，他就把那件礼物吊到一根长竿顶上，并且告诉徐渭："你既不能站在凳子之类的高地方去取，又不能把竹竿横下来。"伯父想，这下徐渭就没有办法了。但徐渭摸了摸后脑勺，马上就想出了取礼物的方法。只见他拿住竹竿一直走到一口井边，然后把竹重向井里放，当竹顶快到井口时，他就顺利地拿到了那件礼物。伯父被聪明的徐渭惊呆了，不禁拍手称赞："真是聪明的孩子啊！"

（二）

徐渭到舅舅家做客，半晌才端出一盘菜，却只有一个鸡蛋，舅舅说："文长啊，真是不好意思，你来得真不巧，要是晚来三个月，这个鸡蛋就是一碗鲜的鸡汤了。"徐渭笑道："啊，真是难为你了。"一日，徐渭复请舅舅，半晌，端出一盘竹片，对舅舅说：二舅舅啊，真是不好意思，你来得真不巧，要是早来三个月，这盘竹片就是一碗鲜美的竹笋了。”

（三）

徐渭家里来了王姓、张姓两个人。王姓之人喜欢开玩笑，对徐渭说：“人人都说你有举杯应变之才，你若能叫老张‘呱呱呱’连叫三声，今天我请客。”徐渭一笑说：“好！”他领着二人走进一块瓜地，指着快要成熟的甜瓜说：“老张，你看这些葫芦长得怎么样？”张姓之人感到很奇怪：“徐兄，这明明是甜瓜，你怎么说是葫芦呢？”徐渭说：“就是葫芦。”

张姓之人说：“是瓜。”徐渭说：“葫芦。”张姓之人有点急：“是瓜！”徐渭连声说：“葫芦，葫芦，葫芦。”张姓之人禁不住大声说道：“瓜，瓜，瓜！”

（四）

有3个盲人知道徐渭喜欢捉弄人，一边走，一边说，千万不要碰到徐渭。恰巧徐渭路过听到了。那是夏天，天儿很热，徐渭就假惺惺地上去，问要不要去洗澡，他可以带他们去。3个盲人此时正想洗澡，见有热心人帮忙，非常开心。3个盲人问他：“你叫什么名字？”徐渭答：“我姓都，名叫来看。”因为姓与名是分开来介绍的，所以，盲人也没往心里去。等到了水库，徐渭抱起一块石头丢进水库，接着马上催他们下水，谎称水里真舒服。听到自己的新朋友已跳下水了，他们赶忙脱光衣服，然后“扑通扑通”地跳进水塘。这时，徐渭偷偷地把盲人们脱下的衣服全部拿走，跑到远处躲起来。当他们洗完上岸，发现衣服没了，一起使劲儿地喊："都来看，都来看！"刚好有一帮妇女经过，看到3个光屁股的男人，"咯咯"地笑着跑开了。

（五）

邻居老张有急事，向徐渭借十两银子。徐渭没钱，只好领他去借高利贷。高利贷主说："十两银子的一年利息是四两银子。有徐先生作保，就不用写字据了。"徐渭说："我看，你少要点儿吧，十两银子还三两酒的利息吧。"高利贷主说："看在你的面上，就三两九吧。"一年后，徐渭陪着老张，拿着十两银子、提着装了三两酒的酒壶，去见高利贷主。高利贷主一看，气得大骂起来，说他们不讲信用。徐渭说："谁不讲信用？去年明明说好利息是三两酒吗！""啊？你说的不是三两九，是三两酒啊？"这样一来，高利贷主哑口无言，只好吃了个哑巴亏。

（六）

又到了府试之年，明朝廷派窦太师到江南主持考务。一天，徐渭到杭州西湖宜园游耍，这里正举行灯谜盛会，他见园门口高高悬挂一首诗谜："二人抬头不见天，一女之中半口田；八王问我田多少，土字上面一千田。"当时不少人围在那里，苦苦思索，谁也没能猜出谜底。徐渭读罢，微微一笑："不难，不难。"说了句："但愿人间家家如此。"便嘻笑而去。有个诗人仔细品味徐渭的话，恍然大悟，他对众人道破谜底："'二人抬头不见天'是个'夫'字；'一女之中半口田'是个'妻'字；'八王问我田多少'是个'义'字；'土字上面一千田'是个'重'字，合起来就是'夫妻义重'。这不正是家家所盼望的嘛！"

墨客骚人一听，抚掌称赞：“徐渭真乃‘天下才子’也！”这消息传到那骄矜的窦太师耳中，气得胡子翘起，愤然道：“徐渭不过一介布衣，小小百姓，竟然比我多‘天下’二字！”于是，他派人请徐渭到西湖游船上饮酒赋诗。席间，窦太师笑道：“本官有一谜语，谜面是，‘摸着无节，看着有节；两头冰冷，中间火热’。猜一物。”徐渭淡淡一笑道：“谜底是那‘历书’，连杭州的三尺幼童都知道。”窦太师表面上对徐渭称赞了一番，心中妒火更旺。几日后开考了，主考官窦太师到贡院巡视了一遍，见徐渭也在考生中，冷冷一笑，拿起把剪刀，笔直插入木柱上，说声：“诸生开笔吧！”说完扭头便走了。没有试题，只插一剪刀，好一个奇怪的考试。一时间，弄得诸考生丈二和尚摸不着头脑，你看看我，我看看你，人人执笔发呆。徐渭见大家都在发呆，就提醒道：“太师拿起剪刀，戳破木头，这不是‘起剪破木’吗？他出的试题就是论战国时的四员大将——白起、王翦（与剪同音）、廉颇和李牧哩！没有错，大家赶快动手吧！”考生们经徐渭一点拨，个个得心应手，一挥而就。不久，窦太师又进来了，见诸考生缩手端坐着，以为这次真的被他难倒了，才慢慢地念出试题读到《论起翦颇牧》。诸考生一听，果然与徐渭说得分毫不差，不一会儿，大家随徐渭交了卷。窦太师接过考卷，顿时愣住了。他心想：“才念了题目，怎么一下子就都写好了？”便抽卷阅读，发觉篇篇扣题，于是他特地抽出徐渭的考卷来看，发现更是妙笔生花，不禁暗暗惊叹。但是到了卷末，忽然看见上面画着祭桌和灵牌。窦太师十分生气，心里骂道：“好一个自负的小子！还没考中，就想做官祭祖了！于是，他提笔批道：“文章虽好，祭祖太早。不取。”后来，有人告诉徐渭这次批卷的事儿，徐渭听了哈哈大笑道：“真是个昏庸的太师！我哪里是想做官祭祖，因为老母生病，我一边应考一边在记挂她，写好文章看看时间有多，才画了这点儿东西，我是在祷告祖先保佑她老人家玉体无恙哩！”

（七）

有一天，徐渭在街上走，看见绍兴知府的小公子抢了一个小孩儿的毽子，那小孩儿哇哇大哭。他走过去就把毽子抢回来，还给了小孩儿。知府公子娇宠惯了，坐在地上哭闹，说徐渭欺负他。知府的家丁就把徐渭抓起来，押到衙门。知府见儿子受屈，不由大怒，厉声对徐渭喝道：“你欺负我家小孩儿，就是对本府不敬，你可知罪？”徐渭冷笑道：“据我看，该知罪的应该是知府大人你。”知府大怒：“你好大胆，竟敢污蔑本官！”徐渭严肃地说：“你家公子踢了一上午毽子。你可知道，那毽子上面除了鸡毛，还有一个铜钱，铜钱上面可是印着皇帝的年号。公子手提鸡毛，脚踢万岁，这样的罪可是不小。子不肖，父之过，大人你该当何罪？”知府一听，头上冒出了冷汗，忙下了座椅，来到徐渭面前，陪着笑脸说：“好吧好吧，这事儿就算了！”知府把徐渭客客气气地送出了衙门。

（八）

有一个人去找徐渭，说他的女儿喜欢站在门口，屡戒不听，问他有没有什好法子。徐渭说只要花三文钱，便可替他矫正女儿的坏脾气。那父亲很高兴，拿出三文钱交给徐渭，他便去买了一文钱的豆腐和两文钱的酱油，托在两只手上，赤着背，从那女儿的门外走过。正走到她的前面，徐渭把肚皮一瘪，裤子掉了下来，他便嚷着说，“啊呀，裤子掉了，我的两只手不得空，大姑娘，请你替我系一系好罢。”那姑娘跑进屋里去，以后不再站门口了。

（九）

在绍兴有个狡猾的水果商人，从来不对顾客讲实话，他卖水果，见人讲价，从中牟取暴利。忠厚老实的顾客，常常在他那吃亏上当。有一天早上，徐渭走过那家水果店门口，见有鲜桃出售，想要买个尝尝，就随口问道："喂，老板，桃子多少钱一斤？"那水果商看是徐渭，知道他很穷，认为他买不起桃子，是来和他开玩笑的，就故意回答道："桃子是不上秤的，100文钱一个，你买得起吗？"徐渭听了，心里暗想："你这个奸刁的家伙，人家都说你做生意不规矩、见人讲价，好，今天我倒要教训教训你。"于是，他把口袋里仅有的100文钱掏出来，交给水果商，认真地说："好，那我买一个。""好的，好的。"水果商见徐渭真的掏出100文钱，以为他是一个书呆子，心想："反正这种人平时也不知物价的。"于是，一面放大胆子收下了钱，一面给了徐渭一个桃子，还满以为徐渭这下可是上了他的当，吃了他的亏。谁知徐渭买了桃子后，就拿着这个桃子，站在水果店旁不走了。凡是顾客来问桃子价钱的时候，徐渭就把手里的桃子高高举起，对顾客喊道："桃子是不上秤的，100文钱一个。"顾客听了，有的摇头，有的吐舌，谁愿意买这样昂贵的桃子呢？这一天，这家水果店从早到晚除了卖给徐渭一个桃子外，一桩生意也没有做成。第二天一大早，徐渭没等水果店开门，就又站在那店门口了。和前一天一样，他手里又拿着那个桃子，凡是有人来问桃子价钱时，他就举起手里那个桃子叫着："桃子是不上秤的，100文钱一个。"就这样，这家水果店第二天也没有卖掉一个桃子。第三天，徐渭还是如此，一大早就站在水果店门口了。

来往的人不但没有一个来问桃子价钱的，反而都朝店里瞪起了眼睛。原来，100 文钱买一个桃子的新闻，早已传遍全城，成了街谈巷议的笑料了，谁还会再到这家水果店来买这样昂贵的桃子呢？水果商人吃了大亏，这时，他才知道自己上了徐渭的当。他只好厚着脸皮向徐渭苦苦哀求："徐先生，我把 100 文钱还给你，再倒贴你 100 文钱和 10 斤桃子，请你无论如何也别再站在这里了，好让我做点儿生意。你做做好事吧！对不起……"徐渭听了，哈哈大笑："为什么？"奸商这时才说了实话："你再站下去，我店里的水果都要烂光了。徐先生，你就饶了我吧！……"徐渭沉下脸，厉声说："告诉你，做人不要过分奸刁。这次只不过是教训教训你，下次再这样，就不轻能饶你了。"说完，取回 100 文钱，把已经烂了的桃子还给奸商，就扬长而去了。

这些小故事说明了徐渭尽管精神不正常，但他的一言一行都显出了超出常人的才气。难怪他会成为中国"泼墨大写意画派"之创始人、"青藤画派"之鼻祖，对后世画坛（如八大山人、石涛、扬州八怪等）产生了极大的影响；难怪把他当作《金瓶梅》的作者兰陵笑笑生。这是除了对他的才华的肯定，也是因为他的人生经历跟《金瓶梅》描写的世界极为相似。

董其昌：有艺无德不双馨

从明代至今，在书画界，说起董其昌可谓是声名显赫，无人不知，赞声不绝，骂声不息。用在他身上最恰当的评价，就是“画坛奇葩，世间人渣”。

董其昌（1555—1636），字玄宰，号思白，别号香光居士，松江华亭（今上海市）人。出生于明代后期，家境贫寒。但他却在仕途上春风得意，官至礼部尚书；在书画界更是名利双收。他活了 81 岁，死后被崇祯皇帝朱由检赐谥“文敏”。

在中国，历代的高官显贵都喜欢攀龙附凤、故作高雅，借以提高自己的文化修养层次。董其昌能够当上高官，是和他能书能画相辅相成、不可分割的。

歪打正着练书法

出身寒门的董其昌知道改变命运的出路在仕途，而能够进入仕途的唯一途径就是读书。孔老夫子早就说过：学而优则仕。所以，他从小就苦读诗书、立志考取功名。

但是，现实跟董其昌他开了一个不是玩笑的玩笑。一直是学霸的他在参加第一次科考的时候，文章写得很出色，理应拿到第一名。但是，考官却把他拿下了。理由说荒唐也不算荒唐，就是嫌他的字写得太丑。董其昌感到脸上好像挨了重重的一巴掌，这对信心十足的他来说，简直就是奇耻大辱。

很多时候，侮辱往往能够成为一个人奋发的动力。于是好强的董其昌下决心从哪跌倒从哪爬起来。就从那开始，他下功夫练习写字，他借来了所有大师的作品，从颜真卿到王羲之，一笔一画地临摹。22岁的时候，他又开始接触绘画，同样也是临摹黄公望、董源等顶级大师的作品。就这样，董其昌开始接触了书画艺术。他边练边考取功名，34 岁的他终于中了进士。

说到董其昌能够考取功名，还有一个传说：有一个儒生叫袁可立，家住睢阳（今河南睢县），董其昌家在上海松江，两家相距千里，袁可立还比董其昌小 7 岁。董其昌屡试不第，心情十分郁闷。有一天晚上，忽然梦见神人前来告诉他说："你要等待袁可立和你同考，才有希望上榜。"他梦醒后觉得非常奇怪，于是到各地学堂逐一查访，终于找到袁可立。在知道袁可立家中贫穷恐无力上进后，就将袁可立带回家中亲自课读。到袁可立 20 多岁时，两人一起参加考试，结果在乡试和会试中果然都中榜。

董其昌中了进士，自然就有了进入京城的资格，也因为他别具一格的书法名满京城，仕途也就自然向他打开了大门，他被举荐为皇长子朱常洛的老师，顿时，他的社会地位一下子从地上升到天上。董其昌就此变成了另外一个人。

一步走对　一生富贵

董其昌所处时代，商品经济发达，收藏之风盛行。京城不仅有丰富的图集文物，而且人才济济。董其昌借助高官的职位和书画家的双重身份，很快就结识了一大批收藏家，成为艺术收藏界的重要人物。

谁也想不到，这个时候董其昌突然辞官不做，以编修书籍为由，回故里“养病”去了。实际上是当时朝廷正处在“国本之争”的混乱里，10余年来，朝廷内部为册立太子一事，一直党争不休。作为太子的老师，他选择了离开是非之地，是避免沾惹是非的高明之策。

董其昌回乡，有了写字、画画儿的时间，成了专职的书画家。10多年间，他创作了大量的书画作品，艺术水平也达到了最高峰。

董其昌没有想到的是，他辞官回家作画这件事收到了意外的效果，获得了“不图高官厚禄，为艺术献身”的赞誉，成了远近闻名的书画大家。自此，登门拜访求墨者络绎不绝。许多附庸风雅的官僚权贵和巨贾富商为了装点门面，借以提高自己的文化层次，纷至沓来，不吝钱财地请他写字、画画儿、鉴赏文物，市面上人们争买他的字画。

天生的买卖脑瓜

从古至今，书画家的一字一画值千金，作家、诗人一生都贫穷。

董其昌的暴富速度让人吃惊，短短的10多年间，他竟拥有了良田万顷、游船百艘、华屋几百间，成了松江地区势霸一方的首富。究其原因，主要有三点：

一是董其昌的书画艺术质量确实高。他写字运笔流畅，字迹有轻有重、有虚有实，整体布局美观独特，有“设计感”。为了写出这样的字，他用了不少心思，只选用一种丝滑无比的高丽纸，谁临写他的字，都会感到身心舒畅。“晋人书取韵，唐人书取法，宋人书取意”，这是他的书法审美取意，由此可见，他的艺术造诣已达到一个极高的水准。

董其昌擅长山水画，注重传统技法，讲究笔致墨韵，追求天真平淡的格调。当时有评价称，“董其昌山水树石，烟云流润，神气俱足，而出于儒雅之笔，风流蕴藉，为本朝第一”。董其昌书画受追捧的盛况，“名闻国外，尺素短札，流布人间，争购宝之”。可想而知，他的书画能不值钱吗？

二是董其昌卖书画，既靠质又靠量。毕竟他自己创作的数量有限，供不上市场的需求，但是，他雇用了一些“枪手”，让这些人代笔作画。他的好朋友陈继儒曾赠一札给沈士充，说“送去白纸一幅，润笔银三星，烦画山水大堂，明日即要，不必落款，要董思老出名也。”

三是董其昌精通营销之术，也就是会炒作。他的高明之处就是在推销自己的同时，还借助推销别人来为自己谋利。他手头存有别人的作品数量众多，达到五六百件，要让这些藏品卖出大价钱，必须要先捧红这些作品。其手段就是炒作——制造舆论。他推出了“南北宗论断”，把山水画分成南北两派。他推出这个南北派分法，就把自己喜欢的分到南派，不太喜欢的分到北派，以此来制造舆论导向。他把自己和一些有名的画家都归为南派，宣扬南派的书画值钱，而他收藏的书画也都被纳入南派范围。这样一来，他的藏品就都卖了大价钱，获得了一笔巨大的财富。

连妓女都骂他，该是什么德行

董其昌在书画艺术上堪称拔尖的才子，但他在道德品质上，却是十足的恶棍。

也许钱是使人变坏的催化剂，董其昌从一个穷小子，在有了名和利之后，内心发生了巨大的变化，开始骄奢淫逸、欺压民众、恶行累累。董其昌用尽手段敛财，极尽疯狂地淫欲。他不但娶有多房妻妾，夜夜笙歌、日日行乐，他对民众的欺压也与日俱增，种种丑恶行径引起当地士绅和百姓的强烈不满。

万历四十三年（1615）秋，董其昌看中了一个农户年轻貌美的女儿绿英，就叫他的一个儿子找了几个地痞流氓，化装成强盗，硬把绿英抢到家，纳为小妾。这件事儿在松江地区引起了强烈的民愤，被说书艺人编成评书《黑白传》，到处传唱。董其昌恼羞成怒，派人调查，怀疑《黑白传》出自松江生员范昶之手，于是命家奴将范昶掠至董宅，并私设公堂，亲自审问。范昶不承认，董其昌便派人对范昶凌辱逼问，还强迫其到城隍庙里向神灵起誓。范昶遭此奇耻大辱，回家后不到10天，便含恨暴死。范昶死后，其母冯氏带着儿媳、孙媳和几名女仆着孝服，哭闹着前去董宅讨个说法。董其昌知道后，先指使家奴砸毁她们乘坐的轿子，然后将她们强行带入隔壁坐化庵中，闭门毒打。冯氏婆媳衣服都被撕破，接着，董其昌命人打开大门，让围观百姓观赏她们惨遭凌辱后的情形。

董其昌的暴行，使松江百姓义愤填膺。一夜之间，大街小巷布满了控诉董其昌“兽宦”“枭孽”的揭贴文告。当地妇女、儿童间流传着“若要柴米强，先杀董其昌”的歌谣。徽州、湖广、川陕、山西等地客商，也加入到揭发批判董其昌的行列中来，甚至连妓院和游船上也有这类揭帖传阅，骂他卑鄙下流。董其昌的恶行，简直到了“怨声载道，穷天罄地”的地步。范昶的儿子一纸讼状把董家告到官府，但是，官府既碍于董其昌的声名和权势，又害怕众怒难犯，只好下令拘捕董其昌的家奴陈明。官府这种丢卒保车、避重就轻的作为，激起了更大的民愤，于是，自发的民众冲进董府，上房揭瓦，将他家中的珍奇玩货、金玉珠宝席卷一空，随后，将数百间园亭台榭和密室幽房，付之一炬。这就是大快人心的“民抄董宦”事件。事后，官府慑于民愤，只是将几个参与抢劫的流氓关进牢房，就算结案。但是，董其昌却心有不甘，认定背后必有士人唆使，则凭借官场的熟路，召开苏州、常州、镇江三府会审，除将参加抢劫的流氓问斩外，还处分了当地许多的儒士，但对董其昌的行为却以“奴辈不法，董宦未知也”做了开脱。

这样的定案，不但无法平息民众的愤懑，也更让董其昌的恶名远扬。董其昌被吓得不得不离家避难，如丧家之犬一样游荡于苏州、镇江、丹阳、吴兴等地，于崇祯九年（1636）病死。

董其昌是81岁那年死的，临死前他写了一首茄子诗，诗中有两句：“累垂贪结子，低亚巧藏身。”可以看出，他是万分感慨讲述茄子开花结果的一生过程。

一个“贪结子”，一个“巧藏身”，是不是他自己一生真实的写照呢？

金圣叹：幽默至死不方休

刀光一闪，人头落地，从耳朵里滚出两个纸团，展开一看，纸团上分别写着“好”和“疼”。这是金圣叹临死前写好的两个字，他是指肉体会疼痛，还是另有所指？看过他的经历，也许就会明白。

金圣叹（1608—1661），本姓张，名采，字若采。关于“圣叹”之名的由来说法不一：一是由于金圣叹无意仕途，而孔子弟子曾点以无意仕宦与向往自由，为孔子所赞叹，他特此取字为“圣叹”；二是是明代灭亡后，他誓不仕清，经常感叹：“金人在上，圣人焉能不叹？”因此改姓金，字圣叹，名人瑞，别号鲲鹏散士。

金圣叹生于苏州，童年贫困孤独，9岁入读私塾，刻苦勤奋，思想独立，喜爱阅读，尤其沉迷于《水浒传》。

金圣叹狂放不羁，能文善诗，因岁试作文怪诞而被黜革。后为应科试，改称金人瑞，考取第一，但绝意仕进，以读书著述为乐。评注不少古典。38岁时评点小说《水浒传》，48岁时刊行评点《西厢记》。此外，编辑唐诗选集《唐才子书》8卷，编写八股文应试范本《制义才子书》，注释杜甫诗集。他开学堂招生讲学，颇受当地士庶赞赏。顺治帝福临曾对他的作品赞美有加“此是古文高手，莫以时文眼看他。”

金圣叹的主要成就在于文学批评，对《水浒传》《西厢记》《左传》等书，以及李白、杜甫诸家唐诗都有点评。尤其是对《西厢记》的点评，当时的很多文人认为《西厢记》是淫书，唯有金圣叹看出了此书是“天下妙文”。

金圣叹不仅在文学评论上有非凡建树，后来他还乩降（一种由仙佛与众生沟通、修正的灵修方式）才女叶小鸾，写下动人篇章，成为江南士人佳话，成为后来曹雪芹构思和创作《红楼梦》的素材。

金圣叹提倡提高通俗文学的地位，提出“六才子书”之说，使小说戏曲与传统经传诗歌并驾齐驱，并推崇中国白话文学运动，被称为是中国历史上白话文革新的先驱，在中国文学史上占有重要地位。他通过毕生努力，让原本不为世人所重视的小说戏曲取得了和传统的经学诗歌并驾齐驱的重要地位，他所批注的《水浒传》《西厢记》等版本作品，更是深受后世众多文学大家的推崇和膜拜。

众所周知，中国的四大名著，《水浒传》是其中之一。《水浒传》最早有3个版本，120回，本名为《忠义水浒传全书》；100回，本名《忠义水浒传》；70回，本名为《水浒传》。现在流行的70回版本《水浒传》，就是金圣叹把100回版本删去后30回而成。其目的有两个：一是出于水浒传播角度。当时还有一部《荡寇志》，为清代统治阶级唱颂歌，把水浒里的人物完全丑化。而《水浒传》里的造反与抗上情结过重，统治者是不愿意其流传的；二是为了精益求精，不但删减了不利于人物形象的后30回，连书名都进行了精简，最终确定为《水浒传》，使之成为一部不朽之作。金圣叹极尽心思地批注《水浒传》，是出于他的热爱。他这样评价：“《水浒传》不说鬼神怪异之事，是他气力过人处。《西游记》每到弄不来时，便是南海观音救了。《水浒传》并无之乎者也等字，一样人，便还他一样说话，真是绝奇本事。《水浒传》一个人出来，分明便是一篇列传。至于中间事迹，又逐段逐段自成文字，亦有两三卷成一篇者，亦有五六句成一篇者。别一部书，看过一遍即休。独有《水浒传》，只是看不厌，无非为他把一百八人性格都写出来。”

金圣叹学问渊博、文笔潇洒，性格幽默，留下很多传说故事。

（一）

金圣叹少年时到省城参加乡试，考官出了个混蛋考题——西子来矣。他既好气又好笑，抓起笔在考卷上“唰唰唰”地写下去：“开东城也西子不来；开南城也西子不来，开西城也西子来矣，吾乃喜见此美人矣……”主考官阅后大怒，在金圣叹的考卷上批道：“美人来矣，可惜你一个秀才丢矣！”结果，金圣叹玩儿幽默把秀才玩儿没了，落榜而归。

（二）

金圣叹的舅父钱谦益，老奸巨猾，玩世不恭，原是明崇祯帝手下礼部尚书，后李自成进京，他投靠了南明奸相马士英。清兵南下，眼看南明快要覆灭，他又摇身一变，屈膝投降，当上清代的礼部侍郎。这天，钱谦益生日作寿，金圣叹母命难违，前往祝寿。酒席宴上，众人一个个摇头晃脑，弹冠相庆。独有金圣叹板着脸，不卑不亢，沉默不语。酒过三巡，不免有人拍马屁：“钱大人，令甥金相公乃江南才子，今日盛会，正好置酒论文，让我等开开眼界。”一时间赞声四起，金圣叹并不推辞，站起来淡淡一笑说：“盛情难却，只好献丑了。就题一对联吧！”只见金圣叹手握斗笔，饱蘸浓墨，写道：“一个文官小花脸。”众人一见，大惊失色，钱谦益正在捻须的手一颤抖，不觉拔掉了几根胡子。心想，这小子也太狂妄了！只见金圣叹不慌不忙地又写了四个大字——三朝元老。众宾客一见，脸上露出笑容。钱谦益怕金圣叹又来什么邪劲儿，便走上前冲他伸大拇指："人瑞，真人才也！"谁知金圣叹却冷冷一笑，毫不迟疑地"唰唰"写完，把笔一掷，拂袖而去。众人一看，只见金圣叹写下的是14个字——一个文官小花脸；三朝元老大奸臣。

（三）

有一老者在街市吃茶，见金圣叹走来，看其一表人才，气度不凡，便邀他同饮。金圣叹也不推辞，端着茶壶坐了过去。老者拱供手说："看来先生一定精于对句。我这里有一对子，想请教先生，不知意下如何？"金圣叹高兴地说："快请讲出，让我试试。"老者不慌不忙地说出了上联："大小子，上下街，走南到北买东西。"众人都以为金圣叹难以对出。怎料金圣叹低头略一思索地说："少老头，坐躺椅，由冬至夏读《春秋》。"他话音刚落，就博得满堂喝彩。老者请教其姓名，方知是大名鼎鼎的金圣叹。这时，旁边一长须老者捻捻胡须说："我也出一副联给你们对对。"说着用手指盘中月饼："上联就出个'上素月公饼'吧，但我上联指的是食物，所以下联也只准以食物相对。"长须老者说完，大家抓耳挠腮，因其中"上素"是"尚书"谐音，不容易对。金圣叹见半天无人对出，心里一急，脱口而出："这有何难！对'中糖云片糕'不就行了。"他这下联中，不但"中糖"和官名"中堂"同音，云片糕也是食物，大家纷纷点头称是。

（四）

金圣叹刚刚批点完《水浒传》《西厢记》，便去报国寺小憩。一天夜里，已批书成癖的他，躺在床上辗转反侧，到了半夜仍毫无睡意，便披衣秉烛去寺里见方丈，想借佛经予以批点。鹤发童颜、长须飘飘的老方丈得知其来意后，慢条斯理地说："想批书可以，我有一个条件在先，我出一联，如你能对出，即取出佛经让你批点，否则莫怪老僧不给脸。"当时正值半夜子时，忽听外面"笃笃"几声梆子声，老方丈脱口说出了上联：半夜二更半。可金圣叹冥思苦想，绞尽脑汁，就是对不出下联来，只得抱憾而归，一直郁记在心。三年后，他因"哭庙"案被判斩杀。刑场上，他昂然地向监斩索酒酣然畅饮，边酌边说："割头，痛事也；饮酒，快事也；割头而先饮酒，痛快痛快！"其心爱的儿子痛不欲生，呼天抢地、泪流满面地赶到刑场，与慈父诀别。他看见儿子哭得泪人似的，劝慰道："别哭了，告诉我今天是什么日子？"儿子哽咽着说："八月十五，中秋。"听到"中秋"二字，金圣叹突然仰天大笑，高兴地说："有了！有了！"并要儿子马上去报国寺告诉老方丈，他对出了下联，即中秋八月中。

（五）

金圣叹在狱中。一日，狱卒按时给金圣叹送来饭菜，金圣叹吃了几口就放下了筷子，他挥手叫来一名狱卒，神神秘秘地对狱卒说："附耳过来，我有要事相告！"狱卒知道金圣叹这个人，听见金圣叹叫他过去，他还以为金圣叹会留给他什么传世的宝物，或者告诉他惊天动地的大秘密呢，谁知道金圣叹最后竟然只是指着狱卒端来的饭菜说："花生米和豆干一起吃，竟然吃出了核桃的味道，如今学到了这一招，将来就算是死也没有遗憾了！"

（六）

刑场上，刽子手手执寒光闪闪的鬼头刀，令人毛骨悚然，不寒而栗。眼看行刑时刻将到，金圣叹的两个儿子梨儿、莲子望着即将永诀的慈父，更加悲切，泪如泉涌。金圣叹虽心中难过，可他从容不迫，文思更加敏捷，为了安慰儿子，他泰然自若地说："哭有何用，来，我出个对联你来对。"于是，吟出了上联"莲子心中苦"。儿子跪在地上哭得气咽喉干、肝胆欲裂，哪有心思对对联。他稍思索说："起来吧，别哭了，我替你对下联。"接着念出了下联"梨（离）儿腹内酸"。旁听者无不为之动容，黯然神伤。上联的"莲"与"怜"同音，意思是他看到儿子悲切恸哭之状深感可怜；下联的"梨"与"离"同音，意即自己即将离别儿子，心中感到酸楚难忍。

（七）

金圣叹被押赴刑场的那天，下着大雪。他仰天大笑，朗声吟道："苍天为我报丁忧，万里河山尽白头。明日太阳来相吊，家家户户泪长流。"

金圣叹的死彰显了他的人格魅力，也留给世人无限的怀念。

顺治十七年（1660），苏州府吴县县令任唯初到任不久，一面下令在城中大肆抓捕拖欠税粮的老百姓，一些家庭拮据的百姓更因此被逼得家破人亡；另一面又指使手下人将官仓中的上千石粮米进行盗卖，中饱私囊。数月的时间，弄得城中百姓是怨声载道、民怨沸腾，许多为此感到不平的士子文人决定用特有的方式来抗争无良县令的暴虐举动。金圣叹、倪用宾等士子写了"揭贴"（揭发不法官吏的一种文书）至城中孔圣人庙向圣人哭诉县令的恶行。金圣叹还为此起草了《哭庙文》："顺治十八年二月初四，江南生员为吴充任维初，胆大包天，欺世灭祖，公然破千百年来之规矩，置圣朝仁政于不顾，潜赴常平乏，伙同部曹吴之行，鼠窝狗盗，偷卖公粮。罪行发指，民情沸腾。读书之人，食国家之廪气，当以四维八德为仪范。不料竟出衣冠禽兽，如任维初之辈，生员愧色，宗师无光，遂往文庙以哭之……”

“哭庙”是自明代盛行于苏州一带的习俗，由于当地经济繁荣、儒学盛行，一些家境优渥的文人士子逐渐成为一股来自民间的重要监察力量。每当他们发现官府有苛政、冤案、恶行等时，便会聚集在孔庙，向圣人哭诉。同时，他们还会将所发现的情况写成文书，组织人员向更高级别的官府去申告。由于这些文人本身都有一定社会地位，并且号召力和影响力都颇为不凡，因此这种由读书人发起的特殊的社会监察方式，从明代一直延续下来。在申告的过程中，金圣叹等人将矛头直接指向江苏巡抚朱国治，斥其为背后黑手和幕后主谋，他们没有想到，以前在明代“哭庙”那一套到现在完全行不通了。朝廷本就有意震慑江南的士族，朱国治便趁此机会下令逮捕这些闹事的士子，前后三次共计逮捕了18人，起草《哭庙文》的大才子金圣叹被定为首谋主犯，罪名是“摇动人心倡乱，殊于国法”，定于秋后问斩。

顺治十八年（1661），八月初七，金圣叹在南京三山街的刑场上结束了其53年的传奇人生。刑场上，刽子手手起刀落，尸首分家。这时，刽子手却发现金圣叹耳朵里掉下了两个小纸团。出于本能的好奇心，刽子手弯腰捡起了纸团，并疑惑地打开一看，只见两个纸团上分别写着“好”和“疼”，连在一起就是“好疼”。

世人都没有理解金圣叹临死之前这最后的幽默，他说的疼痛到底指的是什么？

郑板桥：难得糊涂为清醒

天资聪颖的郑板桥曾写下“难得糊涂”之语，他写这句话是自己真的糊涂，还是假装糊涂呢？有多少人能理解这四个字里潜藏的真正含义呢？

郑板桥（1693—1766），原名郑燮，字克柔，号理庵，又号板桥，人称板桥先生，江苏兴化人。清代著名画家、文学家，一生只画兰、竹、石，为“扬州八怪”重要代表人物。

一、生平概况

郑板桥出生时，家庭生活很是拮据。3岁时，生母去世，其随父亲到真州读书，八九岁已能作文联对。

康熙五十二年（1713），20岁的郑板桥从真州回到家乡，投至陆种园老先生门下为弟子。由于其天资聪颖，学习勤奋刻苦，再加之陆老先生的悉心指点，他不仅精通“四书”“五经”，而且在绘画、书法、赋诗、填词等方面都小有名气，当年即考中秀才。

郑板桥23岁时，娶妻徐氏，育有两女一子。之后，家中屡遭变故，父亲和爱子相继去世、妻子病残，生活陷入困境，他只得辍学至扬州，十年间，以卖画为生。其间，幸得友人程羽哀的帮助，使他有机会游历庐山、京师、杭州等地。

郑板桥 40 岁参加乡试，中了举人；43 岁参加京试，中了进士。49 岁时，被任命为一个七品县令，去山东范县就职。

郑板桥 54 岁时从范县调到潍县当县令。他两袖清风，一身正气，12 年的官场生涯中，从不巴结上司，在处理案件时，对地方富豪和老百姓也一视同仁。特别是在灾荒之年，常不顾上司的反对开官仓济民，还命城内大户设厂煮粥，让难民渡过难关。他的这些举动惹恼了上司与当地富豪，所以在乾隆十八年（1753）春，他竟以贪污赈灾粮款的罪名被革职。

于是，61 岁的郑板桥又重返扬州卖画，终了此生，卒年 73 岁。

二、艺术成就

郑板桥是我国历史上著名的书画家、文学家，“扬州八怪”之首。他的诗、书、画被称为三绝。

三绝

郑板桥作诗时，不喜欢深思熟虑，总是一气呵成，并且几乎每首诗都如生花妙笔般。当年，郑板桥与恩师陆先生棋逢对手，曾展开一场如火如荼的对诗会。郑板桥因一字疏忽，败给了陆先生，甘拜他为师。经过一番“寒彻骨”的苦练，他的诗对清代的影响已逐渐超过陆先生，在诗坛上做到了独树一帜。

郑板桥的书法，用隶书掺以行楷，非隶非楷自称六分半书。所谓六分半，其意大体是隶书，但掺杂了楷、行、篆、草等别的书体，称板桥体。他的作品结体大大小小，笔划粗粗细细，态势欹欹斜斜，点画、提按、使转，如乐行于耳、鸟飞于空、鱼游于水，在一种态情任意的节律中显露着骨力和神采。

郑板桥的诗、书、画还有一个特点，即凡画必题。他的每幅作品既是书，也是诗；既是诗，也是画。书画相映成趣，有机地交融在一起，构成了统一的诗情画意，给人以“真气、真意、真趣”的完美的艺术享受。

八怪

清康熙中期至乾隆末年，扬州地区出现一批画家，有名的为郑板桥、金农、黄慎、李鱓、李方膺、汪士慎、罗聘、高翔等8人。他们的风格比较相近。他们大多出身贫寒，生活清苦，清高狂放，画风异常，不落俗套，书画往往成为抒发心胸志向、表达真情实感的媒介，因此称作八怪。

郑板桥是八怪之一，高据首位。他除了具有八怪的共同特点，还有自己的独特之“怪”。

一怪：辞官下海怪

郑板桥中年才考取功名，当上九品芝麻官，本该珍惜。但他在县令任上遇到灾荒，他具实呈报，力请朝廷救济百姓。他责令富户轮流舍粥供饥民糊口，带头捐出自己的俸禄，还开仓赈济。此举得罪了富豪权贵，被上司责备。他一怒之下干脆辞官，索性回扬州卖画去了。

二怪：卖画广告怪

卖画也是做买卖，价格都可以商榷。郑板桥却在自己卖画的厅堂里，大书一篇“笔榜小卷”商业广告，明码标价：“大幅六两，中幅四两，小幅二两，书条、对联一两，扇子、斗方五钱。凡送礼物、食物，总不如白银为妙。公之所送，未必弟子所好也。送现银则心中喜乐，书画皆佳；礼物既属纠缠，赊欠尤为赖账。年老神倦，不能陪诸君子作五益语言也。”告示之末又附诗一首：“画竹多于卖竹钱，纸高六尺价三千。任渠话旧论交接，只当秋风过耳边。这幅长达百余字的“广告”，满纸言钱，看似郑板桥是个贪利之人，其实是他在讥讽小人。从他的“达官贵人不卖、钱够花时不卖、不高兴时不卖”的原则就可以看出他的人品。

三怪：郑板桥一生只画兰、竹、石三题材

他认为兰四时不谢，竹百节长青，石万古不败，这正好与他倔强不驯的性格相吻合。他的画一般只有几竿竹、一块石、几笔兰，构图极其简单，但构思布局却十分巧妙，用墨浓淡衬出立体感。竹叶、兰叶都是一笔勾成，虽只有黑色一种，但却让人感到兰竹的勃勃生机。他画的竹不多，没有超过四支的。看似简单的竹，他却呕心沥血，勤于观察，他清晨看竹、黄昏看竹、月夜看竹、雨中看竹、风里听竹，直至胸中有竹。所以，他说：“四十年来画竹枝，白日挥笔夜里思，冗繁削尽留清瘦竹，画到生时是熟时。”因此，板桥画竹，是把个人的品格、见地、抱负、爱憎都融入笔墨之中。

四怪：题画诗

郑板桥每幅画间必题诗，用以喻人、喻己。他在山东当县官时，送过一幅瘦竹图给巡宪，题诗云：“衙斋卧听萧萧竹，疑是民间疾苦声；些小吾曹州县吏，一枝一叶总关情。”把民生写在诗句里。辞官后曾题诗云：“乌纱掷去不为官，囊囊萧萧两袖寒。写取一支清瘦竹，秋日江上作渔杆。”便是他自己的写照。

五怪：书法怪

郑板桥的书法杂用篆、隶、行、楷，并以隶为主，兼有画意的美感，独创一体，自称为“六分半书”，世人称之谓“乱石铺街”体，其书法“难得糊涂”和“吃亏是福”成为典故，流传至今。

六怪：寿联怪

郑板桥60岁大寿，前来祝寿的宾客很多，送来的楹联多为“福如东海寿比南山”之类，并无新意。郑板桥觉得太俗，就叫人拿来笔墨，自题一副寿联，挂在中堂：

常如作客，可问康宁，但使囊有余钱，瓮有余酿，釜有余粮，取数页赏心旧纸，放浪吟哦，兴要阔，皮要顽，五官灵动胜千官，过到六旬犹少。

定欲成仙，空生烦恼，只令耳无俗声，眼无俗物，胸无俗事，将几枝随意新花，纵横穿插，睡得迟，起得早，一日清闲似两日，算来百岁已多。

全联百余字，怪话连篇，众皆瞠目。

三、传闻逸事

郑板桥早年学习书法相当刻苦，写众家字体均能神似，但终觉不足。一天晚上，他做梦也在临帖，东指西横，梦中误将指头横在夫人背上大肆临摹。夫人惊醒，不耐烦地说：“你有你的体，我有我的体，你老在人家的体上画什么？”这无意间说出的一语双关的话，使他恍然大悟：不能老在别人的体格上“规规效法”，只有在个人感悟的基础上，另辟蹊径，才能独领风骚。于是，他取黄庭坚之长，笔画入八分，夸张其摆宕，“摇波驻节”，单字略扁，左低右高，姿致如画。又以画兰竹之笔入书，求书法的画意。

（一）

郑板桥在山东做了十几年的县令，免官回乡时，随身只有一条黄狗、一盆兰花、三头毛驴。有个小偷以为他的家里一定很有钱，便在一个雨夜溜进他家。郑板桥正躺在床上，突然看到窗纸上出现一个鬼鬼祟祟的身影，知道是小偷，便装作半睡半醒，缓缓吟道：“细雨蒙蒙也深沉，梁上君子进我门。”小偷一听被发觉了，正在犹豫走不走，郑板桥又念道：“腹内诗书存万卷，床头金银无半分。”小偷知道找错了对象，转身要走。郑板桥又念道：“出门休惊黄尾犬。”小偷准备翻墙逃走，郑板桥又道：“越墙莫损兰花盆。”小偷翻出墙外，又传来郑板桥的声音：“天寒不及披衣送，趁着夜色赶豪门。”

（二）

郑板桥无官一身轻，再回到扬州卖字画，身价已与以前大不相同，求之者多，收入颇为可观。但他最厌恶那些附庸风雅的暴发户，就像扬州一些脑满肠肥的盐商之类，纵使出高价，他也不加理会。高兴时马上动笔；不高兴时，不允还不打紧，兴许还要骂人。他这种怪脾气，自难为世俗所理解。有一次为朋友作画时，他特地题字以作坦率的自供：“终日作字作画，不得休息，便要骂人。三日不动笔，又想一幅纸来，以舒其沉闷之气，此亦吾曹之贱相也。索我画，偏不画，不索我画，偏要画，极是不可解处。然解人于此，但笑而听之。”

（三）

凡是坏事做尽的富绅，纵使出高价，郑板桥也不给他们画，还吟诗调侃：“有钱难买竹一根，财多不得绿花盆，缺枝少叶没多笋，德少休要充斯文”。据说，有一个豪绅想巴结官府，求他题写一个门匾。郑板桥想戏弄他一番，于是写了“雅闻起敬”四个字，上漆时，叮嘱漆匠只漆字的一部分。不久，未上漆的部分暗淡，上漆的部位越发清晰，远看，竟成了“牙门走苟”（衙门走狗）。害得豪绅被官府抓去，重罚了二十大板，并被关押了一个月。

（四）

郑板桥被任命为山东潍县县令，从贫困县到了“小苏州”。但作风依旧，别人争着结交权贵，他却拒绝贿赂，上司想来蹭豪宴，他却“四菜一汤”伺候着。当年，有位好吃的知府前来视察，司厨问郑板桥拿什么菜招待，郑板桥写下了“青龙卧沙滩、白皮颤又煽、一青拌二白、油酥天鹅蛋、门泊东吴万里船”这四菜一汤。知府看后拍案叫绝，说：“你家大人不但诗书画三绝，吃也是一绝啊！”当菜上齐后，知府笑容全无，郑板桥却劝道：“都是本地特色菜，一定要尝尝。”原来这四菜一汤是麻汁拌黄瓜、酸醋浇粉皮、小葱拌豆腐、油炸黄豆粒和鸡蛋汤，上面还漂着蛋壳呢。这让知府哭笑不得，硬着头皮吃了下去。

（五）

郑板桥定润格，规定凡求其书画者，应先付定金，并作润例，颇为风趣。当时，许多豪门巨绅，厅堂点缀，常以得到郑板桥书画为荣。但郑板桥不慕名利、不畏权势，生平最不喜为那些官宦劣绅们作书画，这在他老人家的润格里是不便声明的。有一次，一帮豪绅为得其书画，运用计谋，设下陷阱。他们了解到郑板桥爱吃狗肉，就在他偕友外出交游的必经之路上，借村民的茅舍，烹煮了一锅香喷喷的狗肉，待郑板桥经过时，主人笑脸相迎，并以狗肉好酒相待。郑板桥不疑，开怀畅饮，连赞酒美肴佳。饭罢，主人端出文房四宝，言请大人留联以作纪念。郑板桥深觉今有口福，便立刻应诺，随即起身提笔，并询问主人大名，署款以酬雅意。书毕，尽兴而归。后来，在一次宴席上，他偶然发现自己的书画作品挂在那里，方知自己受骗，对自己嘴馋引发的事端后悔不已。

（六）

郑板桥去杭州观光，同船有豪门弟子曹基本。曹不学无术，见郑板桥衣着朴素，像个平民，很瞧不起他，不愿与他同坐，便喝令他坐到船的后艄。郑板桥很生气，当即吟诗一首：“可恨青龙偃月刀，华容道上不斩曹。至今留下奸雄种，逼我诗人坐后艄。”

（七）

郑板桥在任蔚县县令时，有一天知府来视察。郑板桥知道此人是用钱买的官，很瞧不起他，故意没有出城迎接他。知府很不高兴，在宴会上就想让郑板桥难看，便指着桌上的螃蟹对郑板桥说：“这东西泛滥成灾，目中无人，久闻郑才气，何不以此为题名，吟诗一首，帮助酒兴？”郑板桥知道他的意思，便吟诗一首：“八爪横行四野惊，双螯舞动威风凌。孰知知腹内空无物，蘸取姜醋酒饮吟。”知府听后非常尴尬。

（八）

郑板桥被革职回乡后，和扬州太守卢建曾关系很好，常在一起谈诗论道。有一次，郑板桥应邀去帮卢建曾改诗，在衙门口被两个衙役拦住，非要他作诗才能让进去。这时，旁边有一壶开水正“咕嘟，咕嘟”地响着，他就指着水壶吟道：“嘴尖肚大柄儿高，才免饥寒便自豪。量小不能容大物，二三寸水起波涛。”

（九）

郑板桥到山东莱州云峰山观摩郑公碑，晚间借宿在山下一老儒家中。老人自称糊涂老人，言谈举止高雅。二人交谈得很投缘。郑板桥得知老人家中有一块特大砚台，石质细腻，镂刻精美，他看后赞赏不已。老人请郑板桥留下墨宝，准备请人刻于砚台背面。郑板桥感觉老人来历不凡，便题了“难得糊涂”四个字，并盖上了自己的印章：康熙秀才雍正举人乾隆进士。砚台有方桌大小，还有很大一块儿空地，郑板桥便也请老人题写一段跋语，老人也没有推辞，随手写道“得美石难，得顽石尤难，由美石转入顽石更难。美于中，顽于外，藏野人之庐，不入富贵之门也。”写罢也盖上了方印，印文是：“院试第一，乡试第二，殿试第三。”郑板桥看后，方知老人是一位情操高尚的退隐官员，不由心生敬意，见砚台还有空地，便又提笔写了一段文字：“聪明难，糊涂尤难，由聪明而转入糊涂更难。放一着，退一步，当下安心，非图后来报也。”后来，这段文字传了出来，人们感叹其中蕴含的哲理，便写成横联挂起来，“难得糊涂”由此传开。

（十）

郑板桥晚年任渭县县令。一个秋天，他乔装去了市场，看到一个卖扇子的老太太茫然地盯着一堆没人在意的扇子发呆。郑板桥赶上来，拿起一把扇子看了起来，只见扇子洁白如雪，没有文字也没有图画，现在卖扇子已错过了季节，自然没有人去买。郑板桥在询问的过程中得知老太太的家庭状况很差，故决定帮助她。于是，郑板桥从一家铺子里借了笔、墨、砚，泼墨挥笔，在扇子上画上葱浓欲滴的翠竹、吐着幽香的兰花、傲然霜冻的秋菊、迎雪怒放的梅花，并配上了相应的诗句，行人见扇子诗与画相映生辉成趣、观赏有趣，纷纷争相购买，不一会儿，一堆扇子就被抢购一空。

（十一）

郑板桥有一个朋友，家里新砌了一堵墙，他一直请求郑板桥在墙壁上画个画儿，怎奈郑板桥总是忙着没时间。

有一次，这朋友请郑板桥还有其他一些朋友到家里喝酒。酒席喝到一半，主人当着大家的面儿，非请郑板桥在墙壁上画一幅画儿不可。郑板桥见推脱不掉，就说：“行，你磨墨吧！”

主人连忙让儿子拿来一砚墨来，郑板桥一看，说道：“不行，太少了，至少要磨半小盆的墨。”大家一听，那么多的墨，难不成要将整道墙都涂黑？主人虽心疑，仍赶紧让儿子端来半小盆的墨。这时的郑板桥已经是醉得摇摇晃晃了，他走到墙壁前面，用手往盆子里一醮，就往墙上抹起来，抹了几把，又把整个盆子端起来，将里头的墨汁整个都泼到墙壁上，弄得黑压压一片。这主人心里可不痛快了，他原来只想让郑板桥画在墙上，一是风光，二是好看。谁知黑压压一片不知其所画何物，又不好涂掉，只好留下，自己生闷气。

有一天下了一场大雨，不住地打雷，加上闪电，好不惊人。谁知雨过天晴，这道墙壁前面竟然死了上百只的麻雀。

过了一些时日，有一个老头儿来到这主人家门口，对着这道墙壁仔细地看着。主人看见了，一时好奇，就问："您在看啥？""这画儿，一定是名人画的吧？"主人心中还有气，说道："哪是什么名人，只是一个朋友用手抹的。"

老头儿问："这画儿成了之后，可出过什么奇怪之事儿？"主人回答道："奇事儿倒是有一件，有天下大雨，电闪雷鸣的，之后就在墙前面发现死了上百只的麻雀。"

老头点头说道："这画儿真是太好了！一般人看不出他画的是竹林，只有打雷下雨的时候，闪电一照，才看出是竹林，麻雀将它当成真的竹林，飞来避雨，所以就撞在墙上死了。"

（十二）

有一天，某盐商将一个私自贩盐的小贩扭送到县衙门，要县令处以重罚。郑板桥一见那个小贩，衣衫褴褛，骨瘦如柴，知他如此全是因为生活所迫，实为无奈之举。于是，顿生怜悯之心，他想戏弄一下这个盐商。就对盐商说："这个小贩应当加重处罚，我准备给他戴上枷锁，立街示众，好不好？"盐商笑眯眯地说："好！好！"

郑板桥当即命衙役抱来一些芦席，用细木片做托，认真扎好，中间挖一个大圆孔。他又画了许多竹子和兰花，并题了字，贴在芦枷上。

然后让小贩套在脖子上，站在盐商的门口示众。因郑板桥向以诗、书、画号称“三绝”，画的竹子和兰花，尤其名播四海。许多人都想目睹为快，更渴望能得到他的墨宝。所以，当小贩戴着芦枷往盐商门前一站，立即招引很多人围观，整个县城都为之轰动了，盐商的门被堵得水泄不通，生意一点儿都做不成了，盐商只好到县衙内哀求郑板桥放了那个小贩。

（十三）

扬州有个盐商姓林，家财万贯，却为富不仁，恶名远扬。林姓盐商读书不多却爱好风雅，60 岁大寿时特意请郑板桥来吃寿酒，借以宣扬自己和名人是朋友。郑板桥正想找个机会戏弄他一番，此次恰好是个机会，便欣然前往。席间，众人喝酒取乐，郑板桥提议：“今日林府寿筵，何不以林字为头行酒令助兴！”宾客纷纷表示赞同，一时间，你一言我一语，好不热闹。当轮到郑板桥时，他高举酒杯认真地说：“林字拆开成两木，西边木升官，东边木发才（财）。”众人听了齐叫好，盐商乐得心花怒放，连声高喊：“借你吉言！”席散之后，盐商才回过味儿来，木加官为棺，木加才为材，合起来为棺材，郑板桥这是在羞辱他。

（十四）

郑板桥的书画在当时享有盛誉，很多人都以拥有为荣，不惜重金求购。

一次，有个盐商想买郑板桥的一副对联。郑板桥索要千金。盐商小气，再三还价。郑板桥便答应降至五百两，不过，要先付钱，后写字。盐商立即付了五百两银子，郑板桥收好银子，铺纸蘸墨，提笔写下七个大字：饱暖富豪讲风雅，随即，放下笔就要走，盐商急忙拉住他，说："先生，您只写了上联，还没写下联呢？"郑板桥笑着说："您只付了半价，当然只能写一半啊！"盐商知道吃了哑巴亏，只好又掏出五百两银子。郑板桥这才写出下联：饥馑画人爱银钱。

郑板桥写完对盐商说："我们文人不如你们商人高雅，你们看不起金钱，我们却爱财如命啊！"说完，大笑而去。

（十五）

郑板桥任潍县县令时，莱州知府孙嘉新派人来求字。孙嘉新原本是个财主，搜刮百姓，为富不仁，用千两黄金捐来四品顶戴。郑板桥不但瞧不起他，而且更痛恨他，就趁机捉弄羞辱他，给他写了一副对联：效忠朝廷，恩爱百姓。横批是：前程金修。孙嘉新不通文墨，看见前程金修四个字，以为是祝愿他前程远大，就叫人裱好，悬挂于大厅之上。

有一天，孙嘉新在大厅接待一批客人。有一人看见厅上的对联，把知府拉倒一边，悄悄地在他耳边嘀咕了几句，只见孙嘉新顿时脸色大变，客人走后，他立即叫人把对联扯下撕碎。

原来，郑板桥是从当地流传的一首讽刺孙嘉新的打油诗中得来的，原诗如下：

可笑莱州孙嘉新，四品前程耗千金。

效忠朝廷少文才，恩爱百姓缺两（良）心。

（十六）

郑板桥老年得子，自然高兴，用心对儿子施教。在病危之际，还给儿子写了一首打油诗：

淌自己的汗，吃自己的饭，
自己的事业自己干，
靠天、靠人、靠祖宗，
不算是好汉。

四、风流情话

词定情缘

一天，郑板桥清早起床，走了十多里来到了雷塘，打听葬着隋炀帝及殉葬宫女的玉钩斜遗迹。正走着，他突然感觉口干舌燥，想找户人家讨口水喝，抬头望去，前方不远处有一个院子。他信步来到院中，轻叩柴门。开门的是一位老妇人，老妇人热情地将他迎进屋中，端来一杯热茶招待他。郑板桥一边品茶一边环顾这所房子中的摆设，突然，他瞧见了自己的作品挂于屋中，顿觉惊喜，赶忙问老妇人："你知道郑板桥吗？"老妇人回答："我听过他的大名，我的女儿特别喜欢他的字画。"他笑了笑说："我就是郑板桥！你墙上挂的正是我的作品。"老妇人大为吃惊，赶忙唤女儿出来。只见一位妙龄女子从屋中走了出来，郑板桥与其交谈后才得知，这家有五个女儿，其他四个姑娘都相继出嫁了，只有这个小女儿仍然待字闺中，父亲已经去世多年，她在家侍奉母亲，被人唤作五姑娘。两人谈得十分投缘，交谈中，五姑娘向偶像求诗，"久仰先生大名，我十分喜爱你的作品，听说你最近写了《道情》十首，今天能否给我也写一首？"这样一位年轻貌美的女子欣赏自己的才华，郑板桥自然是十分高兴，提笔就写，而五姑娘在一旁为他磨墨。写完之后，他又思如泉涌，应景地又作了一首《西江月》送给五姑娘：

微雨晓风初歇，纱窗旭日才温。绣帏香梦半朦腾，窗外鹦哥未醒。

蟹眼茶声静悄，虾须帘影轻明。梅花老去杏花匀，夜夜胭脂怯冷。

老妇人在一旁看着二人，觉得二人情投意合，便想借着这个良机撮合一下二人。经盘问后得知郑板桥丧偶，老妇人便主动地提出将五姑娘许配给他做妻子。郑板桥听后自然开心，打从五姑娘走出来的那一刻，他便喜欢上这位貌美的少女，在一番交流后，更是被她独特的诗词见解所吸引，二人格外地投缘。可转念一想，自己已 45 岁，是半个糟老头子了，并且自己当下依旧穷困潦倒，担心拖累五姑娘。谁知，老妇人和五姑娘却一点儿也不介意，老妇人说道："先生，你就放心吧。我不要你多么有钱，只要能养活我这个老婆子，给我送终就好了。"郑板桥立刻就答应了。分别之际，郑板桥向五姑娘承诺，等他第二年中了进士，就回来娶她。由于郑板桥出门没有带任何贵重物品，他将这 50 字的茶诗《西江月》作为聘礼。两年后，他返回扬州，与五姑娘成婚。

破律断案

郑板桥在潍县做县令期间，有一天，当地崇仁寺附近的一个地保，突然带领着几个乡民，将一个和尚和一个尼姑，五花大绑地押送到了县衙里。和尚是崇仁寺里的小和尚，尼姑是大悲庵里的小尼姑。这崇仁寺和大悲庵，仅仅隔着一条道路。小和尚和小尼姑，对门相望，日久生情了，以至于违反了出家人的清规戒律。世上没有不透风的墙，这件事情不但被崇仁寺的和尚、大悲庵的尼姑知道了，连附近的乡民也都知道了。这还了得？就有好事者报告了地保。地保当然也不敢隐瞒，火速找了几个乡民前去捉拿。所以，也就有了开头的一幕。

郑板桥在审理这件案子时，看见这小和尚和小尼姑年龄相仿，而且从他们的眼睛里，看得出这两个人互相喜欢着对方，不忍拆散这一对有情人。依《大清律例·刑律》规定："僧道尼僧女冠有犯和奸者，于本寺观庵院门首，枷号两个月，杖一百。"也就是说这个判决一经生效，这偷情的小和尚和小尼姑，就会立即被强制性地戴上 25 斤重的制式木枷，同时在木枷上的封条，写上所犯下的通奸罪名，然后各自站立在崇仁寺寺院门口和大悲庵庵院门口，风雨无阻地被当街示众整整 60 日。枷号期满后的当晚，还会受到 100 下杖刑。只有马上改变这两个人的身份，才能避免这两个人继续破戒；只有马上让这两个人成亲，才好免除这两个人身上的刑罚。郑板桥想到这里，就当堂做出了此案的裁决：一是责令二人马上双双还俗。二是责令他俩立即结为夫妻。小和尚和小尼姑感动得跪下磕头谢恩，郑板桥笑着说："快快起来，本官昨天刚刚卖了一幅画，手边还有一些银两，就送给你们作为贺礼吧！另外，本官还要送你们一首诗作贺词。"只见，郑板桥提起案上的判笔一挥而就：

一半葫芦一半瓢，和来一处好成桃。
从今入定风规寂，此后敲门月影遥。
鸟性悦时空即色，莲花落处静偏娇。

是谁勾却风流案？记取当年郑板桥。

巧断赖婚

郑板桥在任潍县县令时，受理一桩赖婚案，穷秀才告其岳父不守诺言，无端赖婚。

郑板桥事先已知穷秀才的岳父是一位大地主，他令穷秀才暂留衙内，派人传唤地主与他的女儿到堂上。郑板桥问财主："你为什么要赖婚？"财主答："因穷秀才养活不了我的女儿。他们不宜生活在一起。"郑板桥说："原来如此，看来你的女儿确实不应该嫁给一位穷秀才。不过，你也得为你的女婿想想。这样吧！你出一千两黄金，我来帮助你解决这个问题，保证你满意。"

财主听说郑板桥要帮他解除女儿与穷秀才的婚约，颇为高兴。他按时如数付现。板桥说："你的女儿迟早总是要嫁人的，倒不如我给你找个乘龙快婿，这一千两黄金就算是嫁妆之资，你意下如何？"财主听了之后，眉开眼笑，连连点头哈腰地说："当然好！当然好！"

在说话之间，郑板桥已令人把穷秀才传了出来，当即命他与财主女儿拜堂成亲，随后双方携金而去。财主顿时瞠目结舌、不知所措，最后哭笑不得，退堂而归。

包养男宠

郑板桥毫不掩饰地好男色，其在《板桥自叙》中说："余好色，尤喜余桃口齿，椒风弄儿之戏"，其中的"余桃""椒风弄儿"就是指男色。他与另一位著名词人袁枚是好友，也有这种癖好。

郑板桥前半生都很落魄，他 42 岁才考中进士，出任山东范县县令，后来转调潍县县令。他在任上时勤政爱民、克勤克俭，经常下乡调研民情，身边就只带一个随从。“衙斋卧听萧萧竹，疑是民间疾苦声。些小吾曹州县吏，一枝一叶总关情。”这首诗就是他为官的写照。此时，他的书画名气已经很大，许多达官贵人都向他要书画。他在61岁那年，因为得罪了上司，辞官去扬州，以卖画为生。他卖画得来的润笔费，除了补贴家用之外，大部分被他用来包养男妓了，“然自筹老且丑，此辈利吾金币来耳。有一言乾与外政，即叱去之，未尝为所迷惑。”意思是说他自己知道自己年老且丑，那些男妓同他来往主要是看中他的钱。如果这些男妓干涉政事，就会被他喝斥出去，从来没有为男妓所迷惑。他有个叫五凤的男妓死后，他很是伤感，过了多年，他看到一个衙役很像五凤，顿时黯然神伤，于是写了这首《县中小皂隶有似故仆五凤者每见之黯然》的诗，其中有“口辅依然性亦温，蹉跎吮笔墨花痕。可怜三载浑无梦，今日舆前远返魂”“乍见心惊意更亲，高飞远鹤未依人。楚王幽梦年年断，错把衣冠认旧臣”的句子。

郑板桥作为同性恋，每次都不忍观看男人“杖刑”。他在山东潍县任县令时，有一次，一个美貌少年因为嗜赌犯律，被当众施以杖责，郑板桥见少年屁股被打得稀烂，竟然心疼得忍不住落下泪来。后来，71岁的他在清明红桥诗会上与48岁的袁枚相遇，二人乘兴唱酬，聊得很高兴。郑板桥说：“若有机会参与朝廷立法，我定要做一件事！”“什么事？”袁枚好奇地问。郑板桥叹道：“今日之衙门，动辄板子伺候，那板子偏又打在桃臀之上。若是姣好少年，几家伙下去，岂不将美色全糟蹋了？”“我要是有那个权力，一定要将律例中的笞臀改为笞背，这才不辜负了上天生就的龙阳好色。”

曹雪芹：永远的遗憾

《红楼梦》的问世，长时间只停留在传说阶段；当时人们只把小说当作消遣书，并不特别关心作者究竟是谁。因此，曹雪芹留给了后世许多解不开的谜。

曹雪芹大约于清康熙五十四年（1715）出生于江宁（今南京），是江宁织造曹寅之孙，曹頫之子。

曹雪芹早年在南京亲历了一段锦衣玉食、富贵风流的生活。曾祖父任江宁织造；曾祖母做过康熙帝的保姆；祖父做过康熙帝的伴读和御前侍卫，后任江宁织造，兼任两淮巡盐监察御使，极受康熙宠信。雍正六年（1728），曹家因亏空获罪被抄家，13岁的曹雪芹随家人迁回北京老宅，后又移居北京西郊。曹家从此一蹶不振，日渐衰微。生活便一日比一日穷困与贫窘。他先后寄居在自己的姑母家、岳丈家，也曾住过庙院、马棚等地，靠卖画艰难度日。

曹雪芹30岁时，和小他十多岁的敦诚、敦敏结为知友。敦诚、敦敏兄弟俩十分敬仰曹雪芹的才华风度，欣赏他那放达不羁的性格和开阔的胸襟。在漫长的冬夜，他们围坐在一起，听曹雪芹诙谐风趣、意气风发的“雄睨大谈”，经常被曹雪芹的“奇谈娓娓”“高谈雄辩”

所吸引、折服。曹雪芹大约于本时期写作《红楼梦》的初稿《风月宝鉴》。

乾隆十二年（1747），33岁的曹雪芹移居北京西郊，靠卖字画和敦诚、敦敏、张宜泉等亲友的救济为生。敦诚在《寄怀曹雪芹（沾）》一诗里安慰曹雪芹："劝君莫弹食客铗，劝君莫叩富儿门。残羹冷炙有德色，不如著书黄叶村。"意思是因罪臣之后的身份及其他原因，曹雪芹的个人奋斗遭遇艰难险阻，敦诚劝他知难而退，专心著书。

曹雪芹不负所望，在隐居西山的10多年间，以坚韧不拔的毅力，对旧作《风月宝鉴》"披阅十载，增删五次"，完成了巨著《红楼梦》。这期间，曹雪芹穷困不堪，每日为生计而发愁。又苦缀不休，体力和精力的消耗，累得他趴下就起不来。锅盆冷清，无米下炊，饿慌了，便舀一瓢凉水"咕咕"灌下肚。日积月累下来，身体早已透支，留下了病患。

乾隆二十七年（1762），曹雪芹幼子夭亡，使他陷于过度的忧伤和悲痛中，卧床不起。乾隆二十八年（1763）除夕，他因贫病无医而逝。

曹雪芹是用一生的坎坷经历，创作了非常具有艺术价值的伟大著作《红楼梦》。可以肯定地说，曹雪芹若没有《红楼梦》里所描述的那样的生活，没有那种彻骨的感受，是绝对写不出《红楼梦》的。《红楼梦》虽然是小说，不是自传，但是，谁都能看出，小说里的主人公贾宝玉就是曹雪芹的化身；他把自己的三个妻子——梅氏、柳蕙兰、许芳卿也融入小说里的三个主要人物——林黛玉、薛宝钗、史湘云身上。

温室里开放的花朵，不能经受风雨；笼子里养大的鸟儿，无法展翅翱翔；不投入真情的小说，编造的情节再为离奇也是虚假。从古至今，留史扬名的文人，没有一个是享受安逸一生的，全都是屡经变故挫折、生活困顿不堪、穷苦一生。

《红楼梦》的题名过程也颇为曲折。空空道人改《石头记》为《情僧录》；吴玉峰题曰《红楼梦》；东鲁孔梅溪则题曰《风月宝鉴》；曹雪芹于悼红轩中披阅十载，增删五次，撰成目录，分出章回则题曰《金陵十二钗》；至脂砚斋甲戌抄阅再批，仍用《石头记》；曹雪芹在凡例中说："此书题名极多，然曰红楼梦，是总其全部之名也。"

据说，《红楼梦》曾有十多个版本。手抄本有甲戌本、乙卯本、庚辰本、蒙古王府本、戚序本、杨藏本、舒序本、列藏本、郑藏本、梦觉主人本等；程高印本，又称程本，为程伟元、高鹗于乾隆五十五年（1790）、五十六年（1791）版刻印，分为"程甲本""程乙本"。

现在，流传于市的《红楼梦》大致为三个版本：一是80回本，被认为是曹雪芹的原著；二是108回本，也疑似曹雪芹所著；三是120回本，是高鹗在曹雪芹80回本的基础上续写了后40回。目前流行的大都是120回本，也都标为曹雪芹原著。具不完全统计，中华人民共和国成立后，全国有上百家出版社出版发行了《红楼梦》，超千万册，有16开本、32开本、口袋本、绘图本，还有影印本、石印本、竖排本，不下几十种。

作为一部经典名著，"傍名牌"、蹭热度的自然不在少数。最早有《青楼梦》，接着陆续有《红楼复梦》《红楼圆梦》《红楼真梦》《红楼梦补》《补红楼梦》《红楼重梦》《红楼梦影》《红楼幻梦》《后红楼梦》等。这些书无论在思想上和艺术上都没法儿跟《红楼梦》比肩，完全不是一个等级。就是高鹗续写的后40回也是如此，虽然和曹雪芹的前80回合拼在一起，被人们当作完本的《红楼梦》而接受，其实也是狗尾续貂，根本不符合曹雪芹原本的创作意图。

目前，人们公认曹雪芹创作的《红楼梦》是120回，他批阅十载增删五次，最终只完成了前80回，后40回由"无名氏"续写。也就是说，曹雪芹只写了80回，"批阅十载，增删五次"，不知是其死了还是什么别的原因，就没有写完后40回，这样，《红楼梦》里就留下了很多困惑，留下了一个至今解不开的谜。

《红楼梦》到底有没有写完呢

据说《红楼梦》是写完了的，后40回丢失了。实际上比较可能的是被人故意藏起来了，因为书中很多涉及当时的某些敏感的人物和事件，如果出版的话，很可能会遭受“文字狱”。当时，《红楼梦》被当局定为禁书。为了免于“文字狱”之祸，后40回便被故意“丢失”了。实际上，前80回中也有好多为了避祸而曲意修改的，现在的《红楼梦》并非曹雪芹最初的《红楼梦》。并不是他没有写完，而且他写完了，却没有流传下来，流传下来的部分也被大量改动。全书的书稿早就写好了的，所谓“披阅十载，增删五次”只是修改而已。所以，不同版本里有很多细节，比如回目有很多的不同，最多的是第五回，有的版本是“游幻境迷指十二钗 饮仙醪曲演红楼梦”，有的版本则是“贾宝玉神游太虚境 警幻仙曲演红楼梦”，还有的是“灵石迷性难解仙机 警幻多情密垂淫训 ”，这就是“批阅”“增删”的结果。脂胭斋批的《红楼梦》里面的批语多次提到80回后的内容，只不过还没有修改完成，曹雪芹就“泪尽而逝”了（脂胭斋批原话）。而以前写好没有来得及修改的书稿很多被“借阅者迷失”（脂胭斋批原话，有很多专家认为这是有人在故意搞破坏），所以，造成本书到后来只剩下前80回。后来，高鹗、程伟元续了后40回，因为书中的思想很多不为当时封建思想所接受，故而高、程二人为了使书不被封杀，便修改了曹雪芹原意，比如让贾宝玉去考科举，等等。也有红学家说高、程二人是受当时朝廷委派修改此书。这个说法有点儿荒唐，纯粹属于文人的无聊猜测。

《红楼梦》的作者是曹雪芹吗

曹雪芹本人的身世经历人们知道的很少，就连他是曹寅的孙子，还是儿子都说不清。袁枚比曹雪芹小几岁，两人相识，曾任江宁知县。照理说他应该对曹雪芹有所了解，但他却在所著的《随园诗话》中把雪芹说成是曹寅的儿子，把大观园说成是他们家的随园，这样的讹传不知出于何意。乾隆五十六年（1791）《红楼梦》首次排版印行时，程伟元在卷首写道："《红楼梦》小说本名《石头记》，作者相传不一，究未知出自何人，惟书内记雪芹先生删改数过。"采取的是阙疑的态度。嘉庆刊本《绮楼重梦》的作者兰皋居士则说："《红楼梦》一书，不知谁氏所作。"讷山人于嘉庆二十五年（1820年）为《增补红楼梦》写序，也认为"《红楼梦》一书，不知作自何人，或曰曹雪芹之手笔也，姑弗深考"。即使有的记载对曹雪芹是《红楼梦》的作者持比较肯定的态度，也是辗转相传，没有真凭实据。而且曹雪芹为谁，大都"不尽知也"。1921年以前，很多人并不知道或者说还不能确定《红楼梦》的作者是曹雪芹。有"后因曹雪芹于悼红轩中披阅十载，增删五次"的记载，只说"披阅"和"增删"，没有指明就是曹雪芹所作。《枣窗闲笔》的作者裕瑞说："闻前辈姻戚有与之交好者。其人身胖头广而色黑，善谈吐，风雅游戏，触境生春。闻其奇谈娓娓然，令人终日不倦，是以其书绝妙尽致。"这是迄今所能见到的关于曹雪芹相貌的唯一记载，但又是听"前辈姻戚"说的，不过是传闻，究竟可信与否，仍无法确定。至于曹雪芹叫什么名字，雪芹二字是字还是号，裕瑞承认都"不得知"。

既然曹雪芹和《红楼梦》都存在这样重大的谜，就会有人来破解。应运而生的红学研究就成了一门高深的学问，自然而然地就出现了一批“红学专家”。他们的研究取得了可喜的成果，表现在：

曹雪芹是个遗腹子；

曹雪芹的父亲不是曹颙，是曹频；

曹雪芹只活了40岁，死在除夕之夜；

曹雪芹是满族人；

曹雪芹是个名医；

……

是不是鸡蛋里挑骨头，骨头里找鸡毛？研究的这些问题跟《红楼梦》有什么关系？对读者有什么帮助？可以说：《红楼梦》养活了一大批所谓的“红学专家”。他们之中有人把这个研究当作一生的使命，乐此不疲，引以为豪，自命不凡。其实，他们真有能力，哪怕写出半部红楼，也算真干了正事儿，叫人真正佩服。

有一位红学大师说：“曹雪芹的一生，是不寻常的，坎坷困顿而又光辉灿烂。他讨人喜欢，受人爱恭倾赏，也大遭世俗的误解诽谤、排挤不容。他有老、庄的哲思，有屈原的《骚》愤，有司马迁的史才，有顾恺之的画艺和‘痴绝’，有李义山、杜牧之风流才调，还有李龟年、黄旛绰的音乐、剧曲的天才功力。他一生兼有贵贱、荣辱、兴衰、离合、悲欢的人生阅历，又具备满族与汉族、江南与江北各种文化特色的融会综合之奇辉异彩。所以，我说他是中华文化的一个代表形象。”

还有一位红学专家说：“曹雪芹和莎士比亚、塞万提斯一样，用文学的火把给人以真情，给人以温暖，给人以诀别旧制度的勇气。”

上述说得都很精彩，也都很到位。《红楼梦》作为一部经典的著作，和其他的文学作品一样，都是供人们欣赏的，起到的只是一点儿精神层面的作用而已。

但是，不论怎么说，曹雪芹没有写完《红楼梦》，给这个世界留下了一个永远无法弥补的遗憾。